파리의 우울

Le Spleen de Paris

세계문학전집 168

파리의 우울

Le Spleen de Paris

샤를 피에르 보들레르

윤영애 옮김

민음사

일러두기

1. 시인이 이탤릭체로 강조한 부분은 이 책에서 중고딕체로 표시했다.

2. Baudelaire, 『Œuvres Complètes』(Gallimard, Bibliothèque de la Pléiade, 1961)을 œc로 표기했다. 보들레르 작품에 관한 쪽 표시는 1961년판 보들레르 전집인 이 책을 기본으로 한다.

3. 이 책의 주석은 모두 옮긴이가 쓴 것이다.

차례

시적 산문의 기적의 꿈

'소산문시(Petits Poèmes en Prose).'

출판 당시의 상황에서 이는 매우 큰 외면상의 역설이었다. 1862년 처음 《프레스》지에 '소산문시'의 주요 작품들이 선보였을 때, 테오도르 방빌(Théodore Banville)은 "하나의 진정한 문학적 사건!"이라고 외쳤다. 이 '사건'은 어떤 성격의 것인가? '이상한 책'이라고 저자 보들레르는 예고했다.

저자 스스로 '이상한 책'이라고 말한 이 책의 매력은 어디에 있으며, '소산문시' 『파리의 우울』이라는 제목으로 출판된 이 책은 산문집인가 아니면 시집인가.

첫째, 줄거리가 없다는 데서 방빌은 이 책의 두드러진 특징을 보았다지만, 시간적으로나 물질적 의미에서나 줄거리가 없는 이 작품을 산문으로 정의하기란 쉽지 않다. 한 일간지의 편집장이던 빌므상(Villemessant) 역시 바로 이 점을, 즉 '긴박한 시사성이 부재하고, 최소한의 흥미를 자극할 만한 소설적 성격도 결여되었음'을 지적했다.

그렇다고 이 작품을 단순히 시로 간주해 버릴 수도 없는 듯하다. 이곳에서는 흔히 우리가 시(Poésie)라고 일컫는 시구도, 감각적이고 관능적인 표현도 찾아볼 수 없기 때문이다.

이런 유의 독특한 문학 장르는 이미 다른 제목 밑에 선보였다. 보들레르는 아르센 우세(Arsène Houssaye)에게 보낸 편지 형식의 헌사에서 '소산문시'에 대한 최초의 영감은 알로이시우스 베르트랑(Aloysius Bertrand)의 유명한 『밤의 가스파르(Gaspard de la Nuit)』를 끈질기게 정독한 데 있었다고 허심탄회하게 고백한다. 베르트랑 역시 일찍이 새로운 장르의 산문을 창조하려고 고심했다.

실제로 보들레르는 베르트랑의 어깨 위로 올라갔던 것이다. 그러나 그보다 더 멀리 보기 위해서였다. 그는 그것을 조금도 거리낌 없이, 그러나 겸손하게 우세에게 고백했다.

나의 출발점은 『밤의 가스파르』였소. 그러나 나는 곧 이 특이한 작품으로 끝까지 밀고 나갈 수 없음을, 또 이 작품을 모방할 수 없다는 사실을 깨달았소. 나는 포기하고 나 자신으로 돌아가기로 했소.(이 책 첫머리에 붙여진 헌사 이전의 편지의 계획)

자기 자신이기를 그치고, 간헐적인 침묵의 시기를 거쳐 다시 자신으로 돌아오는 것, 그것은 비단 이 작품에 한정된 문제가 아니다. 보들레르에게는 그것이 그의 독창성과 관계되며, 동시에 끊임없이 긴장을 갖게 하는 중요한 문제이기도 했다. 다시 말해 그것은 '그가 계획했던 것을 정확하게 이행하는 것을 시인의 가장 큰 영예'로 생각하는 한 에스프리의 문제이며, 긴장이다. 다른 예술인들과의 관계에 들어가고 난 뒤에도 여전히 자기 자신일 수 있는 예술인 보들레르, 그는 베르트랑을 독창적으로 모방하는 일을 이처럼 포기한 것이다.

그러나 그보다 더 어려운 문제는 모든 순간, 작가 자신의 다른 모든 작품과의 관계에서 하나의 새로운 자신을 수립하는 일, 즉 새로 시도하는 작품을 통해 전혀 새로운 자신을 보이는 문제다. 따라서 '소산문시'의 내적인 독창성은 그의 시 작품들, 특히 그의 유일한 시집 『악의 꽃(Les Fleurs du Mal)』과 비교하며 갈등시킬 때 더 정확히 이해되고 확인될 수 있을 것이다.

그렇다. 보들레르는 무엇보다 『악의 꽃』의 시인이다. '소산문시'에서 발견되는 어떤 어휘들, 어떤 분위기, 어떤 테마 등이 『악의 꽃』과 유사하다는 이유로 흔히 '소산문시'의 필요성과 얼핏 드러나지 않는 내적인 복잡한 독창성을 이해하려 하기보다는, 『악의 꽃』의 초고 혹은 부스러기 정도로 가볍게 넘겨 버리려 했던 것이 사실이다. 둘 사이의 유사성은 모든 작품을 통해 주장할 수는 없다 해도 두 작품의 많은 세부와 주제에서 드러나기 때문이다. 일종의 인색한 실리주의적 기질로 인해 그는 어떤 새로운 분야에서 창조하는 대신 그의 시적 작업을 조금도 잃게 내버려 두고 싶지 않았을지도 모른다. 그렇다면 어떤 작품이 다른 쪽보다 앞서는가? 이에 관해서는 기껏해야 쓰인 날짜로 짐작하는 수밖에 없다. 이 작품들의 제작 일자는 정확하게 알 수 없다 해도 적어도 발표 일자는 알 수 있다. 그리고 그것은 운율의 시 작품보다 산문이 앞서고 있음을 분명히 보여 준다.(책으로 출판된 것이 아니라 그때그때 부분적으로 신문을 통해 발표된 날짜를 말한다.) 그보다 더 정확한 사실로(이 사실에 대해 보들레르 연구가들은 지나치게 강조한 감이 없지 않다.) 보들레르는 이 작품을 위해 단순히 『악의 꽃』에서 사용한 재료를 이차적으로 사용한 것이 아니라 처음 기초 공사부터 운문 형식의 시 작품과 맞설 때 전혀 새로운 구조로 세우려는 확고한 의도를 지니고 있었다. 이를테면 『악의 꽃』 출판 이전인 1855년 두 편의 시 「어스름 새벽(Le Crépuscule du Matin)」과 「어스름 저녁(Le Crépuscule du Soir)」을 발표할 때, 이에 상응하는 산문시 「22 어스름 저녁」과 「23 고독」을 첨가했다. 따라서 두 작품의 비교를 시도하지 않고 하나를 다른 하나의 부산물이니 부스러기니 하는 주장은 옳지 않다. 이것들은 '일시적인 대용물로 사용한 마약'이 아니라, 서로 다른 의도와 구조로 이루어진 '주문(magie)'이기 때문이다. 또 절반 이상이 대응하는 작품들의 테마만 유사할 뿐, 실제로 작품들이 서로서로 끼여 박히지 않고 십중팔구는 산문시가 충분한 풍요함을 지니고, 반복이라든가 지나치다는 인상을 주지 않으며 무리 없이 전개되는 것에 주목할 때 이 같은 확신은 더욱 분명해진다. 게다가 대부분의 경우 각 시 작품들은 그 자체로서 아름다움과 서정적 무게를 지니고 있어 중복이라는 인상은 들지 않는다. 보들레르는 소산문시가 『악의 꽃』보다 훨씬 많은 자유와 많은 세부와 빈정거림을 얻은 '악의 꽃'이라고 스스로 정의했다. 이 '자유'와 '빈정거림'의 욕망이 산문체의 시를 선택하게끔 명한 것이리라. 결국 산문시는 그들 독특한 방법에 의해 그들 고유한 본질을 지닌다면, 그것의 농축이 운문시의 진실이라고 설명하는 것 이외에 무엇을 말할 수 있을까.

시인 자신의 신념에 따라 정밀하게 계산된 어떤 시도를 꾀하기 위해 새로운 방법으로 창안한 산문시의 '독특한 방법'과 '고유한 본질'이라는 문제는 보들레르가 시적 캔버스처럼 메모한 다음의 구절을 떠올리게 한다. 이것을 발레리는 이미 세상을 떠난 선배가 무덤 저쪽에서 보내온 교훈인 양 소중하게 간직했다.

시학이 수평의 선(線)과 상승하는 선, 하강하는 선을 모방하도록.(그리고 그로 인해 시학은 음악 예술, 수학과 관계된다.) 시학이 하늘을 향해 수직으로 숨차지 않게 올라가든가 혹은 지옥을 향해 수직으로 모든 무게를 다해 빠른 속도로 내려오도록, 그리고 시학이 나사선을 따르고 일련의 겹쳐지는 각(角)을 형성하는 지그재그 선이나 포물선을 표시하도록.

그럼 그가 '소산문시'의 헌사에서 다음과 같이 정의한 소산문시의 시학은 어느 범주에 들어가는가.

리듬과 각운이 없으면서도 충분히 음악적이며, 영혼의 서정적 움직임과 상념의 물결침과 의식의 경련에 걸맞을 만큼 충분히 유연하면서 동시에 거친 시적 산문.

이것은 이미 시구의 실라브(syllabe)를 세거나 각운의 풍부함을 측정하는 따위의 규칙에 집착하지 않고 있음을 보여준다.

흔히 얘기하는 듯하고, 때로는 속삭이듯 파고드는 그의 자유로운 표현은 그만큼 '충분히 유연하고' 동시에 '충분히 거칠며', '영혼의 서정적 움직임, 상념의 물결침, 의식의 경련'에 잘 순응한다. 그러나 그것을 단순히 시로 정의하기는 힘든 일이다. 시인 스스로가 그것을 의식했음이 분명하다. 그리하여 '산문시'라고 불렀을 것이며, 이 타이틀로 해서 그는, 브르통(Breton)이 지적했듯이, 문학 장르에 새로운 길을 터놓은 것이다.

테마에 있어서도 『악의 꽃』처럼 무리한 점진적 진행이 없으며, 각 주제에 해당되는 시적 칸막이 이외에는 모든 시를 통한 주제의 통일성도 없다. 방법에 있어서도 시집에서와는 달리 꿈의 영역으로 한층 한층 이끌고 가는 완벽한 계단을 밟게 하는 대신, 각 작품들은 독자를 일종의 마술 미로 속에 집어넣고, 이 미로에서 길을 찾아 헤매게 한다. 위에 인용한 그의 시학에 관한 노트는 '소산문시'에 관한 훌륭한 시적 캔버스의 역할을 한다. 상승하거나 하강하거나 혹은 곧은 선이 특히 『악의 꽃』에서 시도되었다면, '소산문시'는 주로 나사선과 포물선, 지그재그 선에 의거한다고 말할 수 있을 것이다. 시인 자신은 '나사와 만화경'에 집착하고 있다고 선언했다. 그가 의도하는 진정한 나사는 끝이 없는 나사, 혹은 끝이 없는 송곳으로, 많은 시들의 폐부를 찌르는 듯한 날카로운 성격을 잘 정의해 준다. 그뿐 아니라 영혼을 대상으로 하는 그의 나사는 훨씬 광범위한 성격을 띤다. 그것은 고의로 톱니가 고르지 못한 것으로 때로는 짧고 간결한 문장이 갑자기 스스로를 속박하는 주기적 교차로 변화하는가 하면, 때로는 시구를 후려치는 듯한 가혹한 교훈으로 끝내기 위해 갑작스레 윤곽을 드러내기도 한다. 이 진동하는 듯한 테마의 회전, 감동, 사색, 갑자기 선명하게 밝아 오는 부분이나 갑작스러운 침묵 등의 구성에 의한 영혼의 끈질긴 구멍 뚫기 작업이 우리를 작가가 안내하려 했던 신경의 긴장 상태에까지 이끌어준다. 이 나사는 차츰차츰 뚫고 들어가 마침내 우리의 영혼과 주제에 이르자마자 곧 우리를 떠난다. 그러나 그것은 물속에 갑자기 던져진 조약돌의 성격을 지닌다. 그것은 잔잔한 물가에 갑작스러운 물튀김을 일으키지만 곧 이 사건을 넘어서 점차로 커가는 파문을 전개시킨다.

요컨대 한편으로는 음악적이고 유연한 물결침과 다른 한편으로는 의식의 경련에 걸맞을 만큼 충분히 유연하면서 동시에 거친(전통적 시에서는 불협화음으로 간주되는 갑작스러운 어조의 변화가 산문에서는 무리 없이 어울리는) 움직임을 원하는 바로 이 두 욕구로부터 그가 헌사에서 표현하고 있는 '시적 산문의 기적의 꿈'이 탄생한 것이다.

아르센 우세에게[1]

친애하는 친구여, 당신에게 조그만 작품 하나를 보내오. 이 작품이 머리도 꼬리도 없다고 말한다면 그것은 가당치 않소. 왜냐하면 반대로 이곳에선 모든 것이 동시에 머리이자 꼬리니까. 또는 거꾸로 번갈아 가며 동시에 꼬리이자 머리이기도 하니까. 이 같은 구성이 우리 모두에게, 당신에게도, 나에게도, 독자에게도 얼마나 기막힌 편의를 주는지 주시해 보시오. 우리는 우리가 원하는 어느 곳에서나 중단할 수 있소. 나는 내 상념을, 당신은 이 원고를, 독자는 그의 독서를 말이오. 왜냐하면 나는 독자의 다루기 힘든 의지를, 끝없이 늘어놓는 필요 없는 복잡한 줄거리에 두고 있지 않기 때문이오. 거기서 등뼈 하나를 제거해 보시오, 그러면 이 구불구불한 환상의 두 조각은 무리 없이 서로 연결될 것이오. 이번에는 그것을 여러 조각으로 잘라 보시오, 그러면 그 조각들은 각자 따로 훌륭하게 존재할 수 있다는 것을 당신은 알게 될 것이오. 이 잘린 토막들 중 어떤 것들은 그 자체로 충분히 활기가 있어 당신의 마음에 들고 당신을 즐겁게 해 주리라는 기대와 함께, 나는 감히 뱀 전체를 당신에게 바치는 바요.

당신에게 조그만 고백 하나를 해야겠소. 알로이시우스 베르트랑의 유명한 『밤의 가스파르』(형과 나, 그리고 우리의 친구 중 몇몇이 알고 있는 이 책은 '유명하다'고 불릴 충분한 권리가 있지 않겠소?)를 적어도 스무 번은 뒤적이던 중, 그것과 유사한 어떤 것을 시도해 보겠다는 생각이 나에게 떠오른 것이오. 아주 묘하게도 회화적인 옛날 생활의 그림에 그가 적응시킨 방법을 현대 생활의, 아니 차라리 더욱 추상적인 현대의 어떤 생활 묘사에 적응시켜 보자는 의도 말이오.

우리 중 누가 한창 야심만만한 시절, 이 같은 꿈을 꾸어 보지 않은 자가 있겠소? 리듬과 각운이 없으면서도 충분히 음악적이며, 영혼의 서정적 움직임과 상념의 물결침과 의식의 경련에 걸맞을 만큼 충분히 유연하면서 동시에 거친 어떤 시적 산문의 기적의 꿈을 말이오.

이처럼 집요한 이상이 생겨난 것은 특히 대도시들을 자주 드나들며 무수한 관계에 부딪히면서부터요. 친애하는 친구여, 당신도 째지는 듯한 유리 장수[2]의 소리를 샹송으로 번역해 보고 싶은 유혹을 느끼지 않았소? 이 소리가 거리의 가장 높은 안개를 가로질러 다락방까지 보내는 모든 서글픈 암시들을 서정적 산문으로 표현해 보고 싶은 유혹을 말이오.

그러나 진실을 말하자면 나의 시샘이 과연 나에게 행복을
안겨다 주었을까 두렵구려. 이 일을 시작하자 곧 나는 나의 신
비하고 찬란한 모델과 아주 동떨어질 뿐 아니라, 내가 그것과
는 유난히 다른 어떤 것(이것을 어떤 것이라 부를 수 있다면 말이
지만)을 하고 있다는 사실을 깨달았소. 이런 유의 예기치 못한
사고는 나와 전혀 다른 사람이라면 그 사실에 의기양양해하
겠지만, 계획했던 일을 정확하게 이행하는 것이 시인의 가장
큰 영예라고 생각하는 사람에게는 그의 자존심을 깊이 모욕
할 뿐이오.

주석

1) 당시 《프레스》지와 《아르티스트》지의 국장을 겸임하던 예술 애호가 아르센 우세에게 보내는 헌사로 처음 1862년 8월 26일 《프레스》지에 실렸던 것이 그 후 이 책이 출판되면서 책머리에 붙여졌다.
2) 「9 괘씸한 유리 장수」는 바로 이 유리 장수를 테마로 한 시다.

1
이방인[1]

　——수수께끼 같은 친구여, 말해 보아라, 너는 누구를 가장 사랑하느냐? 아버지? 어머니? 누이나 형제?[2]

　——나에겐 아버지도, 어머니도, 누이도, 형제도 없소.

　——친구들은?

　——당신은 오늘날까지 내가 그 의미조차 모르는 말을 하고 있구려.

　——조국은?

―그게 어느 위도 아래 위치하는지도 모르오.

―미인은?

―불멸의 여신이라면 기꺼이 사랑하겠소만.

―돈은 어떤가?

―당신이 신을 싫어하듯, 나는 그것을 싫어하오.

―그렇군! 그렇다면, 너는 도대체 무엇을 사랑하느냐, 불가사의의 이방인이여?

― 나는 구름을 사랑하오…… 흘러가는 구름을……. 저기…… 저기…… 저 찬란한 구름을!3)

주석

1) 이곳에 그려진 이방인은 시인의 자화상이다. 시인은 『파리의 우울』을 여는 첫 번째 시에서 자신의 위상을 그려 놓고 있다. 그는 지상의 속인들이 추구하는 모든 속세의 욕망에 관심이 없다. 가족도, 조국도, 돈도 그에게는 추구의 대상이 아니다. 이 수수께끼 같은 낯선 자를 속인들은 이해할 수가 없다.

이 외로운 이방인은 『악의 꽃』의 세 번째 시 「알바트로스(Albatros)」에 그려진 '창공의 왕자' 알바트로스를 생각하게 한다. 하얀 날개를 가진 거대한 바닷새, 폭풍 속을 넘나들고 사수의 화살 따위는 우습게 알던 '구름의 왕자', 그러나 땅 위로 추락하여 속인들의 야유 속에 신음하는 외로운 알바트로스다.

어릴 때부터 시인은 사람들 속에서, '가족 사이에서도' 고독을 느꼈고, 이 고독감은 머지않아 그의 유명한 '댄디즘'의 모체가 된다. 속인들과 구별되는 정신적 우월감이 보들레르의 댄디가 끊임없이 추구하는 정신적·도덕적 원칙이며, 이 추구 속에서 댄디는 고독할 수밖에 없다. "진정한 영웅은 오로지 혼자 즐긴다."라고 그는 『내면 일기(Journaux Intimes)』에 쓴다. '이방인—영웅', 이것이 『파리의 우울』의 독자에게 시인이 제시하는 자화상이다.

이방인이 기꺼이 사랑하는 것은 '불멸의 여신'이다. 시인의 사랑을 받기 위해서는 미(美) 역시 '신성'과 '불멸성'이라는 두 가지 초월적인 특성을 지녀야 한다. 그것은 보들레르 미학의 열쇠인 '초자연적(surnaturel)' 미라 해도 좋다. 그것을 상징해 주는 것이 구름, '저 찬란한 구름'이다.

2) 대화체의 전개를 통해 그리스도의 말씀을 가볍게 바꾸어 쓰고 있는 시인의 치기가 엿보인다. 이를테면 첫 대목의 "수수께끼 같은 친구여 (……) 나에겐 아버지도, 어머니도, 누이도 형제도 없소."는 복음서의 다음 구절을 연상시킨다.

나의 어머니는 누구일까? 그리고 나의 형제들은 누구일까?
——「마태복음」12장 48절

나에게 오는 자 중 그의 아버지, 어머니, 아내, 자식, 형제, 자매, 그리고 자기 자신의 삶까지도 증오할 수 없는 자는 내 제자가 될 수 없느니라.
——「마태복음」10장 37절

또 "돈은 어떤가? (……) 나는 그것을 싫어하오."는 복음서의 다음 구절과 내용이 일치한다.

너희가 완벽하게 되고 싶거든, 가서 너희가 가진 모든 것을 팔아 버리고 가난한 자들에게 주어라.
——「마태복음」19장 21절

「마태복음」에서 신의 아들은 이 시에서처럼 수수께끼 같은 이방인의 모습으로 나타났다. 신의 아들이 후에 후광에 싸여 나타나 신으로부터 버림받은 자들에게 이렇게 말한다.

나는 이방인으로 나타났었다. 그때 너희는 나를 반기지 않았다. 벌

거벗은 나를 너희는 입히지 않았고, 병들고 감옥에 갇힌 나를 너희는
찾아주지 않았느니라.

—「마태복음」 25장 43절

그렇다고 시인이 '이방인'을 통해 그리스도의 상징적인 인물을 구
현하려는 것은 아니다. 이방인과 그리스도와의 공통점이라면 지상
의 모든 인연과 세속의 가치들을 부정하는 자세다. 보들레르의 이방
인이 돈을 증오한다고 해서, 시인이 신을 사랑한다고 말하려는 것도
아니다.
3) 구름의 이미지는 무한한 바다 위를 가물가물 떠가는 배와 함께
보들레르의 작품 도처에 나타나는 선택된 이미지다. 그의 『악의 꽃』
중 「여행」의 다음 구절은 시인이 '구름'에 부여하는 의미를 가늠하게
해 준다.

> 제아무리 호사스러운 도시도, 제아무리 웅대한 풍경도,
> 우연이 구름과 함께 만들어내는
> 저 신비한 매력에는 미치지 못했고,
> 욕망은 쉴 새 없이 우리를 안달하게 했다!

이처럼 초자연적 세계를 암시해 주는 구름의 '찬란함'을 보들레
르는 시뿐 아니라 그가 특별히 애호하는 화가들에 관한 미술 비평
에서도 찬양한다. 들라크루아, 부댕, 루벤스, 그 밖에도 그의 미학에
간과할 수 없는 영향을 미친 영국 화가들(특히 커즌스, 컨스터블)이 그
들이다. 다음은 부댕의 풍경화에 대한 보들레르의 비평의 일부다.

환상적이며 빛나는 형태의 이 모든 구름들이, ……모든 깊이가, 이 모든 찬란함이 사람을 도취시키는 음료수나 아편의 위력처럼 나의 뇌 속에 떠오른다. 매우 이상한 일로는 물 같기도 하고 공기 같기도 한 이 마력 앞에서 내가 단 한 번도 인간의 부재를 불평해 본 적이 없다는 것이다.

보들레르의 주인공 이방인이 이처럼 사랑한 '흘러가는 저 찬란한 구름'은 샤토브리앙의 주인공 르네(René)가 부러워했던 지나가는 새들처럼 상승에 대한 의지, 이곳이 아닌 다른 삶에 대한 갈망을 상징한다. 구름은 '눈물과 진흙'의 삶인 이곳과 다른 이상적인 삶에의 향수를 대신한다. 구름이 하늘에 구성해 주는 환상적인 형태는 그것을 관조하는 시인에게 "무덤 저쪽에 존재하는 찬란함"(에드거 앨런 포의 『이상한 이야기들(Histoires Extraordinaires)』의 번역 서문 중에서)을 꿈꾸게 해준다. 구름의 움직이는 경쾌함은 지상의 무거움으로부터 달아나고 싶은 시인의 오래된 갈망을 충족시켜 주리라. 구름이 펼쳐주는 몽상의 세계를 바슐라르(G. Bachelard)도 『공기와 꿈(L'Air et Les Songes)』 속에서 날카로운 필치로 묘사하고 있다.

가벼운 구름 앞에 꿈꾸는 영혼은 감정 발산의 물질적 이미지와 동시에 상승에의 역동적인 이미지를 얻는다. 파란 하늘에 사라져가는 구름의 몽상 속에서 꿈꾸는 자는 온 존재를 다해 절대적인 승화에 참여하는 것이다. 그것은 진정 절대적인 승화의 이미지다. 그것은 최후의 여행이다.

—『공기와 꿈』, José Corti, 220쪽.

2
노파의 절망

쭈글쭈글한 노파는 누구나 좋아하고 환심을 사려 하는 이 귀여운 어린애를 보자 기뻐 어쩔 줄을 몰랐다. 노파처럼 그렇게 연약하고, 그녀처럼 이[齒]도 머리털도 없는 이 귀여운 것을.

그래서 노파는 아이에게 다가가 웃어 주며 좋은 얼굴 표정을 해 보이려 했다. 그러나 아이는 이 늙어 빠진 착한 여인이 어루만져 주는 데 겁이 나 발버둥 치며 집 안이 떠들썩하게 울부짖었다.

그러자 착한 노파는 다시 그녀의 영원한 고독 속으로 물러나, 한쪽 구석에서 울며 중얼거렸다. "아! 우리 불행한 노파들은 아무것도 모르는 순진무구한 어린것들조차 좋아할 수 없는 나이가 되었구나. 우리가 사랑하고 싶어도, 어린것들은 무서워하는구나!"

주석

「13 미망인들」, 「35 창문」도 가엾은 늙은 여인을 주제로 한 시다. 그 밖에 「가여운 노파들(Les Petites Vieilles)」(『악의 꽃』)도 동일한 주제를 다룬 시다.

여성에 대한 보들레르의 증오와 경멸은 유명하다. 일례로 보들레르의 『내면 일기』 중 다음 구절은 그것을 잘 보여 준다.

> 여인은 댄디와 거리가 멀다.
> 따라서 여인은 혐오감을 일으킨다.
> 여인은 배고프면 먹으려 하고 목마르면 마시려 한다.
> 여인은 암내를 풍기며 모욕을 당하려 한다.
> (……)
> 여인은 자연적이다. 다시 말해 구역질 난다.
> 결국 여인은 항상 저속하다. 다시 말해 댄디에 상반된다.
> ──「마음을 털어놓고(Ⅲ Mon Coeur Mis à Nu)」

르메트르는 늙은 여인에 대한 보들레르의 공감은 '섹스 사이의 전쟁'의 폐지로 설명된다고 주석을 붙이며, 《피가로》지에 실린 다음의 구절을 인용하고 있다.(Petits Poèmes en Prose, édition de H. Lemaître, 14~15쪽)

> 늙은 여인들에게 내가 느끼는 어쩔 수 없는 공감은……
> 조금도 성욕이 섞여 있지 않다.

여인은 노쇠하게 되면 그녀의 '영원한 고독' 속으로 물러나, 이제 시인의 혐오 대상이 아니다.

'영원한 고독' 속으로 물러나 울고 있는 노파는 위험한 유혹의 성격을 잃어버린 여인이다. 그가 시에서 쓰고 있듯이, 그녀는 이제 '불행한 늙은 암컷'일 뿐이다.

이 같은 공감에도 불구하고 '늙어 빠진' 육체 앞에서 느끼는 혐오는 어쩔 수 없는 모양이다. 「가여운 노파들」(『악의 꽃』)에서도 이런 유의 감정이 잔인할 정도로 세밀한 묘사 속에 드러난다.

늙은 여인의 절망이 시인의 정신적 노쇠감을 대신한다면, 공포를 느끼는 어린아이는 늙어빠진 육체에 대한 인간의 잔인성을, 또는 시간과 함께 그렇게 될 수밖에 없는 시간의 위협에 대한 공포를 대신한다고 르메트르는 해석한다.(같은 책, 15쪽)

3
예술가의 '고해의 기도'

가을날의 황혼은 어찌 이토록 가슴을 파고드는가! 아! 괴롭도록 파고든다! 왜냐하면 어렴풋함 속에서도 날카로운 어떤 감미로운 감각이 있는 법. 그리고 무한의 송곳보다 더 예리한 송곳은 없다.

끝없는 하늘과 바다 속에 시선을 잠그는 이 더없는 환희라니! 고독, 고요, 비할 바 없는 창공의 순수함! 수평선에서 가늘게 떨고 있는 하나의 조그만 돛, 그것의 작음과 고립은 돌이킬 수 없는 나의 존재를 닮았다. 물결의 단조로운 멜로디, 이 모든 것이 나에 의해 사고되거나, 반대로 내가 그것들에 의해 사고한다.(왜냐하면 위대한 몽상 속에서, 자아(le moi)는 곧 사라지는 법!) "그것들이 사고한다."라고 말하거늘. 그러나 그것은 궤변이나 삼단 논법, 혹은 연역법에 의해서가 아니라, 음악적으로 그리고 회화적으로 사고한다.

그러나 이 생각들은, 나에게서 나왔건 외부 사물들에서 솟아났건, 곧 너무나 강렬해진다. 그리하여 쾌락 속의 강한 힘은 불편과 분명한 고통을 일으킨다. 지나치게 팽팽해진 나의 신경은 이제 날카롭고 고통스러운 떨림만을 재촉할 뿐.

이제 무한한 하늘이 나를 아연실색게 하고, 그 청명함이 나를 성나게 한다. 냉담한 바다, 이 요지부동의 풍경에 나는 분노한다……. 아! 영원히 이처럼 괴로워해야 하나, 아니면 차라리 영원히 아름다움을 외면해야 하나? 무자비한 마술사, 늘 이기는 자신만만한 라이벌, 자연이여, 나를 놓아주오! 나의 갈망과 나의 자부심을 시험하는 일을 그쳐 주오! 아름다움의 탐구는 일종의 결투, 예술가는 두려움으로 비명을 지르며 패하고 마는.

주석

가을은 바다, 하늘, 구름과 함께 가슴을 찌르는 듯한 '무한감 (sentiment de l'infini)'을 준다. 이런 의미에서 가을은 바다처럼 보들레 르의 관심 대상이 된다. 모든 개인적 감상주의를 경멸하는 보들레르 에게 가을은 감상적 시흥을 제공해 주는 것이 아니다. 시의 전개는 가을에서 곧 하늘과 바다의 이미지로 옮겨진다. 바다가 몽상에 제 공해 주는 무한감은 빈번히 보들레르의 작품에 나타난다. 그중에서 도 『내면 일기』 중 「마음을 털어놓고 XXX」의 다음 구절에 잘 나타 난다.

바다의 광경은 어째서 저처럼 무한하고 저처럼 영원토록 유쾌할 까? 왜냐하면 바다는 무한감과 동시에 운동감을 주기 때문이다. 바다 는 육칠 해리로서도 충분히 인간에게 무한의 빛을 보여 준다. 움직이 는 십이 내지는 십사 해리의 액체만으로도 충분히 인간에게 주어질 수 있는 미에 대한 개념을 최고로 줄 수 있다.

시인의 상상력은 외부 세계(자연)와 자아의 혼연일치 속에 자신 의 존재를 무한한 바다 위에 떠도는 극히 작은 돛에 연결한다.

수평선에서 가늘게 떨고 있는 하나의 조그만 돛, 그것의 작음과 고 립은 돌이킬 수 없는 나의 존재를 닮았다.

이같이 고조된 시인의 몽상 속에서, 그가 『내면 일기』에서 쓰고 있듯이, '돛'이라는 극히 평범한 사물 속에 우리의 '삶의 깊이'가 다 드러나며 그 광경이 '삶의 상징'이 되는 것이다.

거의 초자연적이라고 할 수 있는 우리 영혼의 상태에서의 삶의 깊이가 극히 평범한 광경 속에서도 다 드러난다. 그리고 그 광경이 우리 삶의 상징이 된다.

──「봉화(Fusées)」(『내면 일기』)

이처럼 바다 앞에서 보들레르는 바슐라르가 『물과 꿈』에서 분석한 물의 꿈의 더없는 쾌락을 예찬했다. 그러나 이것만으로 보들레르 특유의 몽상이라 할 것은 없다. 물의 꿈은 문학 작품 속에 수없이 나타났기 때문이다. 그중에서도 루소는 『고독한 산책자의 몽상』의 「다섯 번째 상념」 편에서 이 시에서 노래한 것과 매우 유사한 충족감을 피력했다. 보들레르가 그들과 구분되는 점이 있다면, 이 같은 극치의 희열이 갑자기 전복된다는 것이다.

자연이 주는 황홀감 속에서 동시에 느끼는 절망감은 보들레르의 사랑에서도 나타나며, 그것이 사랑과 예술의 공통되는 이중성이다. 예술가는 자연 앞에서 환희와 동시에 절망을 느끼며, 여인 앞에서도 사랑과 혐오감을 동시에 느낀다. "신비, 그리고 마지막으로 내가 얼마만큼 미학에서 현대감을 소유하고 있는지를 고백할 용기를 갖기 위해 말한다면, 불행…… 나는 불행을 내포하지 않은 미의 전형을 거의 상상할 수 없다."라고 그는 「봉화 X」에서 고백한다. 보들레르의 미에 대한 정의에도 이 같은 이중적인 성격이 있다.

자연 앞에서 느끼는 무아의 경지는 그가 『인공 낙원』에서 묘사한 마약에 의한 도취와 같은 성격의 것이다.

낙원의 추구자들은 자신의 지옥을 만들고 있다는 것을 말하고 싶다. 그들은 지옥을 준비하고 있다. 따라서 그들이 그것을 예측할 수 있다면 공포에 사로잡힐 것이다.

시인 역시 끊임없는 낙원의 추구자였다. 그러나 도처에서, 사랑에서도 자연에서도 지옥을 발견했을 뿐이다. 이것이 이 시에서는 '고해의 기도'의 가장 비통한 고백으로, 미학적 체계에서는 '이중의 정신적 청원(la double postulation spirituelle)'(「마음을 털어놓고 XL」)으로 나타난다.

자연의 우월성은 신에 비유되는 완벽한 조화에 있다. 그 이유 때문에 자연은 '마술사(enchanteresse)'로 나타나며, 그 완벽함 앞에서 느끼는 도취감과 동시에, 이에 조화될 수 없는 예술인의 무력감을 시인은 고백하고 있다. 미학적 고양과 정신적 우울이라는 보들레르 미학의 이중성은 이 같은 경험에서 비롯된다. 이것이 보들레르 시의 가장 절망적인 '우울(spleen)'의 테마다.

시인이 말하는 '우울'은 낭만주의의 감상주의적 우수가 아니다. 영혼의 거의 초자연적 상태 속에 맛본 황홀경과 몽상에서 깨어나는 비극적인 전복으로 전개되는 이 시의 리듬은 또한 『악의 꽃』의 많은 시들의 리듬을 말해 주며, 나아가 『악의 꽃』의 큰 흐름인 '우울과 이상(spleen et idéal)'의 리듬을 요약해 준다. 미의 추구는 이처럼 보들레르에게 끊임없는 유혹이고 모험이며, 또한 끊임없는 좌절이었다. 따라서 '예술가의 고해의 기도'는 예술가의 무능함의 고백이다. "문학의 두 가지 근본적 성격은 초자연주의와 아이러니다."(「봉화 XL」)라고 선언한 그의 글은 이런 맥락에서 이해되어야 한다. 미의 추구의 절정에서 맛보는 환희가 예술의 '초자연주의'라면, 그 같은 도

취의 극치 속에서도 인간 조건의 한계를 벗어날 수 없음을 깨닫는
의식의 깨어남, 그리고 이로 인한 우울 속으로의 추락, 이것이 '아이
러니'다.

4
어느 희롱꾼

새해가 폭발하고 있었다. 수많은 사륜마차들이 오가며 눈과 진흙의 뒤범벅, 장난감 등속과 봉봉 과자의 번쩍임, 탐욕과 절망이 들끓고, 가장 투철한 고독한 자의 머리조차 혼란케 하는 대도시의 이 공공연한 광란.

이런 소란과 야단법석 한가운데를 당나귀 한 마리가 채찍을 휘두르는 어느 상스러운 마부에 몰리어 급히 달려가고 있었다. 당나귀가 막 보도의 모퉁이를 돌아가려고 하는데, 장갑을 끼고 에나멜 구두를 신고 넥타이를 꽉 조여 매고 꼭 맞는 새 양복으로 잘 차려입은 신사가 이 보잘것없는 짐승 앞에 정중히 몸을 굽히고, 모자를 벗으며 말했다. "행복하고 새해 복 많이 받으시오!" 그러고는 거드름을 피우며 누구인지 알 수 없는 친구들 쪽으로 몸을 돌렸다. 마치 자신의 만족에 덧붙일 그들의 칭찬을 구하려는 듯.

당나귀는 옷을 잘 입은 이 희롱꾼 따위는 거들떠보지도 않은 채 의무가 그를 부르는 곳을 향해 계속 열심히 달려갔다.

나로 말할 것 같으면, 이 기막힌 천치에 대해 갑자기 말할 수 없는 분노에 사로잡혔다. 이 친구야말로 프랑스의 정신[1]을 모조리 한 몸에 담고 있는 것처럼 생각되었기에.

주석

1) 당나귀는 분주히 달려간다. 자기를 채찍으로 괴롭히는 무뢰한에 저항하지도 않고 열심히 자신의 의무를 이행하는 것이다. 주위의 소란스러운 혼잡도, 희롱꾼의 악랄한 빈정거림도 아랑곳하지 않고 자신의 의무를 계속할 뿐이다. 반면 희롱꾼은 잔인할 정도로 넥타이를 꽉 매고 새 옷에 감금당한 듯 요란하게 차려입고 있다. 그는 동물의 단순성과 거리가 멀다. 그는 보들레르가 찬양하는 댄디의 특징을 지닌 것도 아니다. 그는 의상의 노예처럼 차려입고, 타인이 자기를 인정해 주기를 바라는 평판의 노예이기 때문이다. 시인의 눈에는 이 '기막힌 천치'가 프랑스인의 천한 정신을 압축해 구현하고 있는 것으로 보인다.

대중에 대한, 특히 프랑스 대중에 대한 그의 경멸과 혐오는 유명하며, 그의 작품 많은 곳에 나타난다. 다음 구절은 그 점을 잘 보여준다.

프랑스인은 매우 잘 길들여진 가축장의 동물인지라 감히 울타리를 뛰어넘을 생각도 못한다. 그들은 라틴 종의 동물로, 우리에 있는 오물을 싫어하지 않는다. 문학에서 그들은 식분류(食糞類)의 곤충으로, 분뇨에 미쳐 날뛴다…….

——「마음을 털어놓고 XXXIV」

5
이중의 방

몽상을 닮은 방, 진정으로 정신적인(spirituelle) 방, 이곳에
괸 공기는 장밋빛과 푸른빛으로 살짝 물들어 있다.

이곳에서 넋은 욕망과 회한으로 향기롭게 한 나태의 목욕
을 한다. 그것은 뭔가 황혼처럼 푸르스름하고 불그스레한 것,
해가 기우는 동안의 관능의 꿈이다.

가구들은 기운이 빠진 듯 기다랗게 늘어진 모양을 하고 있
다. 가구들이 꿈을 꾸고 있는 듯하다. 그것들은 식물이나 금속
처럼 몽유적 생명을 받고 태어난 것 같다. 천들은 꽃처럼, 하
늘처럼, 또 저무는 태양처럼 말 없는 언어를 속삭인다.

벽에는 아무런 예술적 혐오물 따위도 없다. 이 분석할 수
없는 인상, 순수한 꿈에 비하면 설명된 예술, 실증적 예술이란
모독이다. 이곳엔 모든 것이 조화를 이루기에 충분한 밝음과

감미로운 어둠을 가지고 있다.

아주 가벼운 습기가 섞인 가장 정교하게 선택된 극히 미세한 어떤 향기가 이 분위기 속에 감돌고, 이곳에 졸고 있는 정신은 온실 속에 있는 듯한 기분으로 조용히 흔들리고 있다.

모슬린 휘장은 창문들과 침대 앞에 비 오듯 넉넉히 드리워져, 눈 덮인 폭포수처럼 펼쳐진다. 그 침대 위에 꿈의 여왕, '숭배의 여인'이 누워 있다. 그러나 그녀가 어떻게 여기에 있는 것일까? 누가 그녀를 데려온 것일까? 어떤 마술의 힘이 이 몽상과 관능의 옥좌 위에 그녀를 모셔다 놓았나? 그러나 그것이야 아무러면 어떠하랴? 그녀가 여기 있는데! 나는 그녀를 알고 있다.

바로 이 눈, 그 불꽃이 석양을 꿰뚫고 있는 이 눈, 정교하고 동시에 무서운 이 눈동자, 거기 숨은 무서운 악의를 나는 알고 있다! 이 눈은 그것을 무심코 바라보는 인간의 시선을 유혹하고 사로잡아 마침내는 삼켜 버리는 것이다. 나는 호기심과 감탄을 불러일으키는 이 검은 별을 여러 번 살펴보았다.

어떤 친절한 악마 덕택인가. 이처럼 내가 신비와 정적, 평화, 향기에 둘러싸여 있게 된 것이? 오, 지고의 쾌락이여! 우리가 보통 삶이라고 부르는 것은, 가장 행복한 극치의 순간이라 해도, 지금 내가 일 분 일 분, 일 초 일 초 음미하고 있는 이 최상의 삶과 공통되는 점이라곤 아무것도 없다.

아니다! 이미 분도 없고 초도 없다! 시간은 사라졌다. 지배하는 것은 '영원', 지복(至福)의 영원이다!

그러나 무서운 노크 소리가 둔탁하게 문 쪽에서 울렸다. 무서운 꿈속에서처럼 나는 곡괭이로 배를 얻어맞은 것 같았다.

그러고는 한 '유령'이 나타났다. 그것은 법의 이름으로 나를 괴롭히러 온 집달리거나, 궁핍함을 호소하며 내 인생의 고통에 비속한 그녀 인생을 섞으러 온 더러운 첩, 아니면 다음 원고를 재촉하러 온 신문사 국장의 심부름꾼.

낙원 같은 방, 숭배의 여인, 꿈의 여왕, 그리고 르네가 말했던 '공기의 요정', 이 모든 마술의 세계가 유령의 난폭한 노크 소리에 사라져 버렸다.

무서운 일이다! 생각난다! 생각나고말고! 그래! 이 누옥! 이 영원한 권태의 거처, 그것이 바로 나의 방이었다. 먼지투성이의 헐어 빠진 바보 같은 가구들, 불꽃도 없고 타다 남은 잉걸조차 없는, 가래침으로 더럽혀진 벽난로, 먼지 사이로 비 자국이 남아 있는 서글픈 창문들, 완성되지 않았거나 지워 버린 원고 뭉치들, 연필로 불길한 날짜를 표시해 둔 달력!

그리고 내가 방금 완벽한 감수성으로 취해 있던 다른 세계의 향기는, 아! 뭔가 분명치 않은 구역질 나는 곰팡이 냄새에 섞인 역한 담배 냄새로 바뀌었다. 이제 이곳에는 황폐의 썩은 냄새가 난다.

이 좁고 혐오로 가득 찬 세계에서 유일하게 나에게 미소를 보내는 낯익은 물건이 하나 있다. 그것은 로다놈 병, 오래전부터 알고 있는 무시무시한 여자 친구, 모든 여자 친구가 그렇듯, 아! 이것 역시 애무와 배반으로 가득하다.

오! 그렇다! '시간'이 다시 나타났다. 시간은 이제 지배자로 군림한다. 그리고 이 혐오스러운 늙은이 시간과 함께 추억, 회한, 경련, 공포, 고통, 악몽, 분노, 신경증 등 시간의 악마 같은 수행원들이 모두 되돌아왔다.

맹세코 초침 소리가 이제 더욱 힘차고 엄숙하게, 일 초 일 초 시계추에서 튀어나와 말한다. "나는 '삶'이다. 견디기 힘든, 냉혹한 삶!"

인간의 삶에서 어떤 희소식을 알려 주는 임무를 띤 것은 다만 일 '초'에 지나지 않는다. 그 희소식이라는 것도 결국 우리에게 설명할 수 없는 공포를 불러일으킬 뿐이지만.

그렇다! 시간이 군림한다. 시간이 그의 난폭한 독재권을 되찾았다. 그리고 시간은 마치 황소를 부리듯 그의 두 개의 바늘로 나를 몰아세운다. "이러! 짐승 놈아! 땀을 흘려 일해, 노예 녀석! 살아라, 망할 녀석아!"

주석

보들레르의 작품 속에서 방의 테마는 뚜렷한 자리를 차지한다. 그가 에드거 앨런 포에 관해 언급했듯이, 그 역시 '호사스러운 가구가 있는 시적인 방'을 즐겨 그린다. '발코니', '동양풍의 장롱', '깊은 거울', '중국 꽃병', '모슬린 천의 커튼'……. 특히 '동양적 찬란함으로 빛나는 가구들'로 호사스러운 방은 그의 시에서 특별한 의미가 있는 시적 공간이다. 이 같은 취미가 그로 하여금 에드거 앨런 포의 「가구의 철학」의 열렬한 독자가 되게 했을 것이다. 일상생활의 일부분을 이루는 방이나 가구 등이 시에서 특별한 자리를 갖는 것은 정신성과 긴밀한 관계가 있는 그의 '안락의 미학' 때문이다. 가구는 단순히 일상적 사물이기를 그치고 몽상의 세계에서 새로운 의미를 띤다,

……가구들이 꿈을 꾸고 있는 듯하다. 그것들은 식물이나 금속처럼 몽유적 생명을 받고 태어난 것 같다.

시인은 거의 초자연적이라고 할 수 있는 영혼의 예외적 순간, 자연의 모든 사물로부터 '사물의 말 없는 언어'를 들을 수 있다.(「상승(Elévation)」(『악의 꽃』) 참조) 모든 사물은 의미 없는 단순한 사물이 아니라 어떤 의미의 언어를 가지며, 그것은 해독되어야 할 암호 같은 것이다. 그리고 그것을 풀어 우리에게 전달해 주는 것이 '번역자(traducteur)', '기호를 푸는 자(déchiffreur)'로서의 시인의 역할이다. 자연뿐 아니라 우리 주위의 일상적 사물들 역시 '사물의 말 없는 언어'

를 말한다.

천들은 꽃처럼, 하늘처럼, 또 저무는 태양처럼 말 없는 언어를 속삭인다.

이 시의 초반부에서 시인이 꿈꾼 몽상을 닮은 방이 시인이 평생 소유하기를 갈망했던 방이다. 실제로는 시의 후반부에 그려진 초라한 방에서 살 수밖에 없었다.

이 시는 「3 예술가의 '고해의 기도'」에서 설명한 이상＝꿈, 우울＝현실이라는 보들레르적 변증법의 자서전적 요약과도 같다. 꿈속에서 누리는 초자연적 이상의 방과 꿈에서 깨어난 현실 속 누옥은 시인을 떠나지 않는 강박 관념이었다.

방의 테마는 그의 작품(「파리의 꿈(Le Rêve Parisien)」, 『악의 꽃』), 그의 유일한 중편 소설 「라 팡파를로(La Fanfarlo)」뿐 아니라 미술 평에도 나온다.(특히 「1859년 미술전(Le Salon de 1859)」 중 화가 바롱(Baron)에 관한 미술 에세이 참조) 그중에서도 무희 라 팡파를로의 규방은 이 시에 묘사된 '몽상을 닮은 방'과 유사하다. 특히 넋이 온실의 여러 감각들에 의해 조용히 흔들리는 듯한 방의 분위기는 라 팡파를로의 침실을 연상시킨다.

라 팡파를로의 침실은 대단히 작고 낮았으며, 만지기에 위험해 보이는 말랑하고 향기로운 물건들로 넘쳤다. 이상한 독기를 품은 듯한 분위기는 마치 온실 속처럼, 그곳에서 서서히 죽어가고 싶은 욕망을 갖게 했다. 램프의 불빛은 매우 강렬하면서 동시에 모호한 색조의 천들과 레이스 더미 속에서 해롱댔다. 불빛은 여기저기 벽 위로 매우 어

두운 바탕에 매우 하얀 살색 등을 드러내 보이는 스페인적 관능으로
가득 찬 그림들을 비추었다.

시인 자신이 강조하듯이, '몽상을 닮은 방, 진정으로 정신적인 방'
은 초자연적 몽상 속에서 얻어지는 방이다. 이 초자연적 몽상이 어
떤 감각들(특히 색채와 향기)과 어떤 형태와 긴밀히 연결된 것도 주목
할 수 있다. 정신적인 형태는 '기다랗고 느슨하고 나태한 형태'로, 그
것은 기하학적이고 도식적인 직선 체계가 아니며, 자유로운 상상력
을 자극하는 곡선으로 이루어져 있다. 미술 에세이에서 그가 언급
했듯이, 환상적인 아라베스크 양식의 곡선이 가장 정신적인 형태다.

아라베스크 곡선의 데생은 모든 데생 중 가장 정신적이다.
─「봉화 IV」

아라베스크 곡선의 데생은 무엇보다 가장 이상적이다.
─「봉화 V」

감각, 특히 '향기', '색채' 등의 감각과 정신성과의 긴밀한 관계는
「교감(Correspondances)」(『악의 꽃』)을 참조.

6
각자 자신의 키마이라를[1]

막막한 잿빛 하늘 아래, 길도 없고, 잔디도 없고, 엉겅퀴 한 포기, 쐐기풀 한 포기도 없는 먼지투성이의 황량한 벌판에서 나는 등을 구부리고 걷고 있는 여러 인간들을 만났다.

그들은 모두 제가끔 등에 어마어마한 키마이라를 걸머지고 있었는데, 그것은 밀가루 부대나 석탄 부대, 혹은 로마 보병의 장비처럼 무거워 보였다.

게다가 이 괴물 같은 짐승은 움직이지 않는 짐이 아니었다. 탄력 있고 강한 근육으로 인간을 덮어 싸고 짓누르고 있었다. 업고 가는 인간의 가슴에는 올라탄 짐승의 거대한 두 발톱이 달라붙어 있고, 어마어마한 머리는 인간의 이마까지 넘어와 마치 적에게 공포를 주려고 옛 용사들이 썼던 끔찍한 투구와도 같았다.

나는 그중 한 사람에게 물어보았다. 그들이 대체 어디로 그렇게 가고 있는지를. 그는 아무것도 모르며, 그뿐 아니라 어느누구도 모른다는 것이다. 그러나 걸어야 한다는 어떤 욕구에의해 떠밀리고 있으니까, 어디로인가 가고 있는 것은 분명하다고 대답했다.

그런데 기묘한 일은 이들 나그네 중 어느 누구도 자신의 등에 붙어 목에 매달린 이 잔인한 짐승에게 화를 내고 있는 것같지가 않았다. 마치 괴물을 자기 육체의 일부분으로 생각하는 것처럼 보였다. 피곤하나, 진지한 모든 얼굴에는 전혀 절망의 빛이 보이지 않았다. 우울한 둥근 하늘 아래로, 하늘 못지않게 황량한 대지의 먼지 속에 발을 잠근 채 그들은 영원히갈망해야 하는 운명의 선고를 받은 자 같은 체념의 얼굴을 하고 길을 계속했다.

그리고 이 행렬은 내 앞을 지나 지평선 너머로 사라져 갔다. 호기심 많은 인간의 시선이 미치지 못하는 유성의 둥근 표면저쪽으로.

그리고 나는 얼마 동안 집요하게 이 신비의 의미를 이해하려고 애써보았다. 그러나 이내 거부할 수 없는 '무관심'이 나를 덮쳐, 나는 괴물 밑에 있던 그들보다 훨씬 더 무겁게 짓눌리는 것이었다.

주석

1) 키마이라(chimère)는 그리스 신화에 나오는 괴물로 사자의 머리, 양의 몸, 용의 꼬리를 가진 몽상적 동물이다.

이 시어는 보들레르적 의미의 '알레고리(allégorie)'중 하나다.

알레고리란 무엇인가? 르메트르는 시인 자신의 다음의 글을 인용하여 설명한다.

> 알레고리의 지혜는 우리에게 우리 자신에게까지 알려지지 않은 큰 의미를 지닌다. 말이 나온 김에 다음의 사실을 지적해야겠다. 매우 정신적인 장르인 알레고리는 진정으로 시의 가장 원시적이고, 가장 자연적인 형태 중 하나로 (……) 도취로 빛나는 지성 속에서만 정당한 영향력을 행사한다는 것을.
>
> ──「해시시의 시(Le Poème du Haschisch)」(『인공 낙원』)

알레고리란 상징이며 동시에 비전이다. 알레고리는 정신적 표현의 기법으로 자리를 잡는다. 그리고 그런 이유 때문에 보들레르는 알레고리를 많이 사용한다. 특히 산문시에 알레고리 수법을 여러 번 시도하고 있다.(「7 어릿광대와 비너스」, 「13 미망인들」, 「14 늙은 광대」, 「19 가난한 자의 장난감」, 「21 유혹 또는 에로스, 플루토스, 명예」, 「27 어떤 장렬한 죽음」, 「47 메스 아가씨」 등)

알레고리는 구체적이고 서술적이며 묘사적인 특징으로 인해 산문의 성격을, 한편으로는 추상적이고 상징적인 정신성의 집약으로 인해 시의 성격을 띠고 있어, 가장 자연스러운 산문시의 표현 방식이다. 한편 알레고리의 '정당한 자리'는, 다시 말해 정신적인 것에의 접근은 『인공 낙원』의 위 인용문을 참고해 볼 때, '도취로 빛나는 지성'에 연결되어 있음을 주목할 수 있다. 이 같은 도취는 술이나 마약이라는 인공적인 방법에 의한 도취가 아니며, 이 시에서처럼 몽상 속에서 얻는 도취다.

이 시의 시적 행위는 인간 조건의 신비 앞에 그 신비를 캐내려는 시인의 활발한 정신의 노력에서 탄생한다.

「각자 자신의 키마이라」는 결국 뒤랑(G.Durand)이 말한 "인간 조건을 초월하려는 예외적인 추구가 보여 주는 근본적인 어려움"을 시 속에 설명하고 있다.(G.Durand; Les Structrures anthropologiques de l'imaginaire, 203쪽) 이처럼 인간 조건을 벗어나려는 집념을 가진 자들, 그리하여 자신의 괴물을 잃은 자들에게 비제(Claude Vigée)는 '굶주림의 예술가(Les Artistes de la Faim)'라는 이름을 주었다. 말라르메, 카프카, 엘리엇과 함께 보들레르는 이들 굶주림의 예술가에 속한다.

완성의 여지를 찾을 수 없는 이 세상에서 멀리 떠나 절대를 추구하는 이들의 정신은 사막에서 길을 잃고, 그들의 이상에 대한 추구는 결국 헛된 일로 끝나고 만다는 인간 조건의 비극을 비유적으로 그리고 있다. 시의 마지막에서 이상에 대한 추구의 노력이 '무관심'으로 귀착됨을 시인은 고백하는데, 이 무관심이 '이상' 추구의 실패이며, 그것이 보들레르의 시적 '우울'이다.

7
어릿광대와 비너스

얼마나 기막힌 날인가! 널따란 공원은 타는 듯한 태양의 눈길 아래, 마치 '사랑의 신'에 지배된 젊은이처럼 황홀경에 빠져 있다.

삼라만상 온갖 것들이 도취되어 아무런 소리도 들리지 않는다. 흐르는 물조차 흐름을 멈추고 잠이 든 듯. 인간의 축제와는 판이하게 이곳은 고요의 향연이다.

자꾸만 커 가는 어떤 빛이 모든 사물을 점점 빛나게 하고, 흥분한 꽃들도 그 빛깔의 에너지를 하늘의 푸른빛과 겨루고 싶은 욕망에 타오르며, 열기는 향기에 형태를 만들어 연기처럼 태양을 향해 솟아오르게 하는 듯하다.

그러나 이 같은 온 세상의 기쁨 가운데, 나는 비탄에 잠긴 한 인간을 보았다.

거대한 '비너스 조상(彫像)'의 발치에, 왕들이 '회한'과 '권태'에 짓눌릴 때면 그들을 웃기는 역할을 자진해서 맡는 어릿광대 중 하나, 그런 거짓 미치광이 중 하나가 번쩍번쩍하는 우스꽝스러운 옷을 걸치고, 머리에는 고깔과 종들을 달고, 발판에 몸을 잔뜩 움츠리고서 눈물 가득 찬 눈을 들어 저 위의 불멸의 '여신'을 올려다본다.

　그리고 그의 눈은 이렇게 말한다. "나는 사랑도 받지 못하고, 우정도 얻지 못한 인간 말짜, 가장 외로운 인간이오. 그리하여 가장 형편없는 동물보다 못합니다. 그런데도 나 역시 불멸의 '아름다움'을 이해하고 느낄 수 있게끔 돼먹은 것입니다! 아! 여신이여! 나의 슬픔과 망상을 불쌍히 여기소서!"

　그러나 매정한 '비너스'는 그 대리석 눈으로 어딘지 알 수 없는 먼 곳을 바라다볼 뿐.

주석

앞의 시(6)와 함께 이 시 역시 알레고리로 표현된 시다.

여기에서도 비제가 정의한 '굶주림의 예술가'가 '광대(le fou)' 속에 암시된다. 광대가 추구하는 이상향은 '불멸의 미'로서, '어딘지 알 수 없는 먼 곳을 바라다볼 뿐'인 '매정한 비너스'는 '광인'이 된 예술가가 추구하는 이상향의 알레고리다.

광대의 불행은 불가능한 상승을 갈망하는 데 있다. 눈물에 젖은 광대의 슬픔은 실현이 불가능한 이상향의 추구에서 오는 것이다. 이러한 슬픔과 굶주림에 비유되는 갈망이 그의 광기의 원인이다. 따라서 광대는 우스꽝스러운 동시에 비극적인 이미지를 준다. 속세의 양식을 포기하고 헛된 이상의 추구를 선택했다는 점에서 광인 그 자신이 그의 광기와 굶주림에 책임이 있을지도 모른다. 우주의 축제와도 같은 자연의 말 없는 엑스터시 속에서 유독 그만이 슬픔에 잠겨 있다. 그러나 예술인의 슬픔에 대한 책임은 사회와 대중에게도 있다. 그가 사랑도 우정도 상실한 가장 고독한 인간이라면, 그것은 사회와 대중이 예술가에게서 우스꽝스러운 광대의 모습만을 볼 뿐, 그의 분장 속에 감추어진 슬픔을 이해하지 못하기 때문이다.

광대의 이미지는 그의 작품에 자주 나타난다.(「14 늙은 광대」 참조) 시인과 같은 시대의 화가 중 시인이 각별히 애호하던 도미에, 루오(G.Rouault)의 그림에서도 흔히 나타나는 테마이며, 보들레르의 작품에서는 흔히 광대를 통해 시인 자신의 이미지가 암시된다.

8
개와 향수병

"내 예쁜 강아지, 착한 강아지, 귀여운 뚜뚜, 이리 오너라. 와서 시내의 제일 좋은 향수 가게에서 산 이 기막힌 향수 냄새를 맡아 보렴."

그러자 개는 꼬리를 흔들며——이것이 이 보잘것없는 것들에게는 웃음과 미소에 해당하는 표시인 듯하다——다가와서 호기심에 끌려 마개를 연 병에 그의 축축한 코를 조심스럽게 갖다 댔다. 그러더니 갑자기 공포에 질려 뒷걸음치며 나를 비난하듯 짖어 댄다.

"아! 별수 없는 개새끼. 만일 너에게 배설물 꾸러미라도 줬다면, 기분 좋게 냄새를 맡고 어쩌면 그것을 다 먹어 치웠을지도 모르리라. 그러니 너는 내 슬픈 인생의 동반자로는 자격이 없고, 너 역시 대중과 다를 바 없다. 그들에게는 절대로 은은

한 향수를 줘서는 안 된다. 그것은 그들을 짜증나게 할 뿐이
니까. 오물이나 잘 골라 주면 된다."

샤토브리앙의 르네나 괴테의 베르테르처럼 보들레르 역시 사회와 대중에 대해 말할 수 없는 혐오감을 느꼈다. 그는 「명상(Le Recueillement)」(『악의 꽃』)에서 '인간들의 더러운 다수'라고 쓰고 있다. 괴테가 '구역질 나는 사회적 규범'이 그에게 일으키는 분노를 서슴지 않고 외쳤다면, 르네에게는 대중이 '무한한 인간의 사막'으로 보였다. 특히 보들레르에게 충격을 준 것은 인간의 악의와 에고이즘, 그리고 대중의 미적 감각의 결여와 정신성의 부재다.

「4 어느 희롱꾼」에서처럼, 이 시에서도 대중에 대한 혐오감을 토로한다. 이곳에서는 비유에 의해 '개'가 대중의 우매성을 대신하며, '향수'는 예술가가 추구하는 '미'의 알레고리다.

비천한 개는 한 상자의 분뇨를 기꺼이 냄새 맡고, 어쩌면 게걸스럽게 다 먹어 치울 것이다. 그러나 은은한 고급 향수를 개 앞에 내밀어 보아도 환영을 받지 못한다는 표면상 매우 간단한 이 우화는, 진정한 예술을 이해하고 감상할 능력이 없는 대중의 우매성을 신랄하게 꼬집고 있다.

실제로 시인은 평생 끊임없이 대중의 몰이해를 고통스럽게 경험했다. 대중을 대표하는 신문사의 국장, 편집장 등 『파리의 우울』이 빛을 보기까지 겪어야 했던 책의 역사부터가 그것을 입증해 준다. 『내면 일기』와 『미학적 호기심』의 많은 페이지에서 그는 예술가와 대중과의 이질감을 찌르는 듯한 문체로 고백하고 있다.

어떤 민족은 그들의 의사에 반해 위대한 인물들을 갖기 마련이다.

그런데 그들은 그 위대한 인물을 갖지 않기 위해 최선을 다하는 것 같다. 따라서 위대한 인물은 존재하기 위해 이 수만의 개인으로 이뤄진 저항력보다 더 강한 공격의 힘을 소유할 필요가 있다.

—「봉화 VII」(『내면 일기』)

9
괘씸한 유리 장수

오로지 명상적이며 행동에는 전혀 적합지 않은 성품의 소유자들이 있다. 그러나 그런 사람들이 때로는 신비하고 불가사의한 충동에 떠밀려 자신조차 가능하리라고 믿지 못할 그런 민첩성으로 행동에 뛰어드는 수가 있다.

예를 들어 수위에게서 어떤 슬픈 소식을 들을까 겁이 나서 감히 집에 들어가지도 못하고 문 앞을 한 시간 동안이나 용기 없이 배회하는 사람, 편지를 뜯어 보지도 못한 채 보름씩이나 갖고 있는 사람, 또는 벌써 일 년 전에 했어야 했던 일을 육 개월이나 지나서야 겨우 결심하고 이행하는 사람, 이런 사람들이 때로는 마치 활의 화살처럼 어떤 항거할 수 없는 힘에 밀려 갑자기 행동에 뛰어들 수밖에 없다고 느낀다. 모든 것을 다 안다고 자처하는 모럴리스트도, 의사도 어떻게 이 나태하고 향락을 좋아하는 넋에 그처럼 갑자기 광기에 가까운 에너지가 솟아나는지 설명하지 못하며, 어떻게 지극히 간단하고 필요 불가결한 일조차 이행하지 못하는 자가 어느 순간 가장 부조리하며 때로 가장 위험하기조차 한 행동을 감행할 넘치는 용기를 품게 되는지 설명하지 못한다.

나의 한 친구는 세상 사람 누구보다 악의 없는 몽상가인데, 한번은 숲에 불을 질렀다. 그의 말로는 과연 사람들이 주장하는 것처럼 쉽사리 불이 붙는지 어떤지 보기 위해서였다는 것이다. 열 번 계속했지만, 실험은 실패했다. 그러나 열한 번째 시도에 이르러서는 너무 지나친 성공을 거두었다.

또 한 친구는 화약통 옆에서 담뱃불을 붙이리라. 운명을 보기 위해 혹은 알기 위해, 아니 운명을 시험하기 위해서, 또는 스스로 정력이 있음을 증명해 보이지 않을 수 없어서, 또는 도박꾼 흉내를 내기 위해, 근심의 쾌락을 맛보기 위해, 아니 그저 아무 이유 없이, 변덕에 의해, 무료함 때문에.

그것은 권태나 공상으로부터 불쑥 솟아나는 일종의 에너지다. 그리고 그러한 에너지가 그토록 끈질기게 나타나는 것은 일반적으로, 방금 내가 지적했듯이, 가장 나태하고 가장 몽상적인 사람들에게서다.

또 한 친구는 너무 수줍어서 사람들과 시선이 마주치면 눈을 내리깔고 지나갈 정도이며, 카페에 들어가거나 극장 사무실 앞을 지나가는 데도 그의 가련한 의지를 모두 동원해야만 하는데, 그에게는 극장의 점검원이 미노스나 에아크 또는 라다만스 등 고대 신화 속 신들의 위엄을 갖추고 있는 것처럼 생각된다. 그런 친구가 어느 때는 갑자기 그의 곁을 지나가는 한 노인의 목에 매달려 어리둥절한 대중 앞에서 그 노인에게 열광적으로 키스를 퍼부어 줄 수도 있을 것이다.

왜일까? 왜냐하면…… 왜냐하면 그 노인의 모습이 그에게 그처럼 항거할 수 없을 만큼 호감이 가기 때문일까? 그런 추측이 가능할 수도 있다. 그러나 그보다는 그 자신도 그 이유를 알 수 없다고 생각하는 편이 더 타당할 것이다.

나 역시 여러 번 이와 같은 발작과 충동의 희생자였다. 그럴 때면 우리는 어떤 악랄한 악마가 우리 내부로 슬쩍 들어와 우리도 모르는 사이에 그들의 터무니없기 이를 데 없는 의지대로 우리를 움직인다고 생각하게 된다.

어느 날 아침 나는 자리에서 일어나면서부터 우울하고 슬프고 무료함에 지쳐 무언가 어마어마한 짓을, 무언가 놀라운 행동을 하고 싶은 충동에 사로 잡혔던 것 같다. 그래서 창문을 열었다. 그런데 아!

(부디 주목해 주기 바란다. 이런 신비한 기분은 어떤 사람들의 경우에는 노력이나 계획의 결과가 아니라 우연한 영감에 의한 것으로, 대부분의 경우 우리를 항거할 수 없이 수많은 위험하거나 부적당한 행동으로 끌어가는 저 기질, 의사의 표현을 빌리자면 히스테리 증세, 의사보다 좀 더 사려 깊은 자들의 말대로라면 악마적 증세와 그 욕망의 강렬함에 있어서 매우 비슷하다는 것을.)

내가 길에서 맨 처음 본 사람은 유리 장수였다. 그의 째지는 듯한 귀에 거슬리는 고함 소리는 무겁고 더러운 파리의 공기를 뚫고 내가 있는 데까지 올라왔다.

그런데 내가 왜 이 불쌍한 친구에게 그처럼 갑작스럽고 포학한 증오에 사로잡혔는지 나 자신도 설명할 수 없다.

"어이! 어이!" 하고 나는 그에게 올라오라고 소리쳤다. 그동안 나는 내 방이 7층에 있고 게다가 층계가 좁으니 이곳까지 올라오자면 사나이가 고생깨나 할 것이라는 것과, 그의 깨지기 쉬운 상품이 여기저기 층계의 모서리에 부딪치리라고 생각하며 어떤 쾌감마저 느꼈다.

마침내 그가 나타났다. 나는 그의 유리를 모두 자세히 살펴보고 말했다. "어째서지? 색유리가 없잖아. 붉은 유리며, 푸른빛, 장밋빛, 마술 유리, 천국의 유리[1] 말이야. 뻔뻔하군, 인생을 아름답게 보게 하는 색유리도 없이 이 가난한 동네를 감히 돌아다니다니!" 그러면서 그를 세차게 계단 쪽으로 밀어붙였다. 그는 계단에서 비틀거리며 투덜거렸다.

나는 발코니로 다가가서 조그만 화분 하나를 들었다. 그리고 그가 다시 문 앞에 나타나자, 그의 유리를 받치는 지게 뒤끝 위로 내 무기를 수직으로 던졌다. 그러자 그 충격으로 그는 나둥그러졌고, 이 초라한 행상의 상품은 그의 등 밑에서 박살이 나고 말았다. 이 깨지는 소리는 벼락을 맞은 수정 궁전이 파열하는 소리 같았다.

그리고 나는 나의 광기에 더욱 도취되어 그에게 노기등등하게 외쳤다.

"인생을 아름답게! 인생을 아름답게!"

이러한 신경질적인 장난에는 그러나 손해가 따르기 마련이다. 흔히 그에 대한 비싼 대가를 치르는 수가 있다. 그러나 일

초의 순간이나마 무한한 쾌락을 얻는 자에게 영원한 형벌쯤 대수랴?

주석

그 원인을 설명할 수 없는 인간 행위의 극히 충동적인 '패덕성 (perversité)'을 테마로 한 보들레르적 성격이 짙은 시다. 여기서 문제 삼는 패덕성은 문학적인 것으로, 소위 보들레르가 말하는 '무(無)보 상적' 인간 행위다. 이런 유의 테마는 그 후 뚜렷한 미학 체계를 이 루었다. 『일종의 조형 미술로 간주된 암살 행위』의 저자 토머스 드퀸 시 역시 이런 유의 패덕성에 접근했던 작가다. 보들레르는 드퀸시로 부터 오스카 와일드, 앙드레 지드로 이어지는 도착적 패덕성을 작품 의 테마로 삼은 일군의 작가에 속한다. 그런 의미에서 이 시는 이 장 르의 미학의 푯말과 같다.

이 작가들과 보들레르의 다른 점은, 그들에게는 순수하게 문학적 인 패덕성의 테마가 보들레르에게는 동시에 그의 타고난 기질과, 성 격의 유혹과도 같은 것이었다. 이런 이유 때문에 이 테마가 그의 작 품 속에서는 유명한 보들레르의 비극적 '변장술(mystification)'의 테 마로 전개된다. 따라서 풍자시풍의 이 시에 시인 자신의 고백의 어 조가 섞여 매우 역설적인 성격을 띤다.

이 시에서 실례로 제시된 친구들의 마비 상태에 빠진 듯한 몽상 적인 성격과 갑작스러운 충동적 대담성이라는 교차되는 이율배반적 인 기질은 삼인칭으로 시작하여 마지막에 일인칭(je)으로 끝난다. 이 러한 전개가 말해 주듯, 시인 자신의 타고난 기질의 고백이다.

나 역시 여러 번 이와 같은 발작과 충동의 희생자였다.

신비라는 말밖에 달리 표현할 수 없는 이러한 충동적 행위가 파리의 일상 한가운데서 폭발한다. 이 시에 묘사된 도시의 일상생활은 단순한 배경이 아니라 보들레르적 미학(도시의 테마)으로서의 가치를 지닌다.

'불건전함(malsain)', '매력(charme)', 이 두 어휘에서 드러나듯 대도시의 일상적 분위기는 거의 '초자연적'이라 할 행위의 폭발을 위한 가장 적절한 조건을 제공한다. 「파리 풍경」(『악의 꽃』)에서는 "모든 것이, 공포마저도 요술 같은 매력으로 역전된다."라고 말하고 있다.(「가여운 노파들」) 이 시의 주인공 역시 이 같은 갑작스럽고 불가해한 충동의 희생물이었다. 분위기가 특별히 무겁고 더러울 때, 완전히 밝지도 어둡지도 않은 빛과 어둠이 교차되는 여명과 황혼 즈음 이러한 악마의 출현이 더욱 용이하다.

어느 날 아침 음산한 거리에서
안개 때문에 더 높아 보이는 집들이
물이 불어난 강의 양 둑처럼 보이고,
더럽고 누런 안개는 배우의 넋을 닮은

배경이 되어 사방에 넘쳐흐를 때
　　　　　　　　　　──「일곱 명의 늙은이들」(『악의 꽃』)

이처럼 해 뜰 무렵의 안개와 저녁 어슴푸레한 분위기는 보들레르의 시에서 선택된 이미지다. 짙은 안개의 어슴푸레한 환상 속에서 도시 전체는 신비로 가득한 초현실의 세계가 된다.

1) 색채가 확보해 주는 상념으로 인해 몽상의 주인공은 현실을 벗어나 이상향으로 돌입한다. 이는 매우 보들레르적 성격이 강한 초자연주의적 몽상이다. 「5 이중의 방」에서 시인이 갈망한 '몽상을 닮은 방', '진정으로 정신적인 방'도 '장밋빛과 푸른빛으로 살짝 물든' 방이었다. 이처럼 천국을 만들어주는 색채의 갈망이 색유리를 가지지 않은 유리 장수에 대한 증오의 원인이다. 더욱이 도시의 '더러움'과 '무거움'에 짓눌린 우울의 극치에서 폭발한 만큼 그 증오는 더욱 강렬하다. 이처럼 매우 악랄한 변장술의 형태로 나타난 패덕적 행위지만, 그 중심부에 천국을 갈망하는 보들레르 특유의 악마주의(Satanisme)가 숨어 있다.

보들레르 작품 속에서 사탄은 반드시 저속한 악을 상징하지는 않는다. 천국에서 추방당한 타락의 신, 그러나 그곳에서 살았던 기억으로 인해 영원히 천국을 갈망하도록 운명 지어진 사탄은 보들레르의 눈에 가장 위대하고 완벽한 미의 유형으로까지 보이는 것이다.

남성적 미의 가장 완벽한 전형은 밀턴식 사탄이다.

──「봉화 XVI」

이처럼 보들레르의 작품 속에서 악마의 이미지는 두 가지 이미지(밀턴식의 위대함의 상징과 저속한 악마) 사이를 오간다.

10
새벽 1시에

마침내! 혼자가 되었군! 이제 늦게 돌아가는 지쳐 빠진 몇 대의 승합 마차 굴러가는 소리밖에 들리지 않는다. 몇 시간 동안 휴식까지는 아니라도 우린 고요를 갖게 되리라. 마침내! 인간의 얼굴의 횡포는 사라지고, 이제 나를 괴롭히는 건 나 자신뿐이리라.

마침내! 그러니까 이제 나는 어둠의 늪 속에서 휴식할 수 있게 되었다! 먼저 자물쇠를 이중으로 잠그자. 이렇게 자물쇠를 잠가두면, 나의 고독은 더욱 깊어지고, 지금 나를 외부로부터 격리시키는 바리케이드가 더욱 단단해지는 것 같다.

가증스러운 삶이여! 공포의 도시여! 자, 하루 일과를 더듬어보자! 문인 몇 명을 만났다. 그중 한 사람은 육로로 러시아까지 갈 수 있는지 나에게 물었다.(그는 틀림없이 러시아를 섬으로 알고 있었던 모양이다.) 그다음 한 잡지사의 국장과 마음껏 논쟁을 했다. 그는 나의 반박 한마디 한마디에 "우리 회사는 정직한 사람들의 집단이오."라고 대꾸했다. 그 말은 다른 모든 신문 잡지는 건달들에 의해서 편집되고 있다는 의미다. 그다음에는 스무 명 남짓한 사람들과 인사를 나누었다. 그중 열다섯 명은 처음 만난 사람들이다. 따라서 이 친구들과 그만큼의 악수를 나눈 셈인데, 미리 장갑을 사두는 주의를 하지 않았던 것은 내 잘못이다. 그리고 소나기가 퍼붓는 동안 시간을 보내기 위해 어느 여자 곡예사 방에 들렀는데, 그녀는 나에게 베뉘스트르[1] 의상을 그려달라고 부탁했다. 그다음 한 극장 지배인에게 문안드리러 찾아갔는데, 그는 나를 돌아가게 하며 이렇게 말했다. "Z를 찾아가 보는 것이 좋을 겁니다……. 그는 나의 모든 작가 중 가장 둔하고 가장 어리석지만, 또 유명하기도 제일인 친구입니다. 그와 함께라면 당신은 아마 무엇이든 얻을 것입니다. 그를 만나십시오. 그러고 나서 봅시다." 그다음 내가 지금까지 해본 적이 없는 비겁한 일들을 했다고 자랑하고, (왜일까?) 내가 기꺼이 저지른 다른 비행들은 비겁하게 부인했다. 하나는 허풍의 죄, 다른 하나는 체면을 지키기 위한 죄다. 한 친구에게는 쉽게 할 수 있는 도움을 거절하고, 어느 지독한 건달에게는 추천장을 써주었다. 아이고! 그것으로 끝인가?

모든 사람에게 불만이고, 나 자신에게도 불만인 나는 밤의 정적과 고독 속에서 정말이지 나를 되찾고, 조금이나마 긍지를 가지고 싶다. 내가 사랑했던 사람들의 넋이여, 내가 노래했던 사람들의 넋이여,[2] 나를 강하게 해 주소서. 나를 북돋아 주소서. 그리고 세상의 허위와 썩은 공기로부터 나를 멀게 해 주소서. 그리고 당신, 나의 하느님 아버지여! 내가 인간 말짜가 아니며, 내가 경멸하는 자들보다도 못하지 않다는 것을 자신에게 증명해 줄 아름다운 시를 쓸 수 있게 은총을 내려 주소서.[3]

주석

「4 어느 희롱꾼」, 「8 개와 향수병」에서 보았듯이, 대중에 대한 보들레르의 경멸은 유명하다. 이곳에서는 대중을 '인간의 얼굴의 횡포'로까지 정의하고 있다. 그런데 밤은 타인의 시선이 독립적 자아에 던지는 폭군적 위협으로부터 해방을 가져다준다. 그 점은 『악의 꽃』에 나오는 다음의 시에서 반복 강조한다.

자정을 울리는 괘종은
조롱하며 우리를 유도한다.
지나간 일을 어떻게 보냈는지
돌이켜 생각해 보라고.

(……)

우리는 예수를 모독했다.
이론의 여지 없이 엄연한 신을!
어떤 괴물 같은 '거부'의
식탁에 들러붙은 기생충처럼,
짐승 같은 이 작가의 비위를 맞춘답시고,
실로 '악마'의 신하답게,
우리가 사랑하는 것은 욕보이고,
우리에게 혐오감을 느끼게 하는 것에는 아첨했다.

비굴한 냉혈한같이, 부당하게
멸시받는 약자를 슬프게 하고,
황소의 이마를 가진 '어리석음'을,
저 엄청난 '어리석음'을 받들고,
바보 같은 '물질'에
신앙심 넘쳐 입을 맞추고,
부패에서 피어나는
창백한 빛을 축원했다.

끝으로 우리는 현기증을
광란 속에서 달래기 위해,
'리라'의 거만한 사제(司祭), 우리는
슬픈 것들에서 도취를
보여줌이 영광인 우리는
갈증 없어도 마셨고, 배고프지 않아도 먹어댔다!
빨리 등불을 끄자,
어둠 속에 우리를 감추기 위해!

——「자정의 성찰(L'Examen de minuit)」

'어둠'은 정적, 휴식, 고독을 가져다준다. 낮이 인간의 무지와 위
선, 저속한 물질주의, 거짓 자만심, 비겁함과 연결된다면, 반대로 밤
의 정적은 인간의 내적인 성찰을 확보해 준다.

1) 무식한 여인이 Vénus(비너스)를 Vénustre로 잘못 알고 있다.
2) 보들레르에게는 성실한 기도를 통해 그의 존엄성을 되찾도록 도

와주는 그의 '중재인들'이 있다.

『내면 일기』의 「정신 건강학(Hygiène VII)」에서도 이 '중재인들'에게 진지하게 호소하는 감동적인 글이 발견된다.

나는 다음의 규칙을 내 인생의 영원한 규칙으로 삼을 것을 나 자신에게 맹세한다.

매일 아침 기도를 드릴 것, 모든 힘과 모든 정의의 보고인 하느님에게, 그리고 중재자로서의 나의 아버님에게, 마리에트에게, 포에게 (……) 내 계획들의 성공을 위해서 (……) 하느님을 믿도록…….

3) 예술과 시가 악에 물든 인간에게 인간 본래의 존엄성을 회복해 준다는 예술의 속죄적 역할은 보들레르 작품에 자주 등장하는 테마다. 특히 그의 시 「등대들」(『악의 꽃』)에서는 예술을 "……우리에게 우리의 존엄성을 줄 수 있는 (……) 가장 훌륭한 증인"으로 정의한다. 이처럼 시가 인간의 '정신 활동'의 정상이라고 믿는 보들레르의 신조가 현대 시에 끼친 영향을 강조할 필요가 있다. 이런 점에서 보들레르는 현대 영국 시(특히 엘리엇)의 개혁에 깊은 역할을 한다.

11
야만적인 여인과 사랑스러운 애인

임이여, 정말 그대는 지나치게, 그리고 무자비하게 나를 피곤하게 한다. 그대가 한숨짓는 소리를 듣고 있노라면 이삭 줍는 육순의 노파보다, 카바레의 문전에서 빵 조각이나 줍는 늙은 비렁뱅이 할망구보다 더 고통을 겪는 것 같다.

그대의 한숨이 적어도 회한을 나타내는 것이라면 명예가 되겠지만, 그대의 한숨은 편안함의 포만, 휴식의 지나침만을 말해 줄 뿐이다. 그리고 그대는 아무 의미 없는 말만 쉬지 않고 늘어놓는다. "나를 훨씬 사랑해 줘요! 나에게는 사랑이 얼마나 필요한지 몰라요! 이렇게 위로해 줘요. 저렇게 애무해 줘요!" 자, 내가 그대를 치료해 보겠다. 무슨 방법을 발견할 수 있을 것이다. 멀리 가지 않아도, 두어 푼 가지고 장이 열리는 곳에 가면 말이다.

자, 부디 이 단단한 철책을 잘 봐 두어라. 이 철책 뒤에는 피투성이 괴물이 저주받은 자처럼 울부짖고, 고향에서 추방당한 것에 분통이 난 오랑우탄처럼 철책을 흔들어 대고, 그 분노가 극치에 이르면 때로는 껑충 뛰며 빙빙 도는 표범을 흉내 내고, 때로는 흰곰의 우둔한 몸놀림을 흉내 내며 소란 피우는데, 이 털투성이 괴물의 몰골이 어렴풋이나마 그대를 닮았다.

이 괴물이 바로 사람들이 보통 "나의 천사여!" 하고 부르는 동물, 다시 말해 암컷이다. 또 하나의 괴물, 손에는 곤봉을 쥐고 죽어라고 외치는 괴물이 남편이다. 그자는 자신의 본처를 짐승처럼 묶어서 장날 장바닥에 내놓은 것이다. 관리 나리의 허가를 받은 것을 말할 필요도 없다.

잘 살펴보아라! 야수 조련사가 그에게 던져 주는 살아 있는 토끼들이며 아직도 삐악거리는 가금들을 이 암컷이 얼마나 탐욕스럽게(그 탐욕은 가장된 게 아닐 것이다!) 찢어발기는지 보아라. "이 모든 걸 하루에 다 먹어 치우면 안 돼." 하고 점잖게 말하며, 야수 조련사는 먹이를 짐승에게서 잔인하게 빼앗아 버리고, 그러면 먹이의 뽑힌 창자가 한순간 이 포악한 짐승, 즉 암컷의 이빨 사이에 매달려 있다.

자! 암컷을 진정시키기 위해서는 몽둥이 한 대! 왜냐하면 암컷은 빼앗긴 먹이를 향해 무시무시한 탐욕의 눈길을 쏘아 보내고 있으니. 저런! 몽둥이는 가발에도 불구하고 코미디용 몽둥이가 아니다. 울리는 살 소리를 들었는가? 이제 암컷의 머리에서 눈이 튀어나오고, 암컷은 더욱 자연적으로[1] 울부짖는다. 분노에 떨고 있는 암컷은 두드리는 쇠처럼 온통 번뜩인다.

하느님이시여! 이것이 당신 손의 작품 아담과 이브의 후예인 이들 부부의 풍속입니다. 이 여자는 비록 쾌감을 느끼게 하는 명예의 즐거움을 누리게 된다 해도 말할 수 없이 불행합니다. 세상에는 더욱 불치의, 보상을 받을 수 없는 불행이 있습니다. 그러나 살도록 던져진 이 세상에서 여자는 자신이 다른 운명을 받아 마땅하다고 한 번도 생각해 본 적이 없습니다.

이제, 귀여운 임이여, 우리 둘의 경우를 보라. 세상이 지옥으로 들끓는 것을 생각할 때, 그대의 한심한 지옥에 대해 내가 무슨 생각을 하기를 바라는 것이냐. 그대야말로 그대의 피부처럼 보드라운 침구 위에서만 휴식하고, 솜씨 좋은 하인이 정성 들여 여러 조각으로 잘라 조리한 고기만을 먹는 여자인데?

그런데 교태 부리는 건장한 여자여, 향수 냄새 나는 가슴을 부풀게 하는 그대의 이 모든 한숨 소리는 나에게 무슨 의미가 있는가? 그리고 책에서 얻은 이 모든 부자연한 꾸민 태도며, 보는 사람에게 동정심과는 전혀 다른 감정을 불러일으켜 주는 이 지칠 줄 모르는 우울은 나에게 무슨 의미가 있는가? 진심으로 나는 진짜 불행이라는 게 어떤 것인가를 그대에게 가르쳐주고 싶은 욕망에 때로 사로잡힌다.

까다로운 미인이여, 발을 진흙 속에 묻고 하늘로부터 왕을 기구하려는 것처럼 흐릿한 눈을 하늘로 향하고 있는 그대를 보노라면, 흡사 하늘에서 이상을 간청하는 한 마리의 새끼 개구리를 보는 듯하다. 만일 그대가 무능한 임금[2]을 경멸한다면

(그대도 잘 알겠지만, 지금 내가 바로 그 무능한 임금 꼴이다.) 조심하라, 기중기는 그대를 깨물고, 집어삼키고, 제멋대로 그대를 죽일 것이다!

아무리 내가 시인이라 해도, 나는 그대가 생각하는 만큼 속아 넘어가질 않는다. 그리고 그대가 겉멋에 겨운 우는 소리로 너무나 자주 나를 귀찮게 할 때는 그대를 야수 암컷처럼 다룰 것이다. 아니면 빈 병처럼 창밖으로 던져 버릴 것이다.

주석

겉으로는 천사 같은 애인의 마스크 밑에 숨겨진 야성을 강조하고(시인은 그녀를 오랑우탄, 표범, 곰 등 암컷 야수에 비유한다.) 더 나아가서는 여인을 쉴 새 없이 먹이를 먹어대는 자연의 상징으로 삼고 있다. 이 시에서 문제 삼는 모든 여인들은 실제로 끊임없이 먹어 대는 존재들이다. 카바레 문전에서 빵 조각을 줍는 늙은 비렁뱅이로부터, 살아 있는 토끼들이며 아직도 삐악거리는 가금들을 탐욕스럽게 먹어치우는 암컷, 그리고 하인이 조심스럽게 잘라 주는 조리한 고기만을 먹는 애인에 이르기까지, 그녀들은 모두 게걸스럽게 먹는 자연스러운 동물성을 상징한다. 시의 결론에서 시인은 복수에의 상상력을 발휘하여, 우화에서처럼 남편이 기중기로 변신하여 그녀를 깨물고 먹어 삼키는 정도까지 상상력을 밀고 나간다.

이 시는 자신에게 혐오감을 일으키는 '자연적' 여인에 대한 복수다. 그러나 동시에 시인은 자신의 정신적 '무한'에의 욕구를 만족시켜 줄 수 없는 창조와 자신의 욕구를 거절한 창조주에 대한 불만을 나타낸다. 시인의 아이러니는 이중적이다. 진흙에 발을 묻고 눈은 어렴풋이나마 하늘을 향하고, 마치 완벽한 왕을 갈구하는 듯한 여인의 모습은 동시에 이 세상의 악 속에서 미를 갈구하는 불행한 시인의 모습을 상기시킨다. 시인 자신이 이상을 찾는 개구리를 닮았다.

1) '자연적으로(naturellement)'라는 부사를 강조하는데, 이는 보들레르 미학의 핵심에 접하게 하는 어휘다. 티보데(A. Thibaudet)가 지적

했듯이 보들레르에게 인간이란 근본적으로 타고나기를 범죄자다. 그에게는 창조와 자연적인 인간의 존재 자체가 일종의 타락으로 생각된다.

> (……) 창조는 신의 타락이 아닌가?
> ──「마음을 털어놓고 XX」

> 자연 전체가 원죄에 참여되어 있다.
> ──투스넬에 보내는 시인의 편지 중 1856년 1월 21일 편지

> 자연은 괴물을 만들 뿐이다.
> ──에드거 앨런 포 「신(新)이상한 이야기들(Nouvelles Histoires
> Extraordinaires)」의 번역 서문

그의 뿌리 깊은 반자연 신앙은 근본적으로 원죄를 믿는 얀센파의 교리(Jansénisme)에 근거한다. 여기서부터 자연에 대한 반항과 자연적 여인에 대한 증오가 비롯된다.

> 여자는 자연적이다. 따라서 구역질이 난다.
> ──「마음을 털어놓고 III」

그에 의하면 문명과 예술은 자연에 대한 반항이며 '원죄의 흔적의 소멸 작용'이다. 그의 미학은 이처럼 범신주의와는 거리가 멀다. 그는 결코 루소처럼 "자연으로 돌아가라."를 외치지 않을 것이며, 고통과 절망의 심연에서도 결코 라마르틴처럼 자연에 위안을 청하는

일이 없을 것이다.

2) 이솝 우화에 나오는 무능한 임금.

12
군중

다수의 군중 속에 잠기는 재능은 누구에게나 주어진 것이 아니다. 군중을 즐기는 것은 일종의 예술이고, 어떤 선녀가 위장과 가면 취미, 보금자리에 대한 혐오와 여행에 대한 정열을 그의 요람에 불어 넣어 준 자만이 대중의 인간적 개념을 희생시켜 일종의 활력소로서의 향연을 즐길 수 있기 때문이다.

다수의 군중과 고독, 이 두 어휘는 상상력이 풍부하고 적극적인 시인에게는 서로 교환할 수 있는 동등한 어휘다. 자신의 고독을 채울 줄 모르는 자는 역시 분주한 군중 속에서도 홀로 존재할 줄 모른다.

시인은 제멋대로 자기 자신일 수도 있고, 동시에 타인이 될 수도 있는 비길 데 없이 훌륭한 특권을 누린다. 육체를 찾아 방황하는 넋처럼 그는 자신이 원할 때 다른 사람 속에 들어간다. 그에게만은 모든 것이 비어 있는 것과 같다. 따라서 만일 어떤 장소가 그에게 닫혀 있는 것처럼 보인다면, 그것은 다만 그의 눈에 그 장소가 방문할 가치가 없어 보이기 때문이다.

고독하고 사색적인 산책자는 온갖 사람과의 이 교류 속에서 어떤 독특한 도취를 끌어낸다. 쉽사리 군중과 결합하는 자는 열광적인 환희를 알고 있다. 상자처럼 닫힌 에고이스트나 연체동물처럼 갇힌 나태한 자는 영원히 누릴 수 없는 환희다. 그는 상황이 허락해 주는 모든 직업, 모든 즐거움, 모든 고통을 자신의 것으로 삼는다.

사람들이 사랑이라고 부르는 것은 이러한 붓으로는 다 표현할 수 없는 향연, 즉 지나가는 미지의 보행자에게, 혹은 예기치 않게 나타나는 그 누구에게도, 그것이 시심(詩心)이든 자비심이든, 자신을 전부 다 바치는 이러한 영혼의 성스러운 매음에 비하면 얼마나 초라하고 얼마나 제한된 것이며 얼마나 미미한가.

이 세상에서 행복한 자들에게 때때로, 그들의 어리석은 자만심을 한순간 모욕하게 된다 해도, 그들의 행복보다 더 높고 더 위대하고 더 세련된 행복이 있다는 사실을 가르쳐주는 것은 보람 있는 일이다. 이 신비한 도취를 민중의 인솔자나, 세계 오지에 떠나 있는 선교사들이나, 타지방에 이주한 동향인촌 설립자들은 틀림없이 알고 있을 것이다. 그래서 그들은 그들의 재능이 스스로 이룩한 무한한 가족의 품속에서 그들의 그토록 파란 많은 운명이나, 그토록 순결하기만 한 생애를 동정하는 사람들을 때로 일소에 부칠 것이다.

주석

대중의 천박함을 경멸하고 고고한 고독을 찾는 댄디즘에도 불구하고, 보들레르는 동시에 대중에게 가장 큰 관심을 보인 시인 중 하나다. 여러 번 '인간의 얼굴의 횡포'(「10 새벽 1시에」, 「23 고독」 참조)를 불평했으며, 화가 들라크루아를 '대중의 증오자'라는 표현으로 찬양했고, "악취미 중 가장 열광적인 도취는 대중을 불쾌하게 하는 귀족적 쾌락이다."(『내면 일기』)라고 선언했던 그가 동시에 다음 구절의 주인공이다.

> 인간의 얼굴보다 더한 유혹은 없다. (……) 내 생각으로는 로베스피에르가 말한 것 같은데, 그가 뜨거운 얼음과자 같은 그의 독특한 문체로 말하고, 그것을 다시 구워 추상 속에 응결시켰던 것처럼, "인간이란 즐거움 없이 인간을 결코 볼 수 없는 법이다."
>
> ──「아편 흡연자」(『인공 낙원』)

이처럼 그의 작품을 통해 마음속 밑바닥에서 솟구치는 떨림 같은 타자를 향한 욕구를 발견할 수 있다. '대중과 결합'하고 싶은 끊임없는 욕망은 대중 속에 파고들어 대중을 구성하는 각 개인들과 내적으로 교감하고 싶은 욕망이다. 보들레르의 미학의 길을 밝혀 준 에드거 앨런 포 역시 『대중의 인간(L'homme des foules)』의 저자이며, 보들레르가 찬양했던 가이스 역시, 시인의 정의를 빌리자면 '대중을 즐기는 예술가'였다. 이 화가에 바치는 그의 미술 에세이 「현대 생활의 화가」에서 이 두 예술인의 이름이 다음과 같이 연결된 것은 우연이 아닐 것이다. "예술가, 사교계의 남자, 대중의 인간, 그리고 어린 아이."

'신비하고 성스러운' 그의 몽상은, 그가 『인공 낙원』에서 요약했듯이 산만하기보다는 집약적이다.

> 인간이 더욱 정신 통일을 할수록 그만큼 그는 풍부하게 그리고 깊게 꿈꿀 수 있다.
>
> ──「아편 흡연자」

따라서 그는 그의 상념을 방해하는 환경 중 '현대 생활로 인해 점점 커가는 주의 산만과 물질적 진보의 소란'을 불평했다. 이처럼 내면의 세계만이 중요했고, 인간의 넋의 상태에만 열중했던 그가 대중을 말하고 대중과의 결합을 찬양한다는 것은 모순처럼 보인다. '인간의 얼굴의 횡포'를 말한 시인이 동시에 자신의 내면의 욕구를 '현대 생활의 화가' 가이스의 이름을 빌려 다음과 같이 투사했다.

> 대중은 그의 영역이다. 그것은 공기가 새의 영역이고, 물이 물고기의 영역인 것이나 마찬가지다. 그의 정열과 그의 직업은 대중과 결합하는 것이다. 이 완벽한 룸펜, 이 정열적인 대중의 구경꾼에게는 수(數) 속에, 대중이 이루는 곡선 속에, 움직임 속에, 순간 속에, 그리고 동시에 무한 속에 거처를 가지는 즐거움만큼 끝없는 즐거움은 없다. 자신의 집으로부터 떠나는 것, 그러나 도처에서 자신의 집처럼 느끼는 것, 사람들을 보고, 사람들 한가운데 숨어 있는 것, 그것이 자유롭고 정열적이며 편파성 없는 지성이 누리는 언어로는 어설프게 정의할 수밖에 없는 몇몇의 극히 작은 기쁨이다. 이 구경꾼은 도처에서 자신

의 암행(incognito)을 즐기는 왕자와 같다. 인생의 애호가는 모든 사람을 자신의 가족으로 삼는다.

——「현대 생활의 화가」

이곳에서 문제되는 몽상은 형이상학적이라기보다는 심리적이다. 몽상 속에서 이 '고독한 산책자'는 타인의 의식을 짐작하고, 그가 '영혼의 성스러운 매음'이라고 정의한 타인과의 완벽한 결합의 경지에 빠져 들어간다. 이때 자아(le moi)는 타자(l'autrui)와 혼연일체가 되는 희열을 경험한다.

보들레르에게서 모순을 발견하는 건 이 인물에 관한 한 크게 놀라울 바가 없다. 이 '모순성'이 보들레르란 인물뿐 아니라, 그의 작품의 비밀을 여는 열쇠 중 하나이기 때문이다. 그 점은 『내면 일기』 중 유명한 '이중의 청원'이라는 표현 속에 요약돼 있다.

모든 인간 속에는 매 순간마다 두 개의 동시적인 청원이 있다. 하나는 신을 향하는 것이요, 다른 하나는 사탄을 향하는 것이다. 신 즉 정신성에 대한 기원은 상승을 향한 갈망이요, 사탄 즉 동물성에 대한 기원은 하강하는 데서 얻는 쾌락이다. 여인들에 대한 사랑, 동물, 개, 고양이 등과의 친근한 대화는 후자의 쾌락에 속한다.

——「마음을 털어놓고 XL」

위 구절의 주인공인 시인은 어떤 의미로 '군중과 고독이 서로 교환될 수 있는 동등한 어휘'인지를 어려움 없이 설명해 줄 수 있을 것이다. "자신의 고독을 채울 줄 모르는 자는 역시 분주한 군중 속에서도 홀로 존재할 줄 모른다."라고 그는 계속한다. 그런데 이 '교환될

수 있는 동등한 어휘'라는 말이 '군중 속에 잠기는' 취미의 표면상의
역설을 해결해 준다. 이에 관해서는 「마음을 털어놓고」 중 다음 구
절을 생각나게 한다.

> 자아의 발산화와 집중화.(De la vaporisation et de la centralisation du
> Moi.) 모든 문제가 여기에 있다.
>
> ──「마음을 털어놓고 I」

자아의 '집중'과 '발산'이라는 이 두 어휘의 동의어가 그의 작품
속에 흔히 나타난다. 다음 구절도 그중 하나다.

> 그것은 비아(le non-moi)를 요구하는 일종의 자아(le moi)다.
>
> ──「현대 생활의 화가」

이렇게 하여 그의 작품에서 똑같이 중요한 테마로 등장하는 고독
에 대한 취미와 타자와의 결합의 욕구라는 모순은 설명된다. 대중에
대한 취미와 대중을 도피하여 고독을 찾는 취미는 이율배반적이며
동시에 상호 보완적이다. 르네 역시 때로는 '거대한 히이드가 우거진
광야'에서 고독을 찾는가 하면, 때로는 절망적으로 '대중과의 결합'
을 갈구했다. 이처럼 보들레르를 샤토브리앙에 비유하는 것은 '광대
한 인간의 사막'이라는 샤토브리앙의 유명한 표현을 그가 인용하고
있는 것으로 보아,(「현대 생활의 화가」에서 인용하고 있다.) 더욱 분명해
진다.

「군중」에서 찬양한 대중과의 결합에서 얻는 기쁨과 취미를 요약

하면 첫째, 타자들을 관조하면서 자신이 타자와 혼연일체가 되어 낙원에 존재하는 듯한 도취의 상태에 들어가고, 그때 '자아(le moi)'는 에고의 좁은 테두리를 벗어나 공감이 가는 '타자(l'autrui)'와 형제 관계를 맺음으로써 널리 온갖 사람들의 삶에 참여하는 희열이다. 앞으로 나오게 될 「13 미망인들」, 「35 창문」, 그리고 『악의 꽃』 중 「가여운 노파들」에서도 타자의 의식 속에 잠입하여 타자와 일체가 되는, 풀레(G.Poulet)가 말하는 소위 '타자와의 동일화(l'identification)'의 테마가 반복된다.

둘째로는 대중이 이루는 곡선의 관조가 그에게 확보해 주는 곡선의 연속성에 대한 행복한 몽상이다. 대중이 무한의 공간 위에 그려주는 움직임의 곡선은 '대대로 이어지는 흐느낌이라는 영원한 인간 연대성'에 대한 연속성을 꿈꾸게 해 준다. 다시 말해 대중이 만들어주는 움직이는 곡선은 관조자에게 공간적·시간적 연속성이라는 끊이지 않는 연속성에 대한 몽상에 잠기는 기쁨을 열어 준다. 이처럼 대중의 '수(數) 속에, 곡선 속에, 움직임 속에, 순간 속에, 무한 속에' 잠기는 '대중의 인간'은 자신의 숙명적 고독감과 인간의 운명적 한계성이라는 불행에서 벗어나는 도취를 맛본다.

대중의 수에 잠기는 기쁨은 수(數)의 증가를 즐기는 신비한 표현이다.

——「현대 생활의 화가」

온갖 사람들의 삶을 사랑하는 사람은 전력 탱크 속에 들어가듯 대중 속에 들어간다.

——「현대 생활의 화가」

이처럼 유명한 대중의 멸시자였던 그는 동시에 열렬한 '대중의 인간'이었다.

13
미망인들

보브나르그가 말했듯이, 공원에는 좌절된 야심, 불행한 발명가들, 이루지 못하고 만 영화, 상처 난 마음, 그리고 모든 파란만장하고 폐쇄된 넋이 주로 찾아드는 산책로가 있다. 이들 내부에는 아직도 격동의 마지막 탄식이 노호하며, 그들은 방탕한 자들과 한가로운 자들의 오만불손한 시선에서 멀리 물러나 있다. 이 후미진 은신처는 인생의 불구자들의 집합소다.

시인과 철학자가 그들의 탐욕스러운 추측을 즐겨 몰고 가는 곳이 특히 이런 장소다. 그곳에는 확실한 정신의 양식이 있다. 그들이 가기를 꺼리는 장소가 있다면, 방금 내가 암시했듯이 그것은 부자들의 쾌락이다. 이 공백 속의 소란에는 그들을 매료할 어떠한 것도 없기 때문이다. 반대로 그들은 모든 약하고 황폐하고 서글프며 고아 같은 것 쪽으로 저항할 수 없이 끌리는 것을 느낀다.

노련한 눈은 결코 잘못 보지 않는다. 뻣뻣하고 풀 죽은 표정에서, 움푹하고 생기 없는 혹은 마지막 갈등의 번득임으로 번쩍이는 눈 속에서, 깊이 팬 수많은 주름살에서, 그토록 느리거나 혹은 그토록 갑작스러운 거동 속에서 그 눈은 곧 수많은 전설을 풀어 읽어 낼 수 있다. 혹은 사랑 이야기, 무시당한 헌신적 희생, 보상 없는 노력, 겸허하고 조용히 견딘 추위와 굶주림의 전설을.

때때로 여러분은 외딴 벤치에 홀로 있는 미망인들을, 가난한 미망인들을 눈여겨본 적이 있는가? 그녀들이 상복 차림이든 아니든, 그녀들은 쉽게 알아볼 수 있다. 게다가 가난한 자의 상복에는 항상 뭔가 결여된 어떤 것, 그를 더욱 초라하게 하는 조화의 결핍이 있기 마련이다. 가난한 자들은 자신의 고통에도 인색할 수밖에 없다. 부자들은 그것을 정장으로 과시한다.

자신의 몽상을 같이 나눌 수 없는 어린것을 손에 이끌고 있는 미망인과 완전히 혼자인 미망인 중 어느 쪽이 더 슬프고 외로울까? 알 수 없는 일이다……. 한번은 내가 이런 슬픔에 잠긴 한 노파를 몇 시간 동안이나 뒤쫓은 일이 있었다. 다 낡은 조그만 숄을 걸친 꼿꼿하고 팽팽하게 긴장된 몸가짐을 한 그녀는 금욕주의자의 긍지를 온몸으로 지탱하고 있었다.

분명 그녀는 완전한 고독으로 인해 어쩔 수 없이 보통 늙은 독신들의 습관에 처해 있었다. 그러나 그녀의 품성의 남성적 성격이 그 준엄함에 어떤 신비하고 자극적인 매력을 덧붙여 주었다. 어떤 초라한 까페에서 어떻게 그녀가 식사를 했는지 나로서는 알 수 없는 일이다. 나는 그녀를 좇아 도서실로 들어갔다. 신문지들 속에서, 옛날에 눈물로 타 버린 그녀의 눈을 부지런히 움직이며 개인적으로 관심이 깊은 어떤 뉴스를 찾고 있는 그녀를 나는 오랫동안 지켜보았다.

마침내 오후가 되어, 멋있는 가을 하늘, 회한과 추억이 떼지어 내려오는 그런 하늘 아래 그녀는 공원 한쪽에 외따로 자리를 잡았다. 대중과는 멀리 떨어져 파리 시민을 위한 군악대의 자선 연주회를 듣기 위해서였다.

그것이 이 무죄한 늙은 여인에게는(혹은 정화된 이 여인에게는) 분명 조그만 사치일 것이다. 친구도, 잡담도, 즐거움도, 속을 터놓을 수 있는 절친한 친지도 없는 그녀에게 신이 어쩌면 벌써 여러 해 전부터 그녀 위에 떨어지게 한 일 년 365일 무거운 나날 중 단 하루의 간절히 얻어진 위안일 것이다!

또 다른 미망인이 있다.

공공 음악회장 울타리 주변으로 몰려드는 가난한 군중에게 나는 널리 많은 사람에게 공감이 가는 시선은 아니라 해도, 적어도 호기심 어린 시선을 보내지 않을 수가 없다. 오케스트라는 밤을 뚫고 축제와 승리, 혹은 쾌락의 노래를 내보낸다. 여인의 드레스 자락이 땅에 질질 끌리며 눈부시게 빛나고, 시선과 시선이 서로 마주친다. 무위도식에 싫증 난 한가한 사람들은 건성으로 음악을 음미하는 척 몸을 이리저리 뒤척인다. 이곳에는 부유함과 행복만이 있다. 이곳에는 사는 것에 대한 기쁨과 무사태평한 분위기만이 숨 쉬고 있다. 철책 밖에 기대어 바람결에 실려 오는 음악 파편을 주워들으며 안쪽의 찬란한 용광로를 바라보고 있는 이들 사회에서 소박받는 자들을 제외하고는.

가난한 사람의 시선 깊숙이에 반영되는 부자의 즐거움은 항상 흥미로운 일이다. 그러나 그날 노동복이나 무명옷을 입은 대중 사이로 나는 그 뛰어남이 주위의 하찮은 무리들 속에서 두드러진 대조를 이루는 한 여인을 발견하였다.

그녀는 키가 크고 위엄이 있어 보였다. 그녀의 모든 자태가 어찌나 고상하던지, 옛날 귀족 미녀들의 초상화 컬렉션에서도 그에 비견되는 여인을 본 기억이 없다 할 정도였다. 품위 있는 정절의 향기가 그녀의 온 풍채에서 배어 나왔다. 슬픔에 잠긴 여윈 얼굴은 그녀가 입고 있는 상복과 완벽한 조화를 이루었다. 그녀 역시 스스로 그 속에 섞여 있으면서 거들떠보지 않는 주위의 소박받는 자들처럼 그윽한 눈길로 저쪽 빛나는 세계를 바라보며, 머리를 가만가만 끄덕이며 귀를 기울였다.

기이한 정경이었다! '확실히, 나는 생각한다. 이 빈곤은, 설사 빈곤이 있다 해도, 천박한 인색을 생각해서는 안 된다. 고상한 얼굴이 나에게 그것을 말해 주지 않는가. 그러면 왜 그녀는 자신이 그 속에서 그토록 눈에 띄게 거슬리는 무리들 속에 기꺼이 남아 있는 것일까?'

그러나 호기심에 끌려 그녀 곁을 지나갈 때, 나는 그 이유를 알 듯했다. 고귀한 미망인은 그녀처럼 상복 차림인 아이의 손을 잡고 있었다. 입장료가 아무리 하찮아도, 그만한 돈은 어린것에게 필요한 물건 하나를, 그러고도 또 사치품이나 장난감 하나를 사 주기에 충분했을지 모른다.

그리고 그녀는 생각에 잠기며, 걸어서 돌아갔으리라, 홀로, 언제나 홀로. 왜냐하면 어린애란 소란스럽고, 인정도 없으며, 상냥하지도 않은 에고이스트니까. 게다가 어린애는 순수한 동물처럼, 고양이나 개처럼 고독한 사람들의 아픔을 들어줄 친구도 되어 주지 못한다.

주석

보들레르의 파리(특히 『파리의 우울』과 「파리 풍경」(『악의 꽃』))에서
는 화려한 파리의 중심에서 밀려난 소외 계층에 대한 시인의 특별
한 관심을 주목할 수 있다. 가족도 없는 늙은 독신자들, 타인으로부
터 잊힌 자들, 외부의 변화와 함께 낙오된 자들, 그들에게는 찬란한
과거의 기억들만이 남아 있다. 시인은 자신을 이들과 동류로 생각한
다. 따라서 늙은 거지, 모든 사람에게서 버림받은 가여운 노파, 늙은
장님, 고독한 병자, 늙은 창녀, 광대 등이 『파리의 우울』의 중심을 이
룬다.

시인의 상상력이 즐겨 방문하는 장소는 '모든 파란만장하고 폐
쇄된 넋이 찾아드는' 곳이며, 그곳은 '방탕한 자들과 한가로운 자들
의 시선에서 멀리 물러나 있는' 인생의 불구자들의 은신처다. 경박
한 향연을 벌이는 부자들에 대한 경멸로, 이들은 그의 파리에서 제
외된다. "나는 한 섬 속에 잊힌 수부들, 갇힌 자들, 패배자들을 생각
한다! ……그 밖에도 다른 많은 패배자들을!"이라고 「파리 풍경」 중
「백조」에서 시인은 읊조린다.

이처럼 사회에서 버림받은 자들이나, 잊힌 자들에게 끌리는 그의
공감은 그의 시에서 절대적인 의미를 지닌다.

시인은 위고의 작품을 언급하며 "그토록 훌륭한 연민의 정이 그
토록 감동적인 친근함과 조화되어 있다."라고 찬양했다. 그러나 그의
파리 시에서도 친근하게 거리에서 부딪치는 불행한 자들에 대한 이
런 유의 연민이 발견된다. '가난한 사람들' 앞에 보이는 시인의 관심
은 위고에게서 영향을 받았다고 볼 수도 있을 것이다.

『빛과 그림자(Rayons et Ombres)』에서부터 『가난한 사람들(Les Misérables)』에 이르기까지 작품 전체를 통해 가난한 자들의 흐느끼는 듯한 합창을 들려준 위고처럼, 『파리의 우울』의 작가 역시 이 '연민의 목소리'를 들려준다. 위고가 지나치게 아버지 같은 태도를 보인다고 불평하면서도 그 역시 아버지 같은 다감한 목소리로 「가여운 노파들」에서 이렇게 속삭인다.

그러나 나는 멀리서 다정하게 당신을 지켜본다오. (……)
마치 당신의 아버지나 된 것처럼.

――「가여운 노파들」(『악의 꽃』)

이처럼 보들레르는, 보들레르 연구가인 뤼프(M.A.Ruff)가 지적했듯이, "가슴에서 솟아나는 가장 애절한 목소리"를 들려준다.

물론 보들레르의 대중을 향한 연민은 『가난한 사람들』에서 위고가 보여 준 '아버지다운 연민'과 같지 않다. 타자의 존재 속으로 파고들어 그들 속에서 자신을 발견하고, 그들의 비참함과 부끄러움 속에서 자신을 그들과 동일시하는 보들레르는 스스로 인생의 패배자가 되는 것이다. 이처럼 '인생의 패배자'들에 대한 그의 태도는 단순히 보호자로서의 태도가 아니다. 그의 태도는 대단히 복잡하며 특히 모호하다. 모든 불행한 자들에게 기우는 그의 관심은 그것이 자비심인지 애정인지, 때로는 잔인하기조차 한 강한 호기심인지 그 한계가 분명치 않다. 위고 작품에서는 찾아볼 수 없는 이런 유의 모호함이 보들레르의 많은 작품에서 발견된다. "다수가 된 나의 가슴은 너의 모든 악을 즐긴다!/나의 영혼은 동시에 너의 모든 덕으로 빛난다.(……)/나는 몰래 숨은 쾌락을 즐긴다."라고 「가여운 노파들」에서 시인은 고백한다. 이처럼 형제애적 연민인지 상대의 의식 속에 잠입하여 즐기는 자아의 만족인지, 그 구별이 어려운 고도의 정신적 긴장 상태까지 몰고 갈 때 보들레르의 시를 위고의 '부성애'와 동일한 것으로 해석할 수 없게 된다. 약한 자와 고아의 보호자였던 위고는 그의 첫 작품에서부터 정의감을 드러내며 '진실과 위대함의 결합'을 원했다. 바로 이 '위대함에의 꿈'으로 인해 위고는 자신이 '가르침의 이단'이라는 현대 시의 결정적인 오류 속에 떨어지고 있는 걸 보지 못했다.

보들레르는 에드거 앨런 포처럼, 시가 도덕과 독립되어야 한다고 주장했다. 『이상한 이야기』의 저자 포나 『악의 꽃』의 시인 보들레르는 모든 가르침이나 설교를 위해 있는 예술을 비난했다. 그들은 '미는 실용성과 완전히 독립되어'야 한다고 생각했다. 이처럼 보들레르의 자비는 실용주의적 모럴의 권고라는 '가르침의 이단'과 구분된다. 그것이 바로 「12 군중」에서 정의한 '자비심과 동시에 시'의 참뜻이다. 따라서 인간에 대한 자비심이나 공감에도 불구하고 이 미묘한 인물은 쉽게 그것을 드러내지 않는다. 「49 가난뱅이를 때려눕히자!」라는 간단한 우화에서 부성애로 인해 짓밟히는 인간의 존엄성의 회복을 강조하면서도, 묘사적인 미를 위해서는 어떤 잔인한 세부도 마다하지 않았다. 고도의 연민의 감정 표현에서도 타자를 향한 공감을 분명히 드러내지 않고, 외부의 사실주의적인 묘사와 그것으로 얻어지는 회화적 효과를 등한시하지 않는다. 특히 늙어빠진 육체를 잔인할 정도로 세밀하게 묘사한 「가여운 노파들」이 그에 대한 좋은 표본이다. 아마도 이처럼 자신의 감정을 표현과 시적 진실에 종속시키는 것이 프루스트가 지적한 천재의 특징이며, 개인적 감정보다 우위에 있는 예술에 대한 '신앙'일지도 모른다.

인간에 대한 호기심, 특히 현대 인간의 일상생활과 그들의 비극적 운명에 민감했던 보들레르는 누구보다 진실되게 현대 인간의 비극을 문제 삼았던 시인이다. 그러나 그를 괴롭히는 인간의 얼굴이 쉴 새 없이 따라다녔다. 그가 「12 군중」에서 노래한 것도 이 '지울 수 없는 향연', '영혼의 성스러운 매음'이다. 그것이 시든 자비심이든, 예기치 않게 나타난 자에게도, 지나가는 미지의 행인에게도 자신을 전부 내맡기는 '영혼의 매음'이다.

'시와 자비심(poésie et charité)!', 이것이 바로 시인의 이중성을 정의해 주는 완벽한 표현이다. '자비심'이 타자의 고통에 민감한 감정을 의미한다면, '시'는 개인적이며 세련된 숨은 쾌락을 의미한다. "각자는 모든 다른 사람을 즐긴다."라고 고백했듯이, 그는 매일 낮으로 밤으로 홀로 헤매며 파리의 군중 속에서 이처럼 희귀하고 귀중한 숨은 쾌락을 누린 것이다.

14
늙은 광대

휴가를 만난 사람들이 도처에 넘쳐 흥청거리고 있었다. 그
것은 광대며, 요술쟁이, 동물 흥행사, 유랑 행상 등이 한 해 동
안의 불경기를 만회하기 위해 오랫동안 별렀던 그런 명절의
하나였다.

이런 날에는 사람들이 고통도 노동도, 모든 것을 다 잊고
있는 듯이 보인다. 그들은 어린애같이 된다. 꼬마들에게는 하
루 동안의 휴가요, 학교의 공포도 스물네 시간 뒤로 미루어진
다. 어른들에게는 인생이라는 악랄한 강대국과 맺어진 휴전,
전반적인 긴장과 투쟁 중 잠시 동안의 휴식이다.

사교계 인사도 정신 노동에 전념하는 사람도 이 같은 대중
적인 축제의 영향에서 벗어나기란 쉽지 않다. 그들도 원하지
않더라도 이러한 태평스러운 분위기의 그들의 몫을 삼키게 된

다. 진짜 파리내기인 나로 말하더라도 이런 명절이 되면 보라는 듯이 늘어선 막사들을 꼭 둘러보게 된다.

이 막사들은 사실 무시무시한 경쟁을 벌이고 있었다. 새처럼 짹짹거리고, 소처럼 고함치고, 이리처럼 울부짖었다. 고함 소리며 금관 악기들의 북적거리는 소리, 그리고 폭발하는 불꽃이 한데 뒤범벅되었다. 어릿광대들이며 얼간이들은 바람과 비와 햇볕에 그을린 메마른 얼굴 주름살을 꿈쩍거리고, 자신의 연기에 자신만만한 희극 배우처럼 태연스럽게, 몰리에르의 희극에서처럼 확고하고 묵직한 희극적 재담이며 농담을 내질렀다. 역사(力士)들은 자신의 거대한 팔다리를 뽐내며 오랑우탄처럼 이마도 두개골도 없는 대가리를 흔들면서, 이날을 위해 전날 빨아두었던 타이츠를 입고 위풍당당 뻐겼다. 요정이나 공주처럼 아름다운 무희들은 초롱불 아래서 깡충깡충 뛰었다.

이처럼 모든 것이 빛과 먼지, 고함 소리, 즐거움, 법석뿐이었다. 어떤 사람들은 돈을 쓰고, 어떤 사람들은 돈을 벌어들인다. 그러나 즐겁기는 쓰는 쪽이나 버는 쪽이나 마찬가지다. 아이들은 막대 사탕을 사 달라고 어머니 치맛자락에 매달리거나, 신처럼 기막힌 마술사를 더 잘 보기 위해 아버지 어깨 위까지 올라와 있다. 그리고 도처에는 이 모든 축제의 향기보다 더 두드러지게, 흡사 축제를 축하하는 향과도 같은 무슨 튀김 냄새가 감돌았다.

줄지어 선 판잣집 맨 끝에 마치 수치심으로 인해 스스로 이 모든 화려함으로부터 도망쳐 나온 듯 한 광대가, 초라하고 등이 굽고 노쇠하여 인간 폐물이라고나 할 가엾은 그가 허름한 판잣집의 기둥에 기대어 앉아 있는 것을 나는 보았다. 그 오두막은 가장 미개한 야만인의 오두막보다 더 비참했으며, 연기를 내며 녹아 내리고 있는 두 자루의 촛불이 궁핍을 한층 더 환하게 비추어 보였다.

어느 곳에나 즐거움이 있고, 돈벌이가 있고, 방탕이 있었다. 어느 곳에나 내일의 확실한 양식이 보장되어 있었고, 도처에 활력소의 광적인 폭발이 있었다. 그런데 유독 이곳에는 지독한 궁상, 더욱 끔찍한 것은 예술보다는 궁핍으로 인해 더욱 주위와 대조를 이루는 우스꽝스러운 누더기를 괴상하게 입은 궁상이 있었다. 웃지도 않는다, 이 불쌍한 사나이는! 울지도 않는다, 춤을 추지도 않는다, 몸짓도 하지 않는다, 소리를 지르지도 않는다. 즐거운 노래든 구슬픈 노래든 그는 노래 하나 부르지 않고 애걸도 하지 않는다. 그는 입을 다물고, 몸도 움직이지 않는다. 그는 모든 걸 포기한 것이다. 그의 운명은 끝장난 것이다.

그러나 그는 얼마나 깊고 잊을 수 없는 시선을 이들 군중과 불빛 위로 보내고 있었던가! 움직이는 군중과 불빛의 물결은 그의 혐오스러운 궁핍 바로 몇 걸음 앞에서 멎어 버렸다. 나는 히스테리의 무서운 손길에 목이 졸리는 듯했다. 그 정경을 바라보는 나의 눈은 떨어지기를 거부하는 어쩔 수 없는 눈물로 앞이 가리는 것만 같았다.

어떻게 할까? 이 불행한 자에게 그의 찢어진 휘장 뒤, 악취나는 어둠 속에서 어떤 신기한 재주를, 어떤 희한한 것을 보여 줄지를 물어본들 무슨 소용이 있겠는가? 사실 차마 물을 수가 없었다. 나의 소심함에 독자들은 웃을지 모른다. 고백하지만 나는 그를 모욕할까 봐 두려웠다. 마침내 그가 내 의도를 헤아려 주길 기대하면서 지나치며 그의 널빤지 위에 돈을 몇 푼 놓기로 마음먹었다. 그런데 알 수 없는 혼란으로 엄청난 사람들의 물결에 휩쓸려 나는 그에게서 멀어지고 말았다.

그리고 집에 돌아오면서 이 광경에 마음이 사로잡혀 나의 갑작스러운 고통을 분석해 보려고 애썼다. 그리고 이렇게 생각했다. 내가 방금 본 것은 한 늙은 문학자의 이미지다. 그는 한 세대를 즐겁게 해 준 훌륭한 광대였으나, 그 세대는 지나가 버린 것이다. 친구도 없고, 가족도 없고, 어린애도 없으며, 그의 빈곤과 몰이해한 대중으로 인해 망가진 늙은 시인의 이미지! 잊기 잘하는 세상 사람들은 그의 막사에는 들어가려 하지 않는다!

늙은 광대의 이미지를 빌려 시인은 자신의 불행을, 혹은 현대 인간의 비극을 호소하고 있다.

「13 미망인들」에서 언급했듯이, 시인은 파리의 거리에서 만나는 모든 '인생의 낙오자'들에게 공감하며 자신을 그들과 동류로 생각한다. 비참한 파리 시민들에 대한 그의 관심이 부유한 시민들과 대조를 이루어 부각되는 것이 그의 파리 시의 두드러진 특징 중 하나다. 그는 『가난한 사람들』에 관한 비평에서 위고를 "성숙한 나이가 되면서 반대로 가난의 문제들과 신비 쪽으로 불안과 호기심을 품고 기우는" 작가로 정의했는데, 이 글 속에 그 자신의 이미지를 투사하고 있다. 그 역시 나이가 들면서 모든 이웃들의 불행과 불행의 신비 쪽으로 이끌려 간 시인이다.

이 작품에서는 광대의 불행을 주위의 떠들썩한 분위기와 대조하여 그린다. 부자들이 만들어주는 빛과 가난한 자들의 어둠이라는 '빛과 그림자'의 회화적 대조법을 사용하여 부각하고 있다. '빛과 그림자'의 미학은 위고 미학의 기본 중 하나인데, 「14 늙은 광대」에서도 회화적 대조법이 두드러진다. 시인은 '늙은 광대'를 등장시키기에 앞서, 우선 대중의 축제 분위기를 밝은 색채로 묘사하고, 갑자기 어둡고 음침한 인물 '늙은 광대'를 등장시킨다. 모든 광적인 폭발과 생명력으로 충만한 장터의 다이내믹한 색채는 광대의 불행과 어둠을 더욱 두드러지게 투사한다.

보들레르는 그의 작품 여러 곳에서 정착지 없이 떠도는 보헤미안과 광대를 노래했다.(『악의 꽃』 중 「여행길의 보헤미안들」, 「병든 뮤즈에게」

등 참조) 화가 로트레크(Toulouse-Rautrec)나 루오(G. Rouault)처럼 보들레르는 현대인의 비극을 그리기 위해 기꺼이 광대를 상징물로 사용했다. 광대의 테마는 영화에서도 발견된다. 펠리니(Félini)나 베리만(Ingmar Bergman)의 영화, 특히 펠리니의 「길」과 베리만의 「유랑극단 배우들의 밤」에서 발견되는 광대의 이미지나, 20세기에 유행한 이탈리아의 '신사실주의'의 특징 중 하나인 광대의 테마는 본질적으로 보들레르의 테마다.

15
과자

　나는 여행 중이었다. 나를 그 한가운데 둘러싸고 있는 경치는 감동해 마지않을 장엄함과 숭고함이 있었다. 그 순간 나의 마음속에는 틀림없이 그러한 경치의 무엇인가가 스쳐 갔다. 가벼운 대기처럼 나의 생각 역시 가볍게 움직이고 있었다. 이제 증오나 속세의 사랑 따위의 저속한 정념은 내 발아래 저 심연의 밑바닥으로 사라져가는 구름 떼처럼 멀어져 가는 것 같았다. 나의 넋도 나를 둘러싼 창공처럼 넓고 순수해 보였다. 속세의 온갖 추억이 저 멀리 산비탈에서 풀을 뜯는 가물가물한 양들의 방울 소리처럼, 약하고 희미하게만 내 가슴속에 떠오를 뿐이었다. 한없이 깊어 검은색으로 보이는 움직이지 않는 조그만 호수 위로는 간간이 구름의 그림자가 마치 하늘을 가로질러 날아가는 공중 거인의 망토 자락처럼 지나갔다. 그리고 끝없이 고요한 어떤 커다란 움직임에 의해 빚어진 이 엄숙하고 희귀한 감각이 나를 공포마저 섞인 환희로 채워 주었던 일을 지금도 기억한다. 요컨대 나는 나를 둘러싼 찬란한 아름다움 덕분에 나 자신과, 그리고 우주와 완벽한 평화 상태에 놓여 있는 것을 느낄 수 있었다. 그리고 이 완벽한 도취와 지상의 모든 악에 대한 완전한 망각에 잠겨 인간은 태어나면서부터 선하다고 주장하는 신문들을 그처럼 우스꽝스럽게 생각하지 않는다고 믿게 되었다. 이때 구제 불능의 육체적 욕구가 되살아났기 때문에, 오랜 등산으로 인한 피곤을 풀며 식욕을 진정시킬 생각을 했다. 나는 주머니에서 빵 한 덩어리, 가죽 컵, 그리고 당시 약사들이 산에 올라가는 관광객들에게 눈[雪] 녹인 물로 섞어서 마시도록 팔고 있는 일종의 영약 병을 꺼냈다.

나는 천천히 빵을 자르다가 아주 작은 어떤 소리가 들려 눈을 들었다. 내 앞에는 누더기를 걸친 시꺼멓고 머리가 헝클어진 꼬마 하나가 서 있었다. 그의 눈은 움푹 패고 사나워 보이면서도 애원하는 듯, 마치 빵 덩어리를 삼킬 듯이 들여다보고 있었다. 나는 그가 낮은 쉰 목소리로 과자!라는 말을 탄식처럼 내뱉은 소리를 들었다. 나는 거의 하얗다고 할 정도의 내 빵을 과자라는 명예로운 말로 불러 주는 소년의 말을 듣고 웃지 않을 수가 없었다. 나는 크게 한 조각을 잘라서 그에게 주었다. 그러자 그는 여전히 눈을 그의 탐욕의 대상인 빵에서 떼지 않은 채 천천히 다가왔다. 그러고는 빵 조각을 그의 손으로 가로채서는 재빨리 뒷걸음쳤다. 마치 내가 거짓으로 빵을 주는 척하는 것이 아닐까, 혹은 내가 벌써 생각을 바꾸지 않았나 겁이라도 내고 있는 듯.

그런데 바로 그 순간 어디서 나왔는지 알 수 없는 또 하나의 야만인 꼬마에 의해 그는 나둥그러졌다. 그는 처음의 꼬마와 너무나 닮아서 쌍둥이 형제로 착각할 정도였다. 그들은 이 귀중한 먹이를 서로 빼앗으며 땅 위에서 구르고 있었다. 둘 중 누구도 쌍둥이 형제를 위해 빵의 반쪽을 희생하고 싶지 않았던 모양이다. 처음의 꼬마는 분통이 터져 상대의 머리털을 움켜쥐고, 두 번째 꼬마는 상대의 귀를 이로 물어뜯어서는 그 피가 나는 조그마한 살 조각을 희한한 사투리 욕설과 함께 내뱉었다. 과자의 정당한 소유자가 약탈자의 눈에 그의 작은 발톱을 박으려 하면, 약탈자는 손으로 적의 목을 비틀려고 있는 힘을 다하고, 그러면서 다른 손으로는 애써 이 투쟁의 대가를 주머니에 집어넣으려고 한다. 그러나 패자는 절망으로부터 다시 기운을 차려 벌떡 일어나 승자의 배때기를 대가리로 들이받아 땅으로 굴러 떨어지게 한다.

어린아이들의 힘으로는 실로 있을 법하지도 않을 만큼 오랫동안 계속된 이 끔찍한 싸움을 더 묘사해서 무엇 하랴? 과자는 순간마다 이 손에서 저 손으로, 이 주머니에서 저 주머니로 바뀌었다. 그러나 저런! 그와 동시에 과자는 그 크기도 변해 갔던 것이다. 그리하여 마침내 기진맥진 숨이 차고 피투성이가 되어 더 이상 계속할 수 없어 싸움을 그쳤을 때는, 사실 말이지, 이미 싸울 아무런 건더기도 남지 않게 되었다. 빵 조각은 사라지고, 그들이 뒤집어쓴 모래알처럼 작은 가루가 되어, 모래 속에 섞여 흩어져 버렸다.

이 광경은 내 눈에 아름다운 경치마저 어둡게 만들어 버렸다. 그리고 이들 난쟁이를 만나기 전까지 내 마음이 만끽하던 고요한 환희는 완전히 사라지고 말았다. 나는 오랫동안 슬픔에 잠겨 계속 이렇게 되뇌었다. "그러니까 빵이 과자라고 불리는 희한한 나라가 있구나. 그것이 그렇게 희귀한 사탕 과자랍시고 정말 형제끼리 서로 죽이는 전쟁을 일으킬 수도 있다니!"

주석

시의 도입부에 묘사된 경치는 보들레르적 초자연주의의 전형이
다. 시인의 상상력은 『악의 꽃』의 「상승」에서 노래한 상승에 대한 갈
망의 모든 상징을 이곳에 모아놓은 듯하다. 항거할 수 없이 장엄하
고 고귀한 정경과, 가벼운 공기 등의 이미지와 함께 사고의 날렵함,
하늘의 순수함, 무한한 공간 속으로의 비상, 그리고 이로 인해 '지상
의 무거움'에서 벗어나 저속한 사랑과 증오로부터 자유로워지며, 내
적 평화를 얻는 완벽한 도취경 등.

숱한 못을 넘고 골짜기 넘고,
산을, 숲을, 구름을, 바다를 넘어,
태양도 지나고 창공도 지나,
또다시 별나라 끝도 지나,

내 정신, 그대 민첩하게 움직여,
파도 속에서 황홀한 능숙한 헤엄꾼처럼,
말로 다 할 수 없이 힘찬 쾌락을 맛보며
오묘한 무한을 즐겁게 누비누나.

이 역한 독기로부터 멀리 달아나
드높은 대기 속에 그대 몸 씻어라.
그리고 마셔라, 순수하고 신성한 술 마시듯,
맑은 공간 채우는 저 밝은 불을.

안개 긴 삶을 무겁게 짓누르는
권태와 끝없는 슬픔에 등을 돌리고,
고요한 빛의 들판을 향해 힘찬 날개로
날아갈 수 있는 자 행복하여라.

그의 생각은 종달새처럼 이른 아침
하늘을 향해 자유로이 날아올라,
삶 위를 떠돌며 꽃들과 말 없는 사물들의 언어를
힘 안 들이고 알아낸다!

──「상승」

시의 후반부는 초자연적 도취경에서 깨어나 추악한 현실로 되돌아오는 의식의 깨어남이다. 이 같은 시 구조는 「5 이중의 방」이나 「파리의 꿈」(『악의 꽃』)에서도 전개된다. 이것은 이상(=꿈)에서 우울(=현실)로 돌아오는 이상과 현실의 변증법적 구조다.

다음은 「파리의 꿈」이다.

　　　콘스탄틴 가이스에게

　　　　　　I
일찍이 아무도 본 일이 없는,
그 무서운 풍경의
어렴풋하고 아득한 영상이
오늘 아침 나를 사로잡는다.

잠은 기적에 가득 차 있다!
야릇한 변덕을 부려
나는 이 경치로부터
고르지 않은 초목들을 몰아내고,

자신만만한 화가처럼,
내 그림 속에서 맛보고 있었다.
금속과 대리석, 그리고 물로
이루어진 황홀한 단조로움을,

(······)

그것은 들어보지도 못한 보석이며
마술의 물결, 그것은
자신이 반사하는 모든 것으로
눈부시게 빛나는 거대한 거울!

(······)

II

불꽃 가득한 눈을 마침내 뜨자,
내 눈에 들어오는 것은 끔찍한 내 누옥,
정신이 들면서 내가 느낀 것은

15 과자

저주받은 가지가지 번뇌의 칼날,

벽시계는 불길한 소리를 내
사정없이 정오를 치고,
하늘은 어둠을 퍼붓고 있었다,
마비된 서글픈 이 세상 위로.

——「파리의 꿈」

잊고 있었던 인간의 육체적 욕구는 거지처럼 사납고 누더기를 입은 더러운 난쟁이의 형태로 구현되었다. 이들은 지상의 유혹의 상징인 과자를 필사적으로 쟁취하려 한다. 이 무시무시한 싸움에 대한 잔인할 정도의 세밀한 묘사는 형이상학적 의미를 생각게 한다. 「1859년 미술전」 중 화가 들라크루아에 관한 글에서도 어린아이의 잔악함에 대해 언급했다.

그(들라크루아)의 생각으로는 어린아이가 잼으로 더럽혀진 손으로 밖에는 달리 보이지 않았다. 또는 소란스럽게 북 치는 아이…… 또는 방화범, 또는 원숭이처럼 동물적으로 위험한 존재로만 생각되는 것이다. 그는 이렇게 말하곤 했다.
"나는 내가 어렸을 때 괴물이었던 것을 너무나 잘 기억할 수 있습니다."
이처럼 단순한 상식으로 해서 그는 가톨릭 사상으로 돌아가고 있었다. 왜냐하면 보편적인 어린애는 보편적인 어른보다 훨씬 원죄에 가깝기 때문이다.

16
시계

중국 사람들은 고양이의 눈 속에서 시간을 읽는다. 어느 날 한 선교사가 남경의 교외를 산책하던 중 시계를 잊고 나온 것을 알아차리고, 한 소년에게 시간을 물었다.

중국 꼬마는 처음에 주저하더니, 이내 생각을 고쳐먹고 이렇게 대답했다는 것이다. "곧 알려드리지요." 그러고는 잠시 후 다시 돌아와서 두 팔로 대단히 큰 고양이 한 마리를 안고, 전해 오는 말대로, 고양이의 눈 흰자위를 바라보면서 서슴지 않고 이렇게 단언하더라는 것이다. "아직 완전히 정오는 아닙니다." 그런데 그것은 정말이었다.

나로 말할 것 같으면, 나는 아름다운 암고양이[1] 펠린——정말 잘 지어진 이름이다. 그 고양이는 그의 성(性)의 자랑인 동시에 내 가슴의 자랑이며 내 정신의 향기와도 같다——을 굽

어보고 있노라면, 그것이 낮이건 밤이건, 빛이 가득한 곳에서
건 투명한 그늘에서건, 나는 항상 뚜렷이 시간을 읽는다. 항상
같은 시간을, 공간처럼 무한하고 엄숙한 시간을, 분으로도 초
로도 나누어지지 않은——시계 위에도 표시되지 않은 정지된
시간을, 그러나 한숨처럼 가볍고, 깜빡이는 일별처럼 재빠른
시간을.

그리고 나의 시선이 이 미묘한 시계 판 위에 고정되어 있을
때, 만일 어떤 훼방꾼이 나타나 나를 방해한다거나, 어떤 무례
하고 참을성 없는 요정이나 불시에 나타난 악마 같은 것이 나
에게 와서 "무엇을 그렇게 주의 깊게 보고 있느냐? 이 동물의
눈 속에서 무엇을 찾고 있느냐? 시간을 아끼지 않는 게으름뱅
이, 너는 시간을 읽고 있느냐?" 하고 묻는다면, 나는 서슴지
않고 대답할 것이다. "그렇다, 나는 시간을 읽고 있다. 시간은
지금 '영원'이다!"

고양이 부인, 이거야말로 진정 찬양할 만한, 그리고 그대 자
신처럼 과장된 한 편의 연가가 아닌가? 진정으로 하는 말이지
만, 나는 이 과장된 연가를 엮은 데 무한한 즐거움을 누렸기
에, 그대에게 이 글의 대가로 아무것도 요구하지 않을 것이다.

주석

인간의 숙명인 시간과 공간의 제한에서 벗어나 무한과 영원을 소유하고 싶은 욕구는 보들레르 작품을 지배하는 집념과도 같다.

지상의 시간의 유한성을 강조해 주는 시계추의 진동 소리만큼 그에게 공포를 주는 것도 없다. "시간도, 분도, 초도 사라진 무한의 시간", 모든 시간 개념이 사라진 도취의 순간(「5 이중의 방」 참조)이 그가 넋의 예외적인 상태에서 경험한 축복받은 순간이며, 그것이 곧 시적인 순간이다.

> 우리의 존재 중에는 시간과 공간이 더욱 깊어지고, 존재감이 무한하게 확대되는 순간들이 있다……
>
> ──「봉화 XI」

흔히 경멸의 대상으로 작품에 등장했던 여인이(이곳에서는 여인을 고양이에 비유하고 있다.) 시인에게 "공간처럼 무한하고 엄숙한 시간, (……) 시계 위에도 표시되지 않은 (……) 그러나 한숨처럼 가볍고, 깜빡이는 일별처럼 재빠른 시간", 즉 초월적 시간 감각을 제공하는 까닭에 시인의 경애의 대상으로 승격되었다.

1) 여성을 고양이로 비유하는 비유법은 흔히 발견된다. 특히 「고양이(Le Chat)」(『악의 꽃』) 참조.

17
머리카락 속에 반구(半球)

　그대의 머리카락 냄새를 오래오래 들이마시게 해 주오. 갈증 난 남자가 샘물 속에 얼굴을 묻고 있듯, 그대 머리카락 속에 내 얼굴을 푹 묻고, 내 손으로 그대의 머리카락을 향기 나는 손수건처럼 흔들게 해 주오, 추억들을 공중에 흔들기 위해.

　내가 그대의 머리카락 속에서 보는 모든 것을 그대가 알 수만 있다면! 내가 느끼는 모든 것을! 내가 듣는 모든 것을! 다른 사람들의 넋이 음악 따라 여행하듯, 내 넋은 향기를 타고 여행을 떠난다.

　매혹적인 그대의 머리카락에는 돛과 돛대들로 가득 찬 꿈이 모두 깃들어 있다. 그대의 머리카락에는 망망대해가 깃들어 있다. 거기에 부는 계절풍이 나를 그곳의 매혹적인 풍토로 실어다 준다. 그곳의 하늘은 더욱 아름답고 더욱 깊으며, 그곳의 대기는 나무 열매와 잎사귀들과 사람의 살갗 냄새로 향기롭다.

그대 머리카락의 바다 속에서 나는 어떤 항구를 본다. 우수 어린 노래와 온갖 인종의 힘센 남자들, 그리고 영원한 뜨거움이 깃들어 있는 끝없는 하늘 위로 정교하고 복잡한 구조를 이루어놓은 온갖 형태의 배들로 가득 찬 항구를.

머리카락을 애무하면서 나는 회상한다. 아름다운 선실 속 긴 의자 위에서 보낸 달콤한 우수의 그 긴 시간을, 화분과 찬물 그릇 사이에서 항구의 희미한 요동에 의해 조용히 흔들리며 보낸 시간을.

화로 같은 그대의 머리카락 속에서 나는 아편과 설탕이 섞인 담배 냄새를 맡는다. 그대 머리카락의 어둠 속에서 나는 열대 지방의 무한한 창공이 빛나는 것을 본다. 그대 머리카락으로 덮인 바닷가에서 나는 코코아와 사향과 역청이 섞인 냄새에 취한다.

그대의 무겁고 검은 머리 타래를 오랫동안 깨물게 해 주오. 그대의 탄력 있고 억센 머리카락을 깨무노라면, 나는 추억을 씹고 있는 듯한 생각이 든다.

주석

향기에 취한 시인의 몽상이 현실을 벗어나 그가 열망하는 이상의 세계로 여행한다는, '잃어버린 낙원'으로의 귀의를 주제로 삼고 있다. 이 행복한 몽상이 여인과 연결된다. 시의 중심부에 있는 여인의 머리카락 향기로부터 낙원(공간은 더욱 아름답고, 더욱 깊다……)을 상징하는 바다, 항구, 배, 물의 이미지에 이르기까지 모든 것이 여성적 꿈의 성격을 띠고 있다.

이 시의 구조, 전개, 이미지 등이 『악의 꽃』 중 다음 두 시 「이국향기(Le Parfum Exotique)」와 「머리 타래(La chevelure)」를 연상하게 한다.

어느 다사로운 가을 저녁 두 눈을 감고
훈훈한 그대 젖가슴 냄새 맡으면,
단조로운 태양 볕 눈부신
행복한 해안이 내 눈앞에 펼쳐진다.
그것은 게으르게 하는 섬, 거기서 자연은 키운다,
진귀한 나무들과 맛있는 과일들,
날씬한 체구에 활기찬 남성들,
순진한 눈빛이 놀라운 여인들을,

그대 냄새 따라 매혹적인 고장으로 안내되어,
나는 본다, 바다의 파도에 흔들려 아직도 몹시 지쳐 있는
돛과 돛대 가득한 어느 항구를,

그동안 타마린의 초록색 향기
대기 속을 감돌며 내 콧구멍을 부풀게 하고,
내 마음속에서 수부들의 노래와 뒤섞이누나.

　　　　　　　　　　　　　　—「이국 향기」

오, 목덜미까지 곱슬곱슬한 머리털이여!
오, 곱슬한 컬! 오, 게으름 가득한 향내여!
황홀함이여! 오늘 밤 이 어두운 규방을
그대 머릿속에 잠자는 추억으로 채우기 위해
손수건처럼 공중에 그대 머리칼을 흔들고 싶어라!

나른한 아시아, 타오르는 아프리카,
거의 사라져 버린 이곳에 없는 아득한 세계가 고스란히
그대 깊은 곳에 살아 있구나, 향기로운 숲이여!
다른 사람들 음악에 따라 노를 젓듯,
내 마음은, 오, 사랑하는 임이여! 그대 내음 따라 헤엄친다.

나는 가련다, 저곳으로, 생기 찬 나무와 남자가
작렬하는 풍토 아래 오래도록 황홀함에 빠져 있는 곳,
거센 머리채여, 나를 데려갈 물결이 되어다오!
칠흑의 바다여, 그대는 눈부신 꿈을 품고 있다,
돛과 사공과 불꽃과 돛대의 꿈을.

거기 우렁찬 항구에서 내 넋은 가득

들이마신다, 향기와 소리와 색깔을,
거기서 황금빛 물결 위로 미끄러지는 배들은
거대한 두 팔 벌려 껴안는다,
영원한 열기 흔들리는 순수 하늘의 영광을.

—「머리 타래」

보들레르에게 있는 그대로의 여성은 자연적이고 물질적인 현실이며, 따라서 경멸의 대상이다. 그의 반자연관과 여성 혐오는 유명하다. 한편 여성은 몽상의 원천으로 시인의 영혼의 갈망에 응답해 주어 때로 시인의 찬양의 대상이 된다. 향기와 뱀의 움직임에 비유된 몸의 움직임의 곡선, 피부색…… 이 모든 것을 가장 충족시켜 준 여인이 그 유명한 검은 비너스(Vénus Noire)였다.(『악의 꽃』의 열아홉 편의 잔 뒤발 시편 참조) 그가 그토록 적나라하게 찬미한 그녀의 아름다움은 육체 그 자체에 대한 찬가가 아니다. 자연이 그에게 우주와 시인의 넋 사이의 교감의 장소로 보였다면, 여인의 육체 역시 색채와 향기와 움직임, 소리에 의해 살아 있는 교감의 장소다. 이런 의미에서 그녀는 진정 살아 있는 시신(詩神)이다. 시인이 도취 상태에서 애무하는 것은 여인의 육체가 아니라, 루아예르(J.Royère)가 잘 지적했듯이 "이브 속에 구현된 자연이다." 이처럼 시적 몽상을 확보해 주는 일종의 자극제인 여인을 향한 노래는 어떤 특정한 여인에 대한 노래가 아니다. 여인은 빛과 그림자에 의해 시인의 상상력을 활발하게 해 주고, 그를 떠나지 않는 '환영'(『악의 꽃』 중 「환영(Fantôme)」 참조) 같은 존재다. 그 점은 미지의 여인에게 바치는 『인공 낙원』의 헌사에 잘 나타나 있다.

여인은 우리의 몽상에 가장 큰 빛이나 가장 큰 그림자를 투사해 주는 존재다. 여인은 숙명적으로 암시적이다. 여인은 그녀 자신의 삶이 아닌 제2의 삶을 살기 때문이다. 여인은 그녀가 끊임없이 붙어 다니며 풍요롭게 해 주는 상상력 속에서 정신적인 삶을 살기 때문이다.

보들레르에게 여인은 본질적으로 동물과 다를 바 없는 경멸적 존재다. 여인에게는 정신성이 결여되어 있기 때문이라는 것이다. 흔히 그가 여인을 뱀, 코끼리, 고양이, 곰 등 탐욕스러운 야수에 비유하는 것은 우연이 아니다. 따라서 그의 시에서 노래된 여인은 자신과 동일한 인격체로서의 여성이 아니라, 여인으로 인해 그에게 확보된 어떤 관념이다. 인공적으로 꾸며져 자연적 상태를 벗어난 여인은 몽상의 원천으로, 초자연적 현실로, 미학적 대상으로 바뀐다. 여인은 시인의 정신 활동에 참여함으로써 여성이기를 그치고 일종의 가치로 바뀐다. 자연이 그의 작품 속에서 도취의 순간 그의 영혼에 초자연적 빛을 던져주는 빛이나 그림자로 간주되듯, 여인 역시 시적 몽상의 근원이다. 그의 사랑 시 대부분은 사랑하는 여인과 엄밀한 의미에서 무관하다. "내 아이, 내 누이……." 하고 시작되는 「여행으로의 초대」(『악의 꽃』)에서 그가 초대하는 것은 연인이 아니라, 기실 그 자신의 몽상이다. 시에 여인의 이미지가 개입되었지만, 그 의미는 '교감' 예술과 유사한 아날로지의 미학 구조 속에서다. "보들레르의 시에 진정한 에로티시즘은 존재하지 않는다."라고 사르트르는 꼬집었다. 이 시에서도 에로티시즘은 과거로 돌아가기 위한 추억의 매개체이며("……나는 추억을 씹고 있는 듯한 생각이 든다.") 몽상의 자극제에 불과하다.

18
여행으로의 초대

'보물의 나라'라는 기막힌 나라가 있다고 사람들이 말하는데, 나는 그곳을 오래전부터 알고 있는 한 여인과 함께 찾아갈 꿈을 꾸고 있다. 그곳은 북유럽 지방의 안개 속에 잠긴 신기한 나라, 서양의 동양, 유럽 속의 중국이라 부를 수도 있다. 그토록 그곳엔 뜨겁고 변덕스러운 환상이 피어나고, 그토록 환상은 참을성 있고 끈질기게 그 나라를 복잡하고 정교한 식물들로 장식하고 있다.

진정한 '보물의 나라', 그곳에선 모든 것이 아름답고 풍요로우며, 고요하고 정중하다. 그곳에선 사치가 즐겁게 질서 속에 비치고, 삶이 숨 쉬기에 감미롭고 풍요롭다. 무질서와 소란, 뜻밖의 일 등은 이 나라엔 있을 수 없고, 행복이 고요 속에 조화되어 있고, 음식조차도 시적이고 기름지며 동시에 자극적이다. 그곳에선, 나의 사랑하는 천사여, 모든 것이 그대를 닮았다.

그대는 아는가, 추운 가난 속에서 우리를 사로잡는 이 열병을, 미지의 나라에 대한 이 향수를, 호기심이 품고 있는 이 고통을. 당신을 닮은 나라가 있어, 그곳에선 모든 것이 아름답고 풍요로우며, 고요하고 정중하다. 환상이 구축하고 장식한 저 서양의 중국, 생명이 숨 쉬기에도 감미롭고, 행복이 정적 속에 조화된 나라, 바로 그곳이다, 가서 살아야 할 곳도, 죽어야 할 곳도!

그렇다. 가서 숨 쉬고, 꿈꾸며, 무한의 감각들로 시간을 늘려야 할 곳이다. 어떤 음악인이 원무(圓舞)로의 초대를 작곡했다. 그런데 사랑하는 여인에게, 선택된 누이에게 바칠 여행으로의 초대를 작곡할 음악인이 누구일까?

그렇다. 그런 분위기 속에서 살면 좋으리라——그곳, 시간들조차 더욱 느리며, 시간은 더 많은 생각을 함유하고, 시계조차 더욱 깊고, 더욱 의미 있는 엄숙함 속에 행복을 울려주는 그곳에서.

윤나는 널빤지 위에, 또는 어두운 화려함이 빛나는 금물 입힌 가죽 위에, 그것을 그린 화가들의 넋처럼 평안하고 고요하며 심오한 그림들이 조용히 살고 있다. 식당이며 거실을 그토록 화려하게 물들여 주는 석양빛은 아름다운 천을 통해, 또는 납 창살로 무수하게 나뉜 세공된 높은 창문을 통해 부드럽게 스며든다. 세련된 넋처럼 비밀과 자물쇠로 채워진 가구들은 널찍하고 기묘하며 호기심을 자극한다. 거울, 금속, 천, 작은 장식품, 도기, 이 모든 것이 그곳에서 보는 사람의 눈에 소리 없는 신비한 교향곡을 연주한다. 그리고 이 모든 물건으로부터, 이 모든 구석에서, 서랍 틈에서, 천의 주름에서 아파트의 넋과 같은 어떤 야릇한 향기가, 수마트라의 어떤 잊지 못할 것의 냄새가 새어 나온다.

그대에게 말했듯이, 진짜 '보물의 나라', 그곳엔 모든 것이 아름다운 양심처럼, 으리으리한 부엌세간처럼, 찬란한 금은 세공처럼, 요란스러운 빛깔의 보석처럼, 풍요하고 깨끗하고 빛난다! 그곳엔 온 세상의 귀중품들이 모여든다. 온 세상을 가질 자격이 있는 근면한 사람의 집에서처럼. 예술이 '자연'보다 우월한 것과도 같이 다른 어떤 나라보다 우월한 신기한 나라, 거기선 자연이 꿈에 의해 개선되고 수정되며 미화되고 개조되었다.

저 원예의 연금술사들이 연구하고 또 연구하여, 그들 행복의 한계를 끊임없이 넓혀주었으면! 그들의 야심 찬 과제를 해결해 줄 사람을 위해, 그들이 육만이나 십만 플로린[1] 을 제의했으면! 그런데 나로 말하면, 나는 이미 나의 검은 튤립과 푸른 달리아를 찾았다![2]

비길 데 없는 꽃, 다시 찾은 튤립이여, 상징적인 달리아여, 그토록 고요하고 꿈결 같은 그 아름다운 나라가 바로 가서 살며 꽃피워야 할 나라가 아닌가? 그곳에서 당신은 당신의 아날로지 속에 둘러싸이고——신비주의자들처럼 말하자면——당신 고유의 '교감'[3] 속에서 당신을 비출 수 있지 않을까?

꿈! 언제나 꿈! 그런데 영혼이 야심에 차고 미묘해질수록 꿈은 가능성으로부터 영혼을 멀어지게 한다. 사람들은 각자 끊임없이 분비되고 새로워지는 자신에 맞는 분량의 천연적 아편을 자기 안에 소유하고 있다. 그런데 우리는 태어나서 죽을 때까지 실제로 누린 얼마나 많은 쾌락의 시간을, 결심하고 이루어 낸 행위로 채워진 얼마나 많은 시간을 헤아릴 수 있는가? 내 정신이 색칠해 놓은 이 그림 같은 나라에서 언젠가는 살 수 있을까? 언젠가는 그곳에 갈 수 있을까, 이 당신을 닮은 그림의 나라에?

이 보물, 이 가구, 이 사치, 이 질서, 이 향기, 이 기적의 꽃들, 그것이 바로 당신이다. 이 커다란 강들, 이 고요한 운하, 그것 또한 당신이다. 거기 온갖 재물을 가득 싣고 떠가는, 단조로운 조종 소리 흘러나오는 이 거대한 선박, 그것은 당신의 가슴 위에 졸며 떠가는 나의 생각이다. 당신은 나의 생각을 '무한'인 바다 쪽으로 조용히 이끌어 간다. 아름다운 당신의 투명한 넋 속에 끝없는 하늘을 비추면서. 그리고 마침내 파도에 지쳐 동양 산물을 가득 싣고 고향의 항구로 돌아올 때, 그것 또한 나의 생각, '무한'에서 당신 쪽으로 되돌아오고 있는, 더욱 풍요해진 나의 생각이다.

주석

앞의 시(17)처럼, 이 시 역시 『악의 꽃』 중 같은 제목의 시 「여행으로의 초대」의 반복이다. 테마 또한 동일하게 반복된다.

다음은 『악의 꽃』에 나오는 「여행으로의 초대」다. 시인이 애인과 함께 가서 살고 싶은 나라를 노래하는 고장은 행복한 이상의 나라다. 시간의 흐름과 죽음조차 두렵지 않은 나라, 그곳에서 한가로이 사랑하고, 그렇게 사랑하다 죽어가고 싶은 나라, 거기에선 "모든 것이 질서와 아름다움/호화와 고요, 그리고 쾌락뿐"이다.

아이야, 누이야,
꿈꾸어 보렴
거기 가서 함께 살 감미로움을!
한가로이 사랑하고
사랑하다 죽으리,
그대 닮은 그 고장에서!
그곳 흐린 하늘에
젖은 태양이
내 마음엔 그토록 신비로운
매력을 지녀,
눈물 통해 반짝이는
변덕스러운 그대 눈 같아.

거기엔 모든 것이 질서와 아름다움,

122

호화와 고요, 그리고 쾌락뿐.

　　세월에 닦여
　　반들거리는 가구가
우리 방을 장식하리,
　　진귀한 꽃들,
　　향긋한 냄새,
호박의 어렴풋한 냄새와 어울리고,
　　호화로운 천장,
　　깊은 거울,
동양의 찬란함,
　　모든 것이 거기선
　　넋에 은밀히
정다운 제고장 말 들려주리.

거기엔 모든 것이 질서와 아름다움,
호화와 고요, 그리고 쾌락뿐.

　　보라, 저 운하 위에
　　잠자는 배들을,
떠도는 것이 그들의 기질,
　　그대 욕망을 아무리 사소한 것도
　　가득 채우기 위해
그들은 세상 끝으로부터 온다.
　　저무는 태양은

옷 입힌다, 들과
운하와 도시를 온통
　　보랏빛과 금빛으로,
　　세상은 잠든다,
뜨거운 빛 속에서.

거기엔 모든 것이 질서와 아름다움,
호화와 고요, 그리고 쾌락뿐.

——「여행으로의 초대」

　　여행의 테마는 낭만주의 작가들 대부분이 시도했고, 그들 사이에
유행과도 같았다. 차라리 신낭만주의 쪽에 속했던, 아니 신낭만주의
와 현대성 사이에서 끊임없이 오갔던 보들레르가 여행의 테마를 그
대로 답습했다는 점에서 충실한 낭만주의의 계승자라고 할 수 있
다. 그러나 그것을 시인의 독특한 방법으로 개조했다는 점에서(특히
산문시에서) 그는 낭만주의자들과 구별된다.
　　산문체의 「여행으로의 초대」에서는 운문시에서보다 여성적 성격
의 꿈이 더욱 강조되며, 모든 파괴적인 시간의 개념이 사라졌다. 이
곳에서도 꿈의 나라의 구축에 여인은 중요한 역할을 한다. 여인은
잃어버린 낙원, 잃어버린 왕국으로 시인의 상념을 안내하는 뮤즈다.
여인이 안내해 준 나라는 자연이 개조된 나라, 그곳에서 자연은 '수
정되고 미화되고 개조되었다.' 이 독특한 나라에서 시인의 꿈이 추
방한 것은 시간의 고통이다. 이곳에서 시간은 흐름을 완화시켜 죽음
조차 공포의 대상이기를 그친 듯, '살아야 할 곳도, 죽어야 할 곳도
그곳이다!' '무한의 감각'으로 천천히 흘러가는 시간은 훨씬 더 많은

생각을 함유하고, 시인에게 공포를 불러일으키던 시계 소리조차(「16
시계」 참조) 더욱 깊고 의미 있는 엄숙함 속에 행복을 울려준다. 이
몽상의 나라에서 마침내 시인의 넋은 "추운 가난 속에서 우리를 사
로잡는 이 열병"으로부터 벗어날 수 있다. 어딘지 알 수 없는 이 향
수의 나라는 휴식과 내면성(l'intimité)으로 가득 찬 나라다.

1) 네덜란드 화폐 단위.
2) '검은 튤립', '푸른 달리아' 역시 낭만주의자들의 이미지다. 낭만
주의자들의 일화로부터 '상징(allégorie)'의 개입으로 초자연적 해석
으로 넘어가는 산문시 특유의 테크닉을 보여 주는 것이 보들레르의
독창성이다.
3) 꽃의 상징의 정신성은 모든 신비주의자들에게서 발견된다. 여
기서 스베덴보리의 영향으로 이룩된 보들레르 미학의 '감응
(correspondance)'과 푸리에의 '유사(analogie)'를 다시 발견할 수 있다.
시인의 꿈의 나라에 여인을 동일화시키는 보들레르적 아날로지 수
법은 그 후 프루스트의 『잃어버린 시간을 찾아서』에서 다시 만나게
된다.

19
가난한 자의 장난감[1]

순진무구한 놀이 하나를 소개해 주겠다. 죄가 되지 않는 장난이란 아주 드물다!

아침에 당신이 대로를 산책하겠다는 생각으로 집을 나설때, 당신의 주머니를 돈 한 푼이면 살 수 있는 조그만 발명품들——이를테면 줄 한 가닥만으로 조종할 수 있는 단조로운 꼭두각시, 작업대를 두드리는 대장장이, 꼬리가 호각인 말과 기사 같은 것들——로 채워라. 그리고 술집들이 즐비한 거리를 따라가다가, 가로수 아래서 아무나 당신이 만나게 되는 가난한 아이들에게 그것들을 주어 보라. 그러면 그 아이들의 눈이 엄청나게 커지는 것을 보게 될 것이다. 처음에는 그들이 감히 받아 들지도 못할 것이다. 그들은 자신의 행복을 믿을 수가 없을 것이다. 그러다가 그들의 손은 선물을 날쌔게 낚아채 달아날 것이다. 마치 인간을 불신하는 버릇이 생겨 던져 준 먹이를 멀리 가서 먹는 고양이처럼.

거대한 정원을 둘러싼 철책 뒤, 길 위에 태양이 눈부시게 비춰 주는 아름다운 성의 하얀 벽이 나타나고, 귀엽기 그지없는 평상복을 입은 아름답고 상큼하게 생긴 한 아이가 서 있었다.

사치, 무사태평, 그리고 평소 몸에 밴 부유한 모습이 이런 아이들을 저토록 아름답게 보이게 만들기 때문에, 이 아이들은 중류층이나 가난한 아이들과는 다른 반죽으로 빚어진 게 아닌가 하는 생각이 들 정도다.

그 아이 곁, 풀밭 위에는 주인처럼 싱그럽고 호화로운 장난감이 놓여 있었다. 붉은 드레스를 입고, 털 장식, 유리 세공 등으로 뒤덮인, 니스와 금빛 칠을 한 화려한 인형이다. 그러나 아이는 제가 좋아하는 장난감을 거들떠보지도 않았다. 그가 바라보고 있었던 건 다음과 같은 것이었다.

철책 건너편 길 위의 엉겅퀴와 쐐기풀 사이에 다른 아이가, 더럽고, 앙상하게 마르고, 매연처럼 시커먼 천민의 아이가 하나 있었다. 그러나 감식가의 눈이 마치 제조공의 니스 칠 아래서 이상적인 그림을 알아볼 수 있듯이, 만일 이 아이에게서 궁상의 혐오스러운 녹만 씻어 버린다면, 공정한 눈은 아름다움을 찾아낼 수 있으리라.

대로와 저택, 이 두 세계를 가르는 상징적 철책 너머로 가난한 아이는 부자 아이에게 제 장난감을 보여 주고, 부자아이는 그것을 한 번도 보지 못한 희귀한 것인 양 열심히 살펴보았다. 그런데 이 더러운 꼬마가 살을 박은 상자 속에 넣고 괴롭히고 흔들어 대며 충격을 주는 장난감은 살아 있는 한 마리의 쥐였다! 아이의 부모는 틀림없이 돈을 아끼느라고 실생활 그 자체로부터 장난감을 끌어낸 것이다.

그리고 이 두 아이는 서로 다정하게 웃고 있는 것이었다. 똑같은 흰빛의 이를 드러내며.

주석

1) 이 시에서는 그의 에세이 중 「장난감의 모럴」에서 이미 다루었던 테마를 반복한다. 장난(le jeu)에 보이는 시인의 절대적 관심은 『내면 일기』 중 다음 구절에 잘 요약되어 있다.

인생에는 진정한 단 하나의 매력이 있다. 그것은 장난의 매력이다.

이 시에서는 장난감의 모럴이 도입부에서 '죄 없는 장난감'에 관한 견해로 시작하여 이내 가난한 아이와 부자 아이의 장난감을 대조시키면서 전개된다. 그러나 이러한 대조법은 사회적 불평등에 항거하려는 의도를 품고 있는 것 같지 않다. 그보다 천민의 아이와 그 아이의 장난감 역시 훌륭한 장난감으로 평가해 주며, 우리 내부의 이중성을 우열로 가르는 듯한 상징적 철책을 부수려는 숨은 의도를 엿보게 한다.

태양이 눈부시게 비춰 주는 아름다운 하얀 성 앞에 놓고 있는 부자 아이는 너무 아름다운 나머지 사람들은 이 아이를 '중류층이나 가난한 아이들과는 다른 반죽으로 빚어졌다고 생각'할 정도다. 이 찬란한 세계를 가르는 철책 저편, 길 위의 엉겅퀴와 쐐기풀 사이에는 더럽고 앙상하게 마르고 시커먼 아이가 있다. 소위 천민의 아이다. 그러나 천민의 아이도 가난과 더러움 밑에 숨겨진 아름다움을 지니고 있다. 정답게 서로 웃는 두 아이의 이[齒]는 똑같은 흰색으로 빛나고 있다.(시인은 '똑같은(égale)'을 이텔릭체로 강조하고 있다.) '아름다운 성'의 '흰빛'이 우리 내부의 일면의 욕구를 상징한다면, '살아 있는 쥐'의 매력은 우리 내부의 동물적 욕구를 상징하는 것일까? 또한 그것은 단순히 역겹기만 한 짐승이 아니며, 부자 아이가 한 번도 본 적이 없는 진기한 어떤 매력을 지니고 있다.

20
요정들의 선물

　그것은 스물네 시간 이내에 세상에 태어난 모든 갓난아기들에게 선물을 분배하기 위한 '요정'들의 대집회였다.

　고풍스럽고 변덕 많은 저 모든 '운명의 자매들'이며, 즐거움과 고통을 주관하는 저 모든 괴상한 '운명의 어머니들', 이 집회에 모여든 요정들은 실로 각양각색이었다. 어떤 요정은 음산하고 시무룩한 모습을 하고 있는가 하면, 또 어떤 요정은 경박하고 짓궂어 보였다. 또 그중에는 옛날부터 항상 젊은 요정도, 또 항상 늙은 요정도 있었다.

　요정을 믿는 아버지들은 모두 제가끔 품 안에 갓난아기를 안고 와 있었다.

　마치 시상식 때 연단에 선물이 쌓여 있듯이, 심판관 옆에는 '기능'을 주는 선물, '행운'을 주는 선물, 극복할 수 없는 '환경'

을 주는 선물 등이 쌓여 있었다. 여기서 특이한 점은 이 모든 '선물'이 어떤 노력의 대가로 주어지는 것이 아니라, 그와는 정반대로 아직 살아 보지도 않은 인간에게 허락되는 은총이라는 점이다. 그리고 그것은 인간의 운명을 결정지을 수도 있으며, 또 그의 행복뿐 아니라 불행의 원천이 될 수도 있는 은총으로서 주어진다는 것이다.

가엾게도 요정들은 대단히 분주했다. 왜냐하면 은총의 청원자들도 많았지만, 인간과 신 사이에 놓인 이 중간 세계도 우리 인간 세계처럼 '시간의 신'과 그의 끝없는 후계자들인 '날', '시간', '분', '초' 등의 무서운 시간의 법칙을 따르고 있었기 때문이다.

사실 요정들은 인간 세계에서 면회일의 장관들이나, 무상으로 전당품을 반환하도록 허락된 국경일에 '공설 전당포' 직원이 그러하듯이, 제정신이 아니었다. 나는 이 요정들도, 마치 인간계의 재판관들이 아침부터 법정에 앉아 있으면서 점심 식사며 식구들이며 정다운 실내화를 생각지 않을 수 없는 것처럼, 조바심치며 이따금 시곗바늘을 바라보곤 하였다고 생각한다. 따라서 초자연계의 심판에 약간의 우연이나 성급함이 있다 해서 놀랄 것이 없다. 때때로 인간계의 심판에도 그런 경우가 있으니 말이다. 우리도 그런 경우엔 그 같은 불공평한 재판관이 될 것이다.

따라서 이날도 몇 개의 엉뚱한 실수가 저질러졌는데, 변덕보다는 신중함이 영원한 특징인 요정들에게 이런 유의 오류는 예사롭지 않다고 볼 수 있다.

그리하여 자석처럼 재산을 끌어들이는 힘이 어떤 부유한 집안의 대를 이을 외아들에게 수여되었다. 그런데 그에겐 연민의 감정이라고는 조금도 부여되지 않았고, 인생에서 가장 명백한 덕행을 부러워하는 마음도 타고나지 않았기 때문에, 후일 막대한 재산으로 인해 굉장히 당혹스러운 처지에 놓이게 될 것이었다.

또 '아름다움'에의 사랑과 시적 '능력'이 석공이라는 신분의 한 보잘것없는 가난뱅이 아들에게 부여되었는데, 그의 능력으로는 아무리 애써도 불쌍한 아들의 이 기능을 도울 수도, 그 욕구를 달래줄 수도 없었다.

그리고 내가 잊고 말하지 못한 사실이 있는데, 이 엄숙한 시상식에서는 일단 결정된 상의 분배는 돌이킬 수도 없고, 어떤 선물도 거절할 수가 없다는 것이다.

모든 요정들이 그들의 고역을 다 끝낸 줄 알고 일어서는 참이었다. 이 모든 하찮은 인간들에게 던져 줄 아무런 선물도, 아무런 행하(行下)도 이제 남아 있지 않았기 때문이다. 그런데 그때 한 선량한 사나이가, 가난한 소상인인 듯한 사나이가 자리에서 일어나, 그의 가장 가까이에 있는 요정의 영롱한 빛깔의 안개 같은 옷을 움켜잡으며 외치는 것이었다.

"아! 아주머니! 우리를 잊으셨어요! 아직 내 어린것이 남아 있는데요! 저는 공연히 이곳에 온 것이 아닙니다."

요정은 당황했을 것이다. 왜냐하면 이제 아무것도 남아있지 않았기 때문이다. 그러나 요정은 잘 알고 있는 하나의 법칙을 제때에 기억해 냈다. 그것은 인간의 친구이며, 때로는 자신의 정열의 노예가 되기도 하는 이 만질 수 없는 여신들, '땅의 요정', '불의 요정', '공기의 요정', '물의 요정'이 살고 있는 초자연의 세계에서 비록 드물게 적용되기는 하지만, 요정들에게 허락된 법칙이다. 내가 말하고자 하는 것은 선물이 떨어졌을 경우에 예외적인 추가 선물을 하나 만들 수 있는 기능을 의미한다. 그러나 그 경우에도 요정은 그것을 즉시 만들어 낼 충분한 상상력을 지녀야 한다.

그래서 착한 요정은 그들 신분에 맞는 침착함을 보이며 대답했다. "내가 너의 아들에게 주겠노라⋯⋯. 내가 그에게 주겠노라⋯⋯. 남의 마음에 들게 하는 재주를!"

"그러나 어떻게 남의 마음에 드는 겁니까? 마음에 든다는 것은? ⋯⋯무엇 때문에 남의 마음에 드는 거지요?" 하고 이 소상인은 고집스럽게 물었다. '절대 세계'의 논리까지는 이를 수 없는 극히 통속적인 이론가에 불과했을 것이다.

"왜냐하면! 왜냐하면!" 노한 요정은 이렇게 대꾸하고, 그에게 등을 돌려 버렸다. 그리고 친구 요정들의 행렬로 돌아와 이렇게 말하는 것이었다. "모든 것을 다 알려고 하는 이 거드름 피우는 옹졸한 프랑스인을 어떻게들 생각하시오. 자신의 아들을 위해 가장 훌륭한 선물을 얻었는데도, '논할 수 없는 것'을 감히 묻고 논하려 하는 저 옹졸한 프랑스인을?"

주석

시인은 우화적인 이야기를 통해 절대적인 능력을 가진 운명의 신의 변덕스럽고 동시에 돌이킬 수 없는 결정에 대해 무력한 인간의 운명을 부각시킨다. 갓난아기들은 자신의 인생이 요정들의 변덕스러운 선물에 의해 결정이 난다는 사실을 짐작도 못 한다. 그리고 이 결정에 대해 인간은 아무것도 할 수가 없다. 선물은 한번 결정되면 돌이킬 수 없다. 어떤 선물이 주어져도 거절할 수 없는 것이 인간의 운명이다. 시인은 선물이 제멋대로 주어진다는 독단성과 이유 없는 대가라는 무상성을 강조한다.

여기서 특이한 점은 이 모든 '선물'이 어떤 노력의 대가로 주어지는 것이 아니라, 그와는 정반대로 아직 살아보지도 않은 인간에게 허락되는 은총이라는 점이다. 그리고 그것은 인간의 운명을 결정지을 수도 있으며, 또 그의 행복뿐 아니라 불행의 원천이 될 수도 있는 은총으로서 주어진다는 것이다.

인간의 운명의 피할 수 없는 전개는 인간에게 이해의 범주를 초월하는 신비이며 부조리다. 자석으로 끌어들이듯 재산을 끌어 모으는 힘이 재력가의 외아들에게 부여되고, 가난뱅이의 아들에게는 아름다움에의 사랑과 시적 능력이 주어진다. 그러나 재력가의 아들은 연민의 감정이나 덕을 행하고 싶은 마음을 타고나지 않았기 때문에 막대한 재산으로 후에 굉장히 당혹스러운 처지에 놓이게 될 것이며, 가난뱅이는 아무리 애써도 불쌍한 아들의 기능을 도울 수도 그 욕구를 달래 줄 수도 없을 것이다. 인간의 상식으로는 분명 용납되지 않는 신의 이 결정을 인간은 따를 수밖에 없다. 이것이 부조리다.

시의 마지막에서 시인은 운명의 위력을 완화시키려는 의도를 보이는 듯하다. 보잘것없는 소상인을 등장시켜 프랑스 대중에 대한 경멸감을 드러낸다. 「4 어느 희롱꾼」, 「8 개와 향수병」에서처럼.

대중, 특히 프랑스 대중의 우매성을 신랄하게 꼬집고 있다. 그것은 시의 마지막 구절에 잘 나타나 있다.

"모든 것을 다 알려고 하는 이 거드름 피우는 옹졸한 프랑스인을 어떻게들 생각하시오. (……) '논할 수 없는 것'을 감히 묻고 논하려 하는 저 옹졸한 프랑스인을?"

21
유혹 또는 에로스, 플루토스, 명예

　지난밤 오만한 두 '사탄'과 그들 못지않게 괴기한 '마녀' 하나가 신비의 계단을 올라왔다. 이 계단을 통해 '지옥'은 잠자는 인간의 약점을 공격하고 그와 비밀히 교섭을 한다. 그리고 그들은 내 앞에 나타나, 연단 위에 있는 것처럼 위풍당당하게 서 있었다. 이 세 악마들로부터 찬란한 유황색 빛이 발산되었고, 그것은 캄캄한 밤의 어둠 속에서 선명하게 부각되어 보였다. 그들은 어찌나 자부심이 강하고 위풍이 넘쳐 보이던지 처음에 나는 그들 셋을 모두 진짜 '신'으로 착각했다.

　첫 번째 사탄의 얼굴은 성별이 모호했고, 몸뚱이의 선(線)에서도 고대 바쿠스 신의 유연함이 감돌았다. 어둠침침하고 흐릿한 빛의 애수 띤 눈은 흡사 소낙비의 무거운 눈물을 아직도 머금고 있는 오랑캐꽃을 닮았고, 반쯤 열린 입은 좋은 사향 냄새가 풍겨 나오는 뜨거운 향로와도 같았다. 그리고 그가 숨을 쉴 때마다 사향 냄새 나는 곤충들이 팔딱거리며 숨결의 열기 속에서 빛나고 있었다.

그가 걸친 선홍색 윗도리 주위로는 아롱지게 반짝이는 뱀 한 마리가 허리띠처럼 감겨 있었는데, 뱀은 대가리를 쳐들고 이글이글 타는 눈길을 그를 향해 힘없이 돌리고 있었다. 이 살아 있는 허리띠에는 음침한 색깔의 음료가 가득한 병과 번쩍이는 칼, 그리고 외과용 기구들이 번갈아 가며 매달려 있었다. 오른손에 또 하나의 병을 들고 있었는데, 그 속에는 번쩍이는 붉은 것이 담겼고, 다음과 같이 야릇한 글이 적힌 꼬리표가 달려 있었다. "마셔라, 이것은 나의 피, 완벽한 강심제." 또 왼손에는 바이올린 하나가 들려 있었는데, 그것은 분명 그의 쾌락과 고통을 노래하거나 악마들의 야연에 그의 광란을 퍼뜨리는 데 쓰였을 것이다.

그의 섬세한 발목에는 끊어진 금 사슬 고리가 몇 개 끌리고 있었다. 그 고리로 인해 불편하여 땅 쪽으로 시선을 내려뜨려야 할 때에는, 잘 세공된 보석처럼 빛나고 매끄러운 자신의 발톱들을 자랑스럽게 들여다보곤 했다.

그는 뭐라 위로할 수 없이 비탄에 빠진 두 눈으로 나를 바라보았는데, 그 눈에서는 은밀한 도취의 빛이 흘러나왔다. 그리고 노래하는 듯한 목소리로 말했다. "네가 원한다면, 네가 원한다면, 나는 너를 여러 넋들의 지배자로 만들어 주겠다. 그리고 너는 조각가가 찰흙을 다룰 수 있는 것 이상으로, 살아 있는 물질들을 마음대로 다루게 되리라. 또한 너 자신으로부터 떠나 타자 속에서 너 자신을 잊고, 또 다른 넋들을 끌어들여 너의 넋과 혼연일체가 되게 하는, 끊임없이 새로워지는 즐거움을 알게 될 것이다."

그러자 나는 대답했다. "대단히 고맙다만! 틀림없이 나보다 나을 게 없는 보잘것없는 자들만 만들게 될 것이다. 비록 돌이켜 보면 부끄러움을 느끼지만, 나는 아무것도 잊고 싶지 않다. 네가 누구인지 잘 모르지만, 늙은 괴물아, 너의 그 신비한 칼, 수상쩍은 병, 너의 발을 옭아매고 있는 쇠사슬들은 네 우정이 불리한 것임을 매우 분명히 설명해 주는 상징이다. 네 선물을 그냥 간직하여라."

두 번째 사탄은 비극적이면서 동시에 미소 짓는 듯한 모습도 없었고, 남의 환심을 사려는 듯한 상냥한 거동도, 섬세하고 향기로운 아름다움도 없었다. 그는 눈 없는 큰 얼굴을 가진 거인으로, 묵직한 배는 허벅지까지 불쑥 처져 있고, 피부에는 문신을 한 것처럼 온통 금박이가 입혀 있었는데 무수히 꿈틀거리는 작은 얼굴들이 세상의 불행의 수많은 형태를 나타냈다. 거기에는 자진해서 못에 매달린 앙상한 작은 남자들도 있고, 애원하는 듯한 눈이 떨고 있는 손 이상으로 동냥을 애걸하는 마른 기형의 난쟁이들도 있었다. 그리고 다 시들어 빠진 젖통에 매달린 조산아를 안은 늙은 어미들도 있었다.

이 뚱뚱한 사탄은 그의 거대한 배를 주먹으로 두드렸다. 그러자 그곳에서 요란하게 울리는 금속 소리가 길게 흘러나오더니, 수많은 인간의 목소리로 이루어진 어렴풋한 신음 소리가 되어 사라졌다. 그리고 사탄은 썩은 이빨을 철면피같이 드러내며 바보처럼 껄껄 너털웃음을 터뜨렸다. 어느 나라에나 너무 잘 먹고 난 인간들이 그렇게 하듯이.

그리고 그자는 나에게 말했다. "나는 네게 모든 것을 줄 수 있다. 모든 것을 얻을 수 있는 걸, 모든 것의 가치가 있는 걸, 모든 것을 대신할 수 있는 걸 다 줄 수 있다!" 그러고는 자신의 괴물 같은 배때기를 두드렸다. 그로 인해 울리는 메아리는 그의 천박한 말에 주석을 달아 주는 것이었다.

나는 비위가 상해 몸을 돌리고 대답했다. "나는 나의 즐거움을 위해 남의 비참이 필요하지 않다. 그리고 네 피부에 벽지처럼 그려진 모든 불행으로 슬퍼하는 그런 부귀를 원치 않는다."

마녀로 말할 것 같으면, 그녀를 처음 보았을 때 어떤 야릇한 매력을 느꼈다는 사실을 고백하지 않는다면, 그것은 거짓말일 것이다. 이 매력을 정의하기 위해서는 초로에 접어든 대단히 아름다운 여인의 매력에 비유하는 것보다 달리 더 잘 비유할 수 없을 듯하다. 그러나 이제 더는 늙지 않고, 가슴을 파고드는 폐허의 마력을 간직하고 있는 미인이라 할 그런 것이었다. 그녀는 어색하면서 동시에 위엄 있는 태도를 지녔고, 그녀의 눈은 비록 눈자위에 푸르스름한 무리가 자리 잡고 있었지만, 사람을 사로잡는 어떤 힘을 지녔다. 그중에서도 가장 인상적이었던 것은 그녀 목소리의 신비함이었다. 그 목소리에서 나는 세상에서 가장 감미로운 최저음의 가수를 회상하게 되었다. 그리고 생명수에 의해 끊임없이 씻긴 목구멍에서 쉰 목소리 같은 것이 느껴졌다.

"나의 힘을 알고 싶은가?" 이 가짜 여신은 그녀의 매력적이고 역설적인 목소리로 말했다. "자, 들어 보아라!"

그러고는 세상의 모든 신문들의 표제로 갈대 피리처럼 띠를 두른 거대한 나팔을 입에 대고 내 이름을 외쳤다. 그러자 내 이름은 수많은 천둥소리로 울리며 공간을 가로질러 굴러 갔고, 가장 먼 유성으로부터 메아리치며 다시 내게로 돌아오는 것이었다.

"제기랄! 이것이야말로 대단하군!" 반쯤은 제압당해 나는 외쳤다. 그러나 유혹적인 이 여장부를 좀 더 자세히 살펴보니, 내가 아는 몇 명의 건달들과 술잔을 부딪치고 있는 그녀를 보았던 것 같은 생각이 어렴풋이 들었다. 그리고 놋쇠 나팔의 쉰 소리는 내 귀에 무언가 모를 매음의 나팔에 대한 기억을 떠올리게 했다.

그래서 나는 경멸감에 가득 차 대답했다. "꺼져 버려! 나는 이름도 대고 싶지 않은 놈들의 정부와 결혼할 위인이 아니다."

확실히 그처럼 용감하게 거절한 데 대해 나는 충분히 자랑스러워할 권리가 있다. 그러나 불행하게도 나는 잠에서 깨어났다. 그리고 내 온몸에서 힘이 모두 빠져나간 듯했다. "정말 내가 그토록 신중했던 걸 보면 몹시 깊이 잠에 빠져 있었던 모양이구나." 하고 나는 생각했다. "아! 내가 깨어 있는 동안 그들이 다시 나타날 수만 있다면, 그렇게 까다롭게 굴지 않으련만!"

그리고 나는 목청을 다해 그들을 불렀고, 나를 용서해 주기를 애원하였다. 그들의 은총을 사기 위해서 필요한 때면 얼마든지 자주 나를 더럽혀도 좋다고 제의했다. 그러나 내가 그들

을 몹시 불쾌하게 했던 모양이다. 왜냐하면 그들은 결코 다시
는 나타나지 않았으니 말이다.

주석

악마, 마녀 등의 출현은 일부 낭만주의 작가들 사이에 일종의 유행과도 같은 괴기 취미에 속한다. 그러나 알레고리적 수법의 이 시는 악마들을 통해 동시에 시인 자신의 정신적인 자화상, 혹은 상징적인 표현을 삼고 있어 낭만주의 괴기 취미와 구별되는 면을 보인다.

이들 악마, 마녀는 영혼의 깊은 밤으로부터 출현했다. 잠자는 인간의 약점을 공격하고, 이를 틈타 인간과 은밀하게 교섭하기 위해서다.

하늘, 신성, 빛 등 찬란한 상승을 대변하는 낮의 가치에 비추어 볼 때 밤은 육체, 물질, 관능적 쾌락 등 하강하는 쾌락과 연결되어 있다. 우리의 숨겨진 무의식 저편에서 나타나는 밤의 욕구는 유혹적이지만 동시에 위험한 악마적 유혹이다.

첫 번째 사탄은 여성적 유혹의 성격을 띤다. 숙명적 여인의 위험한 유혹의 성격을 구현한다. 시인의 몽상은 이 에로스에게 향기, 나른함, 음악 등이 상징하는 관능과 붉은색, 황금, 귀금속이 상징하는 부(富)를 부여한다.

감각적 도취, 한계의 파괴, 자아와 비자아와의 황홀한 결합……. 그러나 에로스의 유혹은 위험한 미끼처럼 보인다. 그것은 동시에 어둠, 쇠사슬, 슬픔, 눈물, 폭풍우, 독, 광기, 수치스러운 병 등 부정적인 상징과 연결되어 있다.

두 번째 사탄은 썩은 이빨, 너무 잘 먹고 난 후 보이는 짐승 같은 웃음 등 조잡한 식욕과 욕심을 구현하는 플루토스이다. 이 무절제한 식욕과 인색은 인간의 비참과 희생을 밟고 실현된다. 못에 매달린 앙상한 남자들, 애원하는 듯한 눈이 떨고 있는 손 이상으로 동냥을 애걸하는 마른 기형의 난쟁이들, 무수히 꿈틀거리는 작은 얼굴들이 인간의 불행을 나타내고 있다. 그리하여 화자는 단호하게 사탄의 유혹을 물리친다.

세 번째 사탄은 더욱 유혹적이다. 시인은 이 마녀를 초로에 접어든 매우 아름다운 여인에 비유하고 있다. 이제 더는 늙지 않고, 폐허의 마력을 간직하고 있는 그런 미인이다. 그녀의 목소리는 세상에서 가장 감미롭다. 그러나 이 마녀에게서 어렴풋이 천박한 매음을 감지하고, 이 유혹마저 물리친다.

이들의 유혹을 용감하게 물리쳤지만 동시에 그들의 유혹을 그리워하는 이 시의 화자는 이중적 청원을 가진 시인의 자화상이다.

22
어스름 저녁

 날이 저문다. 낮 동안의 노동에 지친 가엾은 사람들의 마음에 커다란 안정이 찾아든다. 그리고 그들의 생각은 이제 부드럽고 어렴풋한 석양의 색깔을 띤다.

 이때쯤 산꼭대기에서 저녁의 투명한 구름을 뚫고 귀에 거슬리는 수많은 외침으로 이루어진 큰 울부짖음이 내방 발코니까지 내려오고, 이 소리는 광막한 공간을 거쳐 오면서, 밀려오는 조수나 일기 시작한 폭풍처럼 음산한 화음으로 바뀐다.

 이 불행한 자들은 어떤 사람들인가. 저녁이 되어도 마음이 안정되지 않고, 마치 올빼미처럼 밤이 오는 것을 마녀들의 야연의 신호로 생각하는 사람들은. 저 음침한 울부짖음은 산 위에 웅크린 듯 자리 잡고 있는 검은 양로원으로부터 우리에게까지 울려 온다. 그리고 저녁에 나는 담배를 피우며 집들이 비쭉비쭉 늘어선 거대한 골짜기의 휴식을 바라보면서, 그 집들의 창문 하나하나가 "여기 이제 평화가 있다. 이곳에 가족의 기쁨이 있다!"라고 말하는 것을 바라보면서, 저 산 위에서 바람이 불어 내리면, 지옥의 하모니를 닮은 아우성에 놀란 나의 생각을 나는 흔들어 달랠 수 있다.

황혼은 미치광이들을 자극한다. 황혼이 되면 완전히 광기가 발동하던 두 친구를 기억한다. 그중 한 친구는 저녁이 되면 우정이며 예의 등의 관계를 모두 인정하지 않고, 야만인처럼 아무에게나 닥치는 대로 횡포를 부리곤 했다. 한번은 그가 호텔 주방장의 머리에 기막히게 맛 좋은 암탉 요리를 던지는 것을 나는 보았다. 그 속에서 뭔지 모를 어떤 모욕적인 것을 보았다고 생각했던 듯하다. 끝없는 쾌락의 예고자인 저녁도 그 친구에게는 가장 맛있는 것조차 망치게 하는 것이었다.

또 한 친구는 마음에 상처를 입은 야심가였는데, 낮이 저물어감에 따라 차츰 더 거칠고, 더 침울하고, 더욱 심술궂어졌다. 낮 동안은 관대하고 상냥했으나, 저녁이 되면 냉혹해지는 것이었다. 그리고 그의 황혼의 발작은 다른 사람뿐 아니라 그 자신에게까지 미친 듯이 발휘되었다.

처음 사나이는 마누라와 자식을 알아보지 못하고 미쳐서 죽었고, 두 번째 사나이는 끊임없는 위기감에 대한 불안을 가슴속에 품고 있었다. 따라서 이 세상 모든 공화국과 제왕들이 줄 수 있는 모든 영예가 그에게 주어진다 해도, 황혼은 여전히 그에게 또 다른 공상적인 훈장에 타는 듯한 갈망을 불불여 줄 뿐이라고 나는 생각한다. 그들의 정신에 어둠을 드리우는 밤이 나의 정신엔 빛을 준다. 그리고 동일한 원인이 두 개의 상반되는 효과를 낳는 것을 가끔 보았음에도, 나는 여전히 그것이 의아하고 불안하다.

오, 밤이여! 오, 원기를 회복시키는 어둠이여! 그대는 내게 내적인 축제를 알리는 신호, 고민으로부터의 해방! 광야의 고독 가운데, 수도의 돌로 이루어진 미로 속에서 반짝이는 별이며, 켜지는 등불인 그대는 '자유의 여신'이 비추는 불꽃이다.

황혼이여, 그대는 어쩌면 이다지도 부드럽고 감미로운가! 의기양양한 밤의 압도적인 걸음 앞에 신음하는 낮의 잔해처럼, 아직도 지평선에 남아 있는 장밋빛 잔영, 석양의 마지막 승리 위에 불투명한 붉은 반점을 만들고 있는 가로등, 보이지 않는 손이 저 깊은 동양으로부터 끌어온 무거운 휘장, 이 모든 황혼의 정경은 인생의 엄숙한 시간에 인간의 가슴속에서 갈등하는 모든 착잡한 감정들을 흉내 내고 있다.

그것을 무희들이 입은 야릇한 의상에 비유할 수도 있으리라. 마치 검은 현재 밑에 감미로운 과거가 스며 나오는 것과 같이, 투명하고도 어두운 얇은 망사를 통해 반짝이는 스커트의 숨죽인 듯한 화려함이 엿보이는 의상에. 그리고 그 옷에 촘촘히 장식된 금빛 은빛의 반짝이는 별들은 깊은 '밤'의 상복 밑에서만 켜지는 환상의 불꽃들을 나타낸다.

주석

「9 괘씸한 유리 장수」의 주석에서 언급했듯이, 황혼은 해 질 무렵 뿐 아니라 해 뜰 무렵까지 포함해서, 어둠과 빛 사이에 위치하는 모호한 시간으로 시적 작업을 위해 가장 적절한 시간이다. 이때 현실과 상상 사이의 한계가 모호해진다. 모호한 분위기가 도시를 덮으면 시인의 상상력이 활발하게 움직인다. 「어스름 새벽」(『악의 꽃』)에서는 그 시각을 이렇게 그린다.

> 움찔움찔 움직이는 핏발 선 눈처럼
> 등불은 햇볕 위로 붉은 얼룩을 드리우는 시각
> 거칠고 육중한 몸뚱이에 짓눌린 넋은
> 등불과 햇볕의 싸움을 흉내 낸다

시인은 특히 밤의 어둠을 여러 곳에서 찬양한다. 「명상」(『악의 꽃』)에서는 애타게 기다리는 밤이 오는 소리를 치맛자락을 끌며 걸어오는 여인에 비유하여 이렇게 노래한다.

> 오, 내 '고통이여', 얌전히, 좀 더 조용히 있어라.
> 네가 바라던 '저녁'이 저기 내려오고 있지 않은가.
> 어슴푸레한 대기가 도시를 에워싸고,
> 어떤 이에겐 평화를, 또 어떤 이에겐 근심을 가져다준다.

> 덧없는 인간들의 친한 무리가

저 무자비한 사형 집행인, '쾌락'의 채찍 아래
비천한 축제 속에 회한을 주우러 가는 동안
내 '고통이여', 내게 손을 주고 이리로 오라
그들에게서 멀리 떠나서 보라, 사라진 '세월'이
해묵은 옷을 입고 하늘의 발코니 위로 몸을 구부리는 것을,
'회한'은 미소 지으며 강물 바닥에서 솟아오르고,

스러져가는 '태양'은 다리의 아치 아래 잠들고,
'동녘'에 끌리는 긴 수의처럼,
들어보라, 임아, 들어보라, 감미로운 '밤'이 걸어오는 소리

이 엄숙한 순간 시인의 영혼은 '내적인 축제'를 위해, 혹은 '명상'
의 세계를 위해 보이지 않는 세계로 넓게 펼쳐진다.

23
고독

어느 박애주의 신문 기자[1]가 고독은 인간에게 해롭다고 말한다. 그리고 자신의 주장을 증명하기 위해, 모든 무신론자들이 흔히 그렇듯, 교회 '신부'들의 말을 인용한다.

'악마'는 기꺼이 따분한 곳을 넘나들고, 살인과 음란의 '정령'은 고독 속에서 놀라우리만치 타오른다는 것을 나는 안다. 그러나 이 고독이 위험한 것은 자신의 고독을 정열과 망상으로 채우는 한가하고 방황하는 영혼에 한하여 그럴 것이다.

강단이나 연단의 높은 곳에서 말하는 것을 최상의 기쁨으로 아는 수다쟁이가 만일 로빈슨의 섬에 있게 된다면, 무서운 미치광이가 될 위험이 매우 큰 것은 확실하다. 나는 이 신문 기자에게 크루소의 용기 있는 미덕을 요구하는 것은 아니지만, 그가 고독과 신비를 사랑하는 사람들을 비난하는 말은 함부로 내뱉지 말기를 바란다.

우리의 수다스러운 족속 중에는 사형대 위에서 맘껏 연설을 할 수만 있다면, 그리고 도중에 상테르 장군의 북소리에 의해 때 아니게 연설을 중단할 염려만 없다면, 이 극형도 달갑게 받아들일 그런 인물들이 있다.

나는 그들을 동정하지 않는다. 왜냐하면 그들은 장광설의 토로 속에서 다른 자들이 고독과 명상에서 얻는 것과 똑같은 쾌락을 얻는다고 생각하기 때문이다. 그러나 나는 그들을 경멸한다.

무엇보다 이 천박한 기자가 내 마음대로 즐기도록 나를 내버려 두기를 바란다. "도대체 당신은 즐거움을 남과 함께 나눌 필요를 느끼지 않는 거로군요?" 하고 그는 꼭 사도 같은 표정으로 나에게 말했다. 보아라, 이 교묘한 샘쟁이를! 흥을 깨뜨리는 이 흉악한 친구는 내가 제 즐거움 따위를 멸시하고 있다는 것을 알고, 내 즐거움 속으로 슬쩍 비집고 들어오는 것이다.

"혼자 있을 줄 모르는 이 큰 불행!" 라 브뤼예르는 어디에선가 이렇게 말했다. 틀림없이 자신을 혼자 감당할 수 없는 것이 두려워 대중 속에 자신을 잊으려고 달려가는 모든 사람들에게 수치심을 주기 위해서 한 말이다.

"우리의 불행은 거의 모두가 자신의 방에 남아 있을 수 없는 데서 온다."라고 또 하나의 현인 파스칼은 말했다. 그는 이 말을 하며 명상의 독방 속에서 모든 미치광이들을 떠올렸으리라 생각한다. 현대의 가장 그럴듯한 표현으로 부른다면 우

애적이라고도 할 수 있는 매음 속에서, 그리고 법석 속에서 행
복을 찾고 있는 저 모든 미치광이들을.

주석

이 시는 '대중과 고독(la multitude et la solitude)'의 보들레르적 변증법의 좋은 예이다.(「12 군중」 참조)

"나의 어린 시절부터 고독감을…… 그러나 인생과 쾌락에 대한 대단히 강렬한 취미" 또는 "자아의 집중화와 발산, 모든 문제가 거기에 있다……." 등『내면 일기』의 시인 자신의 고백이 그것을 잘 설명해 준다.

1) 보들레르의 많은 텍스트에서 발견되듯, 그 시대와 사회에 대한 일종의 고발이다. 여기서 '신문 기자(gazetier)'는 대중의 생각을 대신한다. 시인의 고독은 대중의 의견에 대한 멸시이며, 시인이 선택한 진정한 자유의 표현이다.

24
계획

사람이 없는 슬쓸한 넓은 공원을 산책하며 그는 생각했다. "복잡 미묘하고 화려한 궁정복을 입고 아름다운 저녁의 대기를 가로질러 널따란 잔디와 연못 앞에 세워진 궁궐의 대리석 계단을 내려오는 여인은 얼마나 아름다울까! 당연히 그녀는 공주다운 자태를 보일 테니까."

잠시 후 그는 한길로 나와 걷다가 한 판화 가게 앞에서 걸음을 멈추었다. 그리고 마분지 상자 속에서 열대 지방의 풍경을 그린 목판화를 발견하고 이렇게 생각했다. "아니다! 그 여자의 사랑스러운 삶을 내가 소유하고 싶은 것은 궁궐에서가 아니다. 궁궐에서는 제집에 있는 것 같지가 않을 거야. 게다가 금장식투성이인 벽에는 그녀의 초상화 하나 걸 자리가 없을 테고, 그 엄숙한 회랑에는 아늑한 구석도 없을 거야. 정말이지, 내 평생의 꿈을 가꾸기 위해 가서 살아야 할 곳은 궁궐이 아니라 저곳이다."

그러고는 판화의 세부들을 자세히 살펴보며 계속 마음속으로 생각했다. "바닷가, 나무로 된 아름다운 오두막집, 이름은 잊었지만 반짝이는 기이한 나무들에 둘러싸이고…… 대기 속에는 뭐라고 표현할 수 없는 황홀한 냄새…… 오두막 속에는 장미와 사향이 섞인 강한 향기…… 저 멀리 우리의 조그만 집터 뒤로는 물결 위에 한들거리는 돛대 꼭대기…… 우리의 방은 창문에 드리워진 발로 스며드는 장밋빛 햇살로 밝혀지고, 산뜻한 돗자리며 매혹적인 꽃들로 장식되고, 육중한 검은 나무로 만든 포르투갈식 로코코 스타일의 희귀한 의자들이 놓여 있을 것이고,(거기서 여인은 살짝 아편을 섞은 궐련을 피우며 시원하게 바람을 쐬면서 조용히 쉬고 있을 것이다!) 저쪽으로, 마룻널 저쪽으로는 햇빛에 취한 새들의 지저귐, 어린 흑인 여자 아이들의 재잘거림…… 그리고 밤이면 노래 나무들과 우수에 찬 필라오 나무의 구슬픈 노랫소리가 나의 몽상에 반주해 준다! 그렇다. 정말 내가 찾던 배경은 바로 저기에 있다. 궁궐이 내게 무슨 소용이란 말인가?"

그리고 좀 더 가서, 대로를 따라가는데, 깨끗하고 조그만 여인숙이 하나 그의 눈에 띄었다. 여인숙의 창문에는 화려한 빛깔의 면 커튼이 드리워져서 한층 즐거워 보였고, 그곳에서 웃는 두 얼굴이 내다보고 있었다. 그러자 곧 그는 이렇게 생각했다. "내 생각은 굉장히 방랑가임에 틀림없군. 이렇게 가까이 있는 것을 그처럼 멀리 찾아다니다니. 기쁨과 행복은 쾌락이 그토록 넘치는 맨 처음 나타난 여인숙, 우연의 여인숙에 있군. 타오르는 난롯불, 빛깔이 화려한 도기들, 가벼운 저녁 식사, 투박한 시골풍의 포도주, 약간 **빳빳**하지만 산뜻한 침구가 깔린 널따란 침대…… 이보다 더 좋은 것이 있을까?"

그리고 웅성거리는 외부의 소음으로 인해 '슬기'의 충고가 들리지 않던 낮 시간이 지난 지금 그는 혼자 조용히 집으로 돌아오며 생각했다. "나는 오늘 몽상 속에서 세 개의 집을 소유했다. 세 집에서 나는 똑같은 즐거움을 맛보았다. 이처럼 나의 영혼은 날렵하게 여행하는데, 무엇 때문에 장소를 바꾸라고 내 몸뚱이에게 강요할 필요가 있을까?¹⁾ 또 계획을 실행해서 무엇을 한담? 계획이란 그 자체로 충분히 즐거운 것을."

주석

상상력에 의한 여행의 테마는 낭만주의 작가들에게는 일종의 유행이었고, 그 문학적 풍요성을 새삼스레 강조할 필요도 없을 것이다. 보들레르의 작품 중에는 「여행으로의 초대」(『악의 꽃』), 「48 이 세상 밖이라면 어느 곳이라도」 등에 이 테마가 요약되어 있다. 그리고 이 시에서는 상상적 여행의 모든 다양한 형태가 집약되어 있다.

첫째 계획에는 사랑하는 여인을 중심으로 풍요함, 왕국, 아름다운 저녁 등 찬란한 이미지가 모여 있다. 그런데 너무나 크고 엄숙한 이 궁전에는 중요한 요소가 빠져 있다. 은밀한 대화를 위한 장소가 없기 때문이다. 시인은 은밀한 몽상을 위해 화려한 궁궐을 미련 없이 버린다.

둘째 장식은 시인의 내적 욕구를 훨씬 충족시켜 준다. 바다, 배, 나무, 꽃, 장밋빛, 향기, 봄, 음악 등의 이미지는 향수의 대상인 잃어버린 낙원으로의 귀의를 가능케 해 주는 듯하다.

셋째 계획은 더욱 실현 가능한 계획이다. 음식, 음료수, 은밀한 거처 등 모든 것이 소박하고 단순하며, 은밀한 즐거움이라는 점에서 훨씬 풍요한 꿈이다.

1) 상상의 여행의 풍요함과 이에 상반되는 현실의 허무함은 특히 「여행(Le voyage)」(『악의 꽃』)의 다음 구절에 잘 나타난다.

> 카드와 판화에 미쳐 있는 아이에게는
> 우주란 아이의 무한한 식욕과 같은 것,

아! 램프 불 밑에서 생각하는 세계란 얼마나 큰가!
추억의 눈에 세계는 얼마나 보잘것없던가!

25
아름다운 도로테

태양은 무서운 직사광선으로 도시를 내리덮고, 햇볕 밑에 모래는 눈부시게 달아오르고, 바다는 반짝인다. 마비된 세계가 힘없이 쓰러져 낮잠을 자고 있다. 그것은 잠든 자가 반쯤 깨어 있어 실신의 쾌락을 즐기는 일종의 죽음과 같은 낮잠이다.

그러나 이러한 시간, 도로테는 태양처럼 건장하고 위풍당당하게 텅 빈 보도를 걸어간다. 혼자만이 싱싱하게 살아 무한한 창공 아래 빛 속에 검게 빛나는 반점을 던지며.

그녀는 걸어간다. 저토록 풍만한 허리 위에 저토록 날씬한 몸통을 살짝살짝 흔들며. 몸에 착 달라붙은 맑은 장밋빛 명주옷은 그녀의 어두운 피부색을 뚜렷하게 부각시키고, 늘씬한 몸통과 움푹한 등과 뾰족한 가슴의 윤곽을 또렷이 드러내 보인다.

그녀의 자그마한 붉은 양산으로 햇빛이 스며들어, 그 반사광은 그녀 얼굴의 거무스레한 피부 위에 핏빛 연지를 던져 준다.

거의 푸르다 할 숱 많은 머리칼 무게로 그녀의 우아한 머리는 뒤로 젖혀지고, 그것이 그녀에게 당당하고 나른한 모습을 지니게 한다. 그녀의 귀여운 귀에서는 무거운 귀고리가 살며시 재잘거린다.

간간이 바다에서 불어오는 미풍이 나부끼는 스커트의 한 귀퉁이를 걷어 올려 미끈한 기막힌 다리를 드러내 준다. 그리고 그녀의 발은 유럽 국가가 박물관 속에 간직해 둔 대리석 석상의 여신의 발을 닮아, 고운 모래 위에 정확하게 발자국을 찍어 놓는다. 도로테는 교태 부리기를 굉장히 좋아해서 찬양받는 즐거움이 자유인이 되는 자랑보다 강해, 자유의 몸인데도 구두를 신지 않고 걷고 있기 때문이다.

그녀는 이렇게 걸어간다, 균형 잡힌 모습으로. 살아 있다는 것이 행복해 순진한 미소를 머금고, 마치 저 멀리 공간에 걷는 모습과 아름다움을 비추어주는 거울이라도 보고 있는 듯.

물어뜯는 듯한 태양 아래 개들조차 고통으로 신음하는 이 시각, 도대체 어떤 피치 못할 이유가 청동처럼 차갑고 아름다운, 이 나태한 도로테를 저처럼 걷게 만든 것일까?

무슨 까닭에 그녀는 그처럼 예쁘게 꾸며놓은 오두막을 떠났을까? 꽃들과 돗자리가 적은 비용으로 완벽한 규방을 꾸며 준 그녀의 오두막에서 그녀는 무한한 즐거움으로 머리를 빗기도 하고, 담배를 피우거나, 큰 새털 부채로 부채질을 하거나,

거울 속 자신을 들여다보기도 할 텐데. 그리고 그러는 동안 그 곳에서 백 걸음쯤 떨어진 해변에서는 바닷물이 물결치며 그녀의 어렴풋한 몽상에 강하고 단조로운 반주를 해 주고, 마당 깊숙이에서 쌀과 사프란을 넣은 풍미 있는 게 요리가 끓고 있는 쇠 냄비가 자극적인 냄새를 보내 주고 있을 텐데?

어쩌면 그녀는 어느 먼 해변에서 동료들로부터 이 유명한 도로테에 관해 듣고 찾아온 어느 젊은 장교와 약속이 있는지 모른다. 틀림없이 그녀, 이 천진한 여자는 장교에게 오페라 좌의 무도회 광경을 얘기해 달라고 조르겠지. 그리고 늙은 카프라리아 여인들조차 즐거움에 미칠 듯 취하는 일요일의 무도회에 가듯, 그 오페라 좌에 맨발로 갈 수 있는지 묻겠지. 그리고 또 파리의 귀부인들이 그녀보다 훨씬 예쁜지도 물어보겠지.

도로테는 모든 사람들에게서 찬미를 받고, 귀여움을 받는다. 그래서 그녀는 만일 열 살밖에 안 된, 그러나 벌써 성숙하고 매우 아름다운 그녀의 동생을 되사기 위해 한 푼 두 푼 돈을 모아야 하는 형편만 아니라면 더없이 행복했을 텐데. 착한 도로테, 그녀는 꼭 성공할 것이다. 이 아이의 주인은 굉장한 수전노다. 지독한 수전노라서 돈 말고는 다른 아름다움이 있다는 것을 모른다!

주석

『악의 꽃』 중 「머나먼 곳에(Bien Loin d'Ici)」, 「어느 말라바르 여인에게」 등과 함께 다른 곳에 대한 향수를 주제로 한 시다. 그가 스무살 되던 때(1841~1842) 여행했던 남태평양과 그곳 섬의 추억에서 영감을 받은 시들이다. 그때 그곳에서 보았던 인상이 기억 속에 깊이 새겨져 후에 그의 작품에서는, 경치의 유사성에 의해, 그가 향수를 느끼고 있는 낙원을 대신해 준다. 남태평양을 주제로 한 폴 고갱의 그림 속에 보이는 낙원과 같은 경치는 낙원에 대한 향수라는 동일한 테마를 표현한다.

다음은 위에 언급한 두 시 중 「어느 말라바르 여인에게」이다.

네 발은 손처럼 섬세하고, 네 허리는
가장 아름다운 백인 여인도 샘낼 만큼 넉넉하다,
사색적인 예술가에겐 네 몸이 그립고 사랑스럽다,
비로드 같은 커다란 네 눈은 네 살보다 더 검구나.

네 '하느님'이 너를 점지한 그 덥고 푸른 나라에서
네 일은 네 주인의 파이프에 불을 붙이고,
병에 찬물과 향수를 채우고,
맴도는 모기들을 침대에서 쫓아내고,

날이 새어 플라타너스가 노래하기 시작하면,
장으로 파인애플이나 바나나를 사러 가는 일.

온종일 네가 원하는 곳으로 맨발로 쏘다니고,
알지 못할 오래된 노랫가락을 나지막이 흥얼거린다.

그러다 주홍빛 외투 걸치고 저녁이 내려오면,
너는 돗자리 위에 살포시 몸을 누인다,
그러면 떠도는 네 꿈은 벌새로 가득하고,
언제나 너처럼 맵시 있고 화려하다.

행복한 아가씨여, 어이하여 넌 우리 프랑스를 보고 싶어 하는가,
고통으로 넘어져 가는, 너무도 사람들 들끓는 이 나라를,
그리고 수부의 억센 팔에 네 목숨을 맡겨,
정든 타미린과 영이별하려 하는가?

　　　　　　　　　　　　　　　　　　　　　──「어느 말라바르 여인에게」

26
가난뱅이들의 눈

아! 당신은 왜 내가 오늘 당신을 미워하는지 알려고 한다. 그러나 당신이 그것을 이해하기란 내가 당신에게 그 이유를 설명하는 것보다 틀림없이 더 어려울 것이다. 왜냐하면 당신은, 내가 아는 한, 이해력이 없는 여인의 가장 좋은 표본이기 때문이다.

우리는 긴 하루를 같이 보냈는데, 그것도 나에게는 짧게만 생각되었다. 우리는 우리의 생각이 모두 서로 일치하고, 이제부터는 우리의 넋도 하나일 뿐이라고 크게 기대를 했다. 그러나 모든 사람들이 꿈꾸었지만 어느 누구에게도 실현되지 않은 걸 보면, 그것은 결국 전혀 새로운 것이 없는 진부한 꿈이었나 보다.

그날 저녁 조금 피곤해진 당신은 새로 생긴 보도 한 귀퉁이

를 차지하고 있는 새로 단장된 카페 앞에 앉기를 원했다. 카페
는 아직 석고 부스러기가 온통 흩어져 있었지만, 완성되지 않
은 채로 벌써 호화로움을 자랑스럽게 과시했다. 카페는 화려
하게 빛났다. 가스등도 이 새 카페에서는 개시의 모든 정열을
발휘하며 새하얗게 힘껏 사방을 밝혀 주었다. 눈부신 하얀 벽
들을, 거울의 빛나는 면을, 쇠시리와 코니스의 금박을, 끈으로
개를 끌고 있는 뺨이 오동통한 급사를, 주먹 위에 앉은 매들
을 보며 웃고 있는 귀부인을, 머리 위에 과일이며 고기 파이며
사냥거리 등을 이고 있는 요정과 여신들을, 바바루아[1]가 들
어 있는 조그만 항아리며, 오색 얼음과자가 들어 있는 찬란한
오벨리스크를, 팔을 벌려 보여 주고 있는 헤베[2]들과 가니메데
스[3]를. 모든 역사와 신화가 식탐을 위해 활용되었다.

   그런데 우리 바로 앞 보도에 마흔 살쯤 되는 선량해 보이는
한 남자가 꼼짝하지 않고 서 있었다. 피곤한 얼굴에는 희끗희
끗 수염이 나 있고, 한 손에는 작은 사내아이를 붙잡고, 다른
한 팔에는 아직 걷지도 못할 정도로 약한 어린것을 안고 있었
다. 그는 어린것들에게 유모 구실을 하느라 저녁 바람을 쐬어
주는 참이었다. 그들은 모두가 누더기를 걸치고 있었다. 이 세
사람은 매우 진지한 얼굴을 하고 있었으며, 그 여섯 개의 눈
들은, 나이에 따라 미묘한 차이는 있었지만, 똑같이 감탄한 듯
새 카페를 뚫어지게 들여다보았다.

   아버지의 눈은 이렇게 말했다. "어쩌면 저렇게 아름다울까!
어쩌면 저토록 아름다울까! 모든 가난한 자들의 돈을 모조리
저 벽에 발라 놓은 것 같구나." 어린 소년의 눈은 이렇게 말했

다. "어쩌면 저렇게 아름답지! 어쩌면, 아름답기도! 그렇지만 이 집에는 우리와는 다른 사람들만 들어갈 수 있는 것이다." 그리고 제일 어린 꼬마의 눈으로 말하자면, 너무나 매혹당한 나머지 어리둥절하고 끝없는 즐거움밖에 아무것도 나타낼 수가 없었다.

샹송 작가들은 즐거움이 영혼을 선량하게 하고, 마음을 부드럽게 한다고 노래한다. 그날 저녁 그 노래는 나에 관한 한, 옳았다. 나는 이 눈들 앞에 연민을 느낄 뿐 아니라, 우리의 목마름을 채우고도 남을 너무 큰 잔들과 술병에 부끄러움을 느꼈다. 나는, 사랑하는 연인이여, 나의 시선을 당신 쪽으로 돌려 당신의 눈에서 역시 나의 생각을 읽으려 했다. 내가 당신의 그토록 아름답고 이상하게 부드러운 눈 속에, 달님이 창조하고 변덕이 살고 있는 듯한 푸른 눈 속에 잠겼을 때, 당신은 나에게 이렇게 말하는 것이었다. "눈을 휘둥그렇게 뜨고 있는 저 인간들이 견딜 수 없군요. 카페의 주인에게 부탁하여 저들을 여기서 멀리 쫓아낼 수 없을까요?"

사랑하는 천사여, 이처럼 서로 마음이 맞는다는 것은 어려운 일이고, 서로 사랑하는 사람들 사이에서도 생각은 통하지 않는구려!

보들레르에게 여성의 무감각과 정신성의 부재는 사랑의 관계에서 넘어설 수 없는 장벽이며, 사랑의 완성을 방해하는 일차적인 요소였다. 그것이 보들레르에게는 큰 고통이었으며, 유명한 그의 여성 경멸이 여기서 비롯된다. 사랑의 관계뿐만 아니라, 가족, 사회 관계에서도 그는 이해의 어려움에 끊임없이 부딪혀 고민했고, 시인은 항상 자신 속에 감금된 채 타자와의 진정한 교류를 단념했다. 이 고통이 그의 삶과 작품 전체를 지배하며, 특히 『내면 일기』 중 다음은 사랑에 대한 그의 비관론을 엿볼 수 있는 구절이다.

사랑에서나, 거의 모든 인간관계에서도, 진정한 이해란 오해의 결과일 뿐이다. 이 오해가 즐거움을 준다. 남자가 "오! 나의 천사여!" 하고 외치면, 여인은 "엄마! 엄마!" 하고 속삭인다. 그리고 이 두 바보는 자신들이 사랑의 연주에 몰두해 있다고 믿어 의심치 않는다. 불소통을 이루는 이 넘어설 수 없는 심연은 항상 넘어서지 못한 채 남는다.
　　　　　　　　　　　　　　　　　　　　　──「마음을 털어놓고 XXX」

사랑이 불가능한 주요 원인으로 그가 생각하는 여성의 비정신성과 천박함에 대해서는 「11 야만적인 여인과 사랑스러운 애인」의 주석을 참조.

1) 디저트의 일종.
2) 그리스 신화의 청춘의 여신.

3) 제우스에 납치되어 신들에게 술을 따르는 트로이의 미소년.

27
어떤 장렬한 죽음

팡시울은 훌륭한 광대였으며, 거의 국왕의 친구라 할 만했다. 그러나 직업상 희극에 몸을 바친 인물들에게는 진지한 문제가 숙명적인 매력을 지니는 법이어서, 한 어릿광대의 머리를 조국이니, 자유니 하는 생각이 점령한다는 것이 기이하게 보일지 모르지만, 어느 날 팡시울은 불만을 품은 몇몇 중신들이 모의한 음모에 끼어들고 말았다.

왕을 폐하고, 사회의 변혁을, 그 사회의 의사도 아랑곳하지 않고, 도모하려는 이 우울증에 걸린 인물들을 당국에 고발하는 선행을 행하는 인간이 어디든 있기 마련이다. 문제의 중신들과 함께 팡시울은 체포되었으며, 당연히 사형에 처해지게 되었다.

이 반역자들 사이에 자신이 총애하는 희극 배우가 끼여 있

는 것을 보자 왕은 거의 분노에 사로잡혔으리라고 나는 믿고
싶다. 이 왕으로 말할 것 같으면 다른 왕보다 특별히 더 착할
것도 더 악할 것도 없었지만, 많은 경우에 지나친 감수성이,
그를 다른 왕들보다 훨씬 더 잔인하고 더 폭군적으로 만들었
다. 미술에 열광하는 미술 애호가이며, 뿐만 아니라 훌륭한 감
식가인 왕은 쾌락에는 정말 지칠 줄을 몰랐다. 백성들과 도덕
의 문제에는 극히 무관심하고, 그 자신 진정한 예술가로서, 권
태[1] 이외에 다른 위험한 적은 알지 못했다. 그가 이 세계적인
폭군을 피하기 위해 또는 굴복시키기 위해 기울였던 갖가지
노력들을 보면, 만일 그의 영토 내에서 쾌락 이외의 것이라면,
혹은 쾌락의 가장 절묘한 형태인 놀람을 제외하고는 무엇이든
기록해도 좋다는 허락이 내려졌다면, 엄격한 역사가들은 틀림
없이 그에게 '괴물'이라는 수식어를 붙였을 것이다. 이 왕의 가
장 큰 불행은 한 번도 그의 재능에 걸맞을 만큼 방대한 무대
를 가져 보지 못했다는 데 있었다. 잔인한 네로 같은 젊은 황
제들이 적지 않게 있었지만, 그들은 너무 좁은 공간에서 재능
을 발휘하지 못하고 질식당해 후세가 그들의 이름이나 선의를
알아줄 리 없다. 선견지명이 없는 하느님은 이 왕에게 그의 국
가보다 더 큰 재능을 부여했던 것이다.

갑자기 이 군주가 모든 모반자들에게 특사를 내려 줄 것이
라는 소문이 돌았다. 이 소문의 근원은 팡시울이 가장 훌륭
하게 할 수 있는 주된 역 하나를 연기하게 될 대(大)연극의 발
표였다. 그리고 이 연극에는 선고받은 중신들도 참가하리라는
것이었다. 그것은 모욕당한 왕이 너그러운 성품을 지니고 있

다는 뚜렷한 증거라고 경박한 사람들은 덧붙였다.

선천적으로나 의도적으로나 그처럼 괴상한 것을 좋아하는 인물에게는 모든 것이, 덕행도 관용도 가능하다. 거기서 예기치 못한 쾌락을 발견하리라는 희망이 있을 때만은. 그러나 이 호기심 많은 병든 영혼의 심층을 꿰뚫어 볼 수 있는 나 같은 사람들이 보기에는 사형 선고를 받은 자의 연극적인 재능을 한번 평가해 보고 싶은 왕의 욕구에서 비롯된 것이라고 짐작하는 편이 더 타당한 해석이었다. 왕은 이 기회를 이용하여 예술가의 일상적 기능이 예외적 상황에 처해질 경우, 어느 정도까지나 변모 또는 수정되어 발휘될 수 있는지를 검토해 보자는, 극히 중요한 생리학적 실험을 해 보자는 의도였다. 이것 말고도 그의 마음속에 다소나마 인자한 마음에서 나온 어떤 의도가 있었을까? 그것은 결코 밝혀질 수 없는 것이다.

마침내 그날이 다가와서 이 작은 궁전은 모든 호화를 발휘했다. 어찌나 궁정이 화려하게 준비되었던지, 어떻게 한 작은 나라의 특권 계급이 제한된 재력으로 진짜 제전을 위하여 그토록 화려함을 과시할 수 있는지 정말 직접 보지 않고는 상상이 어려울 정도였다.

그것은 이중으로 진짜 제전이었다. 우선 과시된 사치의 마술에 의해, 그다음으로는 거기에 부여된 정신적·신비적 흥미에 의해서다.

팡시울이라는 친구는 특히 무언극이나 대사가 별로 동반되지 않는 역할에서 뛰어났다. 이런 역은 인생의 신비를 상징적으로 표현하는 것을 목적으로 하는 몽환극에서 흔히 주요한 기능을 한다. 그는 조금도 어색함이 없이 날렵하게 무대에 등장했다. 그것이 이 귀족 관중들에게 관용과 용서를 북돋아 주는 데 기여했다.

보통 우리가 어떤 희극 배우에 대해 "훌륭한 희극 배우다." 라고 말할 때, 그것은 이 인물 뒤에 희극 배우를, 즉 예술, 노력, 의지 등을 알아볼 수 있음을 의미하는 틀에 박힌 말을 사용하는 것이다. 그런데 어떤 희극 배우가 연기하는 인물에 관하여, 고대 최고의 조상(彫像)이 그에 의해 기적적으로 다시 살아나 생생하게 살아 움직이고 걷고 눈에 보이는 듯하여, 아름다움에 관한 막연하고 일반적인 개념에 결부되는 것과 같은 경지에 이른다면, 그것은 분명 특별하고 전혀 예기치 못한 경우일 것이다. 그날 밤 꽝시울은 진정 완벽한 이상의 화신이어서, 이상화된 인물이 거의 살아 움직이고 있다는 것, 그것이 실제로 가능하다는 것, 현실적인 것이 되었다는 사실을 상상하지 않는다는 게 불가능할 정도였다. 이 어릿광대는 머리 주위에 불멸의 후광을, 다른 사람들에게는 보이지 않았지만 나는 알아볼 수 있는 후광을 발하며——그곳에 '예술'의 광휘와 '순교자'의 영광이 섞인 야릇한 혼합이 있었다——무대 위에서 왔다 갔다, 웃기도 하고, 울기도 하고, 경련을 일으키기도 하였다. 꽝시울은 진정 무어라 말할 수 없는 특별한 은총을 받아 이 기상천외의 익살에까지 숭고한 것과 초자연적인 것을 끌어넣었다. 내가 여러분에게 잊을 수 없는 그날 저녁을 묘사하려고 노력하는 동안에도 펜은 떨리고, 나의 눈에는 아직까지도 여전히 살아 있는 감동으로 눈물이 솟는다. 꽝시울은 나에게 반박의 여지가 없는 단호한 방법으로 예술의 도취는 다른 무엇보다도 심연의 공포를 감추기에 가장 적합하다는 사실을 증명해 주었던 것이다. 그리고 천재는 무덤 가장자리에서도, 지금의 팡시울이 그러하듯이, 모든 파괴나 무덤이라는 생각과는 상관없는 낙원에 빠져, 무덤조차 보지 않게 되는 무한한 즐거움을 가지고 희극을 연기할 수 있다는 사실을 증명해 보였다.

모든 관객은, 아무리 무감각하고 경박하다 해도, 곧 이 예술가의 전능한 지배를 받지 않을 수 없었다. 이제 아무도 죽음, 상(喪)의 슬픔, 처형 등을 생각하지 않게 되었다. 모두가 불안을 잊고, 살아 있는 예술의 걸작품을 보며 커 가는 쾌락 속에 빠져 들었다. 감탄과 환희의 폭발이 몇 번이고 반복되어, 그칠 줄 모르는 우레처럼 세차게 건물의 둥근 천장을 흔들어 놓았다. 왕까지도 매혹되어 조신들의 박수에 자신의 박수를 섞었다.

그러나 통찰력 있는 눈은 왕의 도취가 순수한 것이 아님을 꿰뚫어 볼 수 있었다. 그는 자신의 전제적인 권력이 굴복당한 느낌을 받았을까? 사람의 마음을 두렵게 하고 정신을 마비시키는 군주로서의 그의 기술에 모욕감을 느낀 것일까? 그의 기대와 예상이 어긋난 데 대해 실망하고 우롱당했다고 느낀 것일까? 완전히 정당하다고는 할 수 없어도 전혀 부당하다고도 할 수 없는 이러한 가정들이 왕의 얼굴을 관찰하는 동안 나의 머릿속을 스쳐 갔다. 평소에도 창백한 그의 얼굴에 마치 눈 위에 눈이 쌓이듯 새롭게 창백한 빛이 계속 더해 갔다. 죽음을 그토록 훌륭하게 풍자하는 이 이상한 광대, 그의 오랜 친구인 팡시울의 재능에 보라는 듯 떠들썩하게 갈채를 보내는 동안에도 왕의 입은 점점 더 굳게 다물어졌고, 그의 눈은 질투와 원한의 불길 같은 내면의 불길로 타오르는 것이었다. 그러던 어느 순간 나는 폐하가 그의 뒤에 자리 잡은 어린 시동 쪽으로 몸을 기울이고 귓속말하는 것을 보았다. 귀여운 소년의 장난꾸러기 같은 얼굴이 미소로 빛나더니, 무슨 절박한 심부름이라도 하러 가듯 급히 왕의 관람석을 떠났다.

그로부터 잠시 후 날카롭고 길게 끄는 야유하는 휘파람 소리가 팡시울의 연기를 절정의 순간에서 멈추게 했고, 동시에 관객의 귀와 가슴을 찢어놓았다. 그리고 이 의외의 야유 소리가 튀어나온 관람석의 그곳에서 한 아이가 터져 나오는 웃음을 죽이며 복도 쪽으로 급히 뛰어갔다.

팡시울은 꿈속에서 갑자기 충격을 받고 깨어난 듯, 처음에는 우선 눈을 감고, 그러고는 곧 엄청나게 커진 눈을 다시 떴다. 그러더니 숨이 막히는 듯 입을 벌리고 앞뒤로 조금 비틀거리더니 마루 위에 덜컥 쓰러져 죽었다.

단검처럼 빠른 그 휘파람 소리가 정말로 사형 집행관의 역할을 빼앗은 것일까? 왕 자신은 그의 술책이 갖는 살인적 효력을 이미 짐작했던 것일까? 그것은 믿을 수 없는 일이다. 그는 아무도 흉내 낼 수 없는 그의 친애하는 팡시울을 그리워할까? 그렇게 믿는 것이 마음 편하고 정당하다.

선고받은 귀족들은 죽음에 앞서 마지막으로 희극 관람을 즐겼다. 바로 그날 밤 그들은 삶을 하직했다.

그로부터 여러 나라에서 극찬을 받고 있는 무언극 광대들이 ○○ 궁전에 초대되어 연기를 보였다. 그러나 그중 어느 누구도 팡시울의 훌륭한 재능을 되살아나게 할 수 없었고, 어느 누구도 그와 같은 총애를 받을 수 없었다.

주석

훌륭한 광대이며, 기성 권력에 도전하는 팡시울의 이미지는 시인이 「바그너와 탄호이저」(바그너의 탄호이저에 관한 보들레르의 기사)에서 언급한 "모든 존재하는 것에 대한 불만의 정신을 요람에서 선녀들로부터 선물로 받고 태어난" 혁명적 정신의 예술인들을 떠올리게 한다.

팡시울이 뛰어난 연기를 보여 준 요정 극에서처럼, 이 시가 '인생의 신비를 상징적으로 연기하는 것을 목적'으로 한다면, 이곳에서 왕은 독단적인 운명의 신에 반항하는 시인의 정신이 만들어낸 변덕 많고 잔인하며 부조리한 창조자를 구현한다. 또한 이 작품 속의 왕은 셰익스피어 작품에 나오는 신들을 떠올리게 한다. 그들은 기분 전환을 위해, 마치 아이들이 심심해서 파리들을 괴롭히고 죽이듯이, 인간들을 죽인다. 인간의 도덕에는 무관심한 왕의 성격, 그의 잔인성, 독재성, 상궤를 벗어난 취미 등 그는 진정 변덕 많은 운명의 신의 이미지를 준다. 한편 반역자 팡시울은 오늘날 문학에 흔히 등장하는 테마인, 인간 조건의 비극의 상징적인 구현이다. 부조리하고 살인적인 운명의 신, 왕에 대한 그의 모반은 실패로 끝나고, 그는 사형 선고를 받는다. 신의 힘에 도전하는 반항에서 실패한 자들에게 예술은 인간의 존엄성을 찾는 또 하나의 방법을 제공해 준다. 팡시울은 이 방법에 너무 완벽하게 도달한 나머지 절대적 권위의 상징인 왕의 질투와 원한을 산다. 경박한 관중들도 이제 군주의 지배가 아닌 전능한 예술가의 지배를 받게 된 것이다. 예술이 인간에게 초자연적 지배력을 주었다. 팡시울은 그의 머리에 절대 권위의 상징인 파괴할 수 없는 후광을 발한다. 그는 진정 뭐라 표현할 수 없는 특별한 은총을 받아 이 기상천외의 희극에까지 신성과 초자연적인 경지를 도입한 것이다. 그는 반박할 여지 없이 단호한 방법으로 예술의 도취는 심연의 공포를 감추기에 다른 무엇보다 가장 적합하다는 사실을 증명해 주었다. 그리고 천재는 무덤의 가장자리에서도 무한한 즐거움으로 희극을 연기할 수 있으며, 모든 파괴나 무덤이라는 생각과 관계없는 낙원에 살아 있듯이 무덤을 보지 않을 수 있다는 것을 증명해 보였다.

그러나 이러한 예술의 승리도 결국 일시적이며 헛된 것이다. 예술도 인간에게 운명의 신에 대한 승리를 보장해 줄 수 없다. 예술이 확보해 준 초자연적 힘은 너무 연약하고 순간적일 뿐이다. 어린아이의 휘파람 소리 하나가 그것을 무너뜨리는 데 충분하지 않았던가. 이것이 보들레르가 정의한 문학의 '아이러니'다.

문학의 근본적인 두 가지 성격은 초자연주의와 아이러니다.

——「봉화 XI」

1) 권태가 적이라는 점에서 이 왕은 시인 자신의 자화상이라 할 수 있다. 『악의 꽃』의 서문에 해당하는 「독자에게(Au Lecteur)」에서부터 권태는 주요 테마로 등장한다.

보들레르는 『악의 꽃』을 '소수의 선택받은 행복한 자', 자신과 유사한 독자에게 바친다고 밝힌다. 그리고 시인이 선택한 독자는 권태의 고통을 아는 시인과 동류, 그의 정신적 형제다.

우리 악의 더러운 가축우리에서

짖어대고 악쓰고 으르렁거리고 기어 다니는 괴물들 중에서

제일 흉하고 악랄하고 추잡한 놈 있으니!
놈은 야단스러운 몸짓도 큰 소리도 없지만
지구를 거뜬히 박살 내고
하품 한 번으로 온 세계인을 집어삼키리

그놈은 바로 '권태'!
(……)
그대는 안다, 독자여, 까다로운 괴물을,
위선자 독자여, 내 동류, 내 형제여!

———「독자에게」(『악의 꽃』)

28
가짜 화폐

우리가 담배 가게에서 나오자 내 친구는 그의 화폐를 조심스럽게 분류했다. 조끼 왼쪽 주머니에는 작은 금화를, 오른쪽에는 작은 은화를, 바지 왼쪽 주머니에는 한 줌의 큰 동화(銅貨)를, 그리고 마지막으로 2프랑짜리 은전 한 닢을 각별히 잘 살펴본 후 오른쪽 주머니에 집어넣었다.

"참 독특하고 꼼꼼하게 분류하는군!" 하고 나는 혼자 생각했다.

우리는 손을 떨며 우리에게 모자를 내밀고 있는 한 거지와 만났다. 나는 그 거지의 애원하는 듯한 눈의 말 없는 웅변보다 더 마음을 불안하게 하는 것을 알지 못했다. 그 눈에는, 그것을 읽을 능력이 있는 민감한 사람에게는, 한없는 비굴과 동시에 비난이 들어 있었다. 채찍에 맞은 개들의 눈물 젖은 눈 속에서 발견되는 복잡 미묘하고 심각한 감정과 같은 어떤 것을 나는 그 눈에서 읽을 수 있었다.

내 친구가 준 동냥은 내가 준 것보다 훨씬 많았다. 그래서 나는 그에게 "자네가 옳았네. 놀람을 당하는 즐거움 말고는 상대에게 놀람¹)을 주는 데서 얻는 즐거움보다 더 큰 즐거움은 없으니까."라고 말했다.

"그것은 가짜 화폐였어." 그는 마치 자신의 낭비를 변명하려는 듯 태연히 대답했다.

그러나 오후 2시에 정오를 찾기에 바쁜 나의 보잘것없는 두뇌 속에서(자연은 나에게 얼마나 고달픈 재능을 선물하였는가!) 갑자기 이런 생각이 들었다. 즉 그러한 행위는 내 친구 쪽에서 이 비참한 거지의 인생에 어떤 사건을 만들어주고 싶다는 욕망에 의해서 행해졌을 때만, 그리고 어쩌면 이 가짜 화폐가 한 거지의 손에 들어가서 낳게 될 일련의 여러 가지 결과──비통한 결과이건 그 반대이건──들을 알고 싶은 욕망에 의해 행해졌을 때만 용서받을 수 있다는 생각이 떠올랐다. 가짜 화폐는 진짜 화폐가 되어 불어날 수는 없을까? 혹은 가짜 화폐가 그를 감옥으로 끌고 갈 수는 없을까? 이를테면, 카바레 주인이나 빵 가게 주인이라면 가짜 화폐 제조자나 가짜 화폐 유포자로 몰아 그를 체포하게 할지도 모른다. 또는 마찬가지로 가짜 화폐는 어느 가난한 투기꾼에게 며칠 동안 부(富)의 씨앗이 될지도 모른다. 이처럼 나의 공상은 내 친구의 머릿속에서 날개를 펼치며, 모든 가능한 추론과 모든 가능한 가정을 끄집어 내고 있었다.

그러나 이 친구는 바로 내가 한 말을 받아 되풀이하며 불쑥 나의 공상을 깨뜨려 버렸다. "그래, 자네가 옳아. 어떤 사람에게 그가 기대하는 것보다 더 많이 줌으로써 그를 놀라게 하는 것보다 더 달콤한 즐거움은 없으니까."

나는 그를 똑바로 쏘아보았다. 그리고 나는 그의 눈이 의심의 여지 없는 순진함으로 빛나는 것을 보고 경악을 금할 수가 없었다. 그때 나는 그가 자비심과 동시에 이익이 생기는 거래를 꾀하려 했다는 사실을 분명히 알았다. 하느님의 마음과 동시에 40수를 얻고, 경제적으로 천국을 획득하며, 마지막으로 자선가라는 칭호까지도 거저 얻으려 했던 것이다. 그것이 내가 방금 그럴 가능성이 있다고 추측했던 그런 유의 범죄적 즐거움의 욕구에 의한 것이었다면 그를 거의 용서했을 것이다. 그가 가난한 자들을 위험에 빠뜨려 놓고 즐기는 것도 호기심에 의한 독특한 취미려니 생각했을지도 모른다. 그러나 나는 그의 계산의 어리석음을 결코 용서할 수 없을 것이다. 인간의 악의는 결코 용서할 수 없지만, 인간이 악하다는 사실을 아는 것은 약간의 가치가 있다. 가장 돌이킬 수 없는 악덕이란 어리석음에서 악을 저지르는 것이다.

주석

1) '놀람'이라는 보들레르적 미학이 변형되어 나타나고 있다.

'놀람'이 일으키는 쾌락은 민감한 인간, 보들레르적 댄디의 쾌락 중 하나다. 미술 비평 「현대 생활의 화가」의 9장 「댄디(Le Dandy)」에서 보들레르는 천박함을 경멸하는 '댄디'는 자신은 결코 놀라지 않고 상대방에게 놀람을 주는 데서 만족을 얻는 냉담한 인간이라고 정의한다. 민감한 영혼의 소유자, 댄디가 뿌리치지 못하는 이 유혹은 비난받아 마땅한 범죄적 쾌락에서 비롯되는 것일까, 아니면 인생의 신비 또는 부조리라고 단정해야 할까.

그러나 부자 친구의 행위가 그가 추측했던 것처럼 상대방에게 놀람을 주려는 의도에서 연유된 것이 아님을 깨닫자, 그는 경멸과 혐오감에 사로잡힌다. 그것은 「4 어느 희롱꾼」에서처럼 대중의 우매함에서 비롯되는 비겁한 행위이며, 댄디의 민감성과는 관계없는 행위다.

한편 이 시가 상징적으로 인생의 부조리를 표현하고 있다는 해석도 가능하다. 운명 앞에서 인간은 부자 친구 앞에 있는 거지와 같은 처지일지도 모른다. 인간이 신에게서 받은 선물은 거지가 받은 가짜 화폐와 같을 수도 있다.

29
인심 후한 도박꾼[1]

어제 나는 큰길의 군중 사이를 지나가다, 늘 알기를 원했던 한 신비한 '인물'과 스치는 것을 느꼈다. 한 번도 만난 적이 없었는데도 그를 곧 알아볼 수가 있었다. 그도 나에 대해 같은 욕구를 느꼈는지, 지나가면서 내게 의미 있는 일별을 던지는지라, 나는 서둘러 그 눈짓에 따랐다. 나는 조심스럽게 그를 쫓아갔고, 곧 그를 따라 눈부신 지하의 처소로 내려갔다. 그곳의 화려함은 파리 지상의 어느 주택도 그에 가까운 예를 보여줄 수 없을 정도였다. 신비한 이런 지하 소굴 옆을 그처럼 자주 지나다니면서 어떻게 그 입구를 눈치채지 못했는지 의아했다. 그곳에는 사람의 머리를 술처럼 취하게 하며 동시에 미묘한 분위기가 감돌아서, 거의 즉시 인생의 시시한 공포를 모두 잊게 해 주었다. 그곳에서 사람들은 깊은 지복(至福)을 들이마시고 있었다. 마치 로터스 열매를 따 먹은 무리들이 영원한 오후의 햇빛이 비추는 마술 섬에 착륙하여, 다시는 집도 아내도 아이들도 보고 싶지 않으며, 바다 위 높은 물결에 다시 올라가고 싶지도 않다는 욕망이, 졸음을 가져다주는 선율적인 폭포수의 소리와 함께 그들의 마음에서 일어날 때 그들이 맛보았음직한 그런 지복이었다.[2]

그곳에는 숙명적인 아름다움으로 빛나는 낯선 남녀의 얼굴들이 있었는데, 나는 그들을 정확히 기억해 낼 수는 없지만 어느 시대 어느 나라에선가 이미 보았던 것처럼 생각되었다. 그리고 그들은 나에게 미지의 인물을 대할 때 보통 일어나는 그런 공포심보다는 차라리 형제 같은 공감을 불어넣어 주는 것이었다. 내가 어떤 방법으로든 그들 시선의 독특한 표정을 정의해 보려 한다면, 권태에 대한 공포와, 그리고 살아 있다고 느끼려는 불멸의 욕망으로 인해 그처럼 힘차게 빛나는 눈을 일찍이 본 적이 없다고나 해야 할까.

주인과 나는 자리에 앉으면서부터 벌써 오래 알고 지낸 완벽한 친구처럼 되어버렸다. 우리는 먹기도 하고 모든 종류의 이상한 술들을 엄청나게 마시기도 했는데, 그에 못지않게 이상한 일은 이처럼 여러 시간을 보낸 후에도 나는 그보다 더 취하지 않았던 것 같았다. 그러나 노름, 이 초인간적 쾌락인 노름이 여러 차례 우리의 잦은 음주를 중단시켰다. 그리고 나는 다음의 사실을 얘기해야만 하겠다. 나는 노름을 했으며, 영웅적인 무사태평과 경솔로 삼판 승부 노름에 내 영혼을 걸었다가 그만 잃고 말았음을. 영혼이란 손으로 만질 수도 없으며,

흔히 무익하고 때때로 아주 거추장스럽기까지 한 것이어서, 나는 이 손실에 대해 산책 중에 명함을 잃었을 때만큼도 못한 감동을 느꼈을 뿐이다.[3]

우리는 그 비유할 수 없는 맛과 향기로 인해 마음속에 미지의 나라와 행복에 대한 향수를 느끼게 하는 그런 궐련 몇 개를 오래오래 피웠다. 그리고 나는 이 모든 행복에 취해, 가장자리까지 가득한 술잔을 들고 "당신의 불멸의 건강을 위해, 염소 영감!" 하고 발작적인 친밀감 속에 외쳤으나, 그는 그것이 불쾌하지 않은 듯했다.

우리는 또한 우주에 관해, 우주의 창조와 미래의 멸망에 관해, 그 밖에도 현 세기의 큰 사상들, 다시 말해 진보와 완전화의 가능성에 관해, 그리고 일반적으로 인간들이 열중하는 모든 형태의 문제들에 관해 이야기를 나누었다. 처음 문제에 관해서는 경쾌하면서도 반박할 여지 없는 농담이 전하(殿下)의 입에서 그칠 줄 모르고 쏟아져 나왔다. 그는 자신의 의견을 감미로운 어법과 잔잔한 해학으로 표현했는데, 화법은 어떤 유명한 한담가에게서도 발견할 수 없는 특출한 것이었다. 그는 오늘날까지 인간의 뇌를 사로잡았던 가지각색의 철학의 부조리성을 나에게 설명하였고, 몇 가지 근본적인 원리에 대해 밝혀 주기도 하였는데, 나는 누구와도 그 소유와 이득을 나누고 싶지 않았다. 그는 세계 도처에서 그가 누리고 있는 악명을 조금도 불평하지 않았고, 그 자신이 미신 타파에 가장 관심을 기울이고 있는 인물이라고 단언했다. 또 자신의 능력에 대해 단 한 번 두려움을 느낀 적이 있었는데, 그것은 그의 동료들보다 더 교활한 어떤 연설가가 강단에서 이렇게 외치는 것을 들었을 때였다고 나에게 고백했다. "친애하는 형제들, 당신들이 문명의 진보를 자랑하는 것을 들을 때마다, 악마의 가장 악랄한 속임수는 악마란 존재하지 않는다고 당신을 설득하려 하는 데 있다는 사실을 결코 잊어서는 안 됩니다!"[4]

이 유명한 연설가에 대한 추억이 자연히 우리를 한림원 문제로 이끌고 갔다. 그리고 나의 기이한 회식자는 자신이 대부분의 경우 교육자들의 붓과 말과 양심에 영감을 고취하는 데 등한히 하지 않았으며, 또한 거의 언제나 모든 한림원의 회합에, 비록 사람들의 눈에 띄지는 않았지만, 몸소 참석했노라고 주장했다.

그토록 그지없는 그의 친절에 용기를 얻은 나는 그에게 하느님의 소식과 최근에 하느님을 만나보았는지 물었다. 그는 상당히 슬픔이 서린 어조로, 그러나 대범하게 대답하였다. "우리는 만나면 늙은 귀족처럼 서로 인사를 하지만, 늙은 신사들에 늘 따르는 예절도 옛날의 원한의 기억을 완전히 씻어 줄 수는 없다."

전하께서 일찍이 일개 보잘것없는 범인에게 이토록 긴 알현을 허락한 적이 있었는지 의심스러운 일이었다. 그리고 나는 그것을 남용한 것이나 아닌지 걱정스러웠다. 이윽고 떠는 듯한 새벽 기운이 유리창에 하얗게 동터올 때, 이 유명한 인물이, 그 자신은 알지도 못한 채 그처럼 많은 철학자들이 그의 영광을 위해 시중들고 그처럼 많은 시인들이 노래한 이 인물이 나에게 말하는 것이었다. "나는 그대가 나에 대한 좋은 추억을 간직하기를 바라며, 사람들이 그처럼 나쁘게 말하는 '나'라는 존재도 때로는, 당신들 인간의 속어를 빌려 말하자면, 착한 악마일 경우도 있다는 사실을 증명해 보이고 싶다. 그대가 그대의 넋을 걸었다 잃어버린 만회할 수 없는 손실을 보상해 주기 위해, 만일 운명이 그대 편이라면 이길 수도 있었을 노름돈, 즉 가능성이라는 걸 그대에게 주겠다. 평생 그대의 모든 병과 그대의 보잘것없는 진보의 원천인 이 '권태'라는 이상한 병을 극복하고 진정시키는 가능성 말이다. 내가 그 실현을 도와주지 않는 한, 그 어떤 욕망도 그대 혼자서는 이루지 못할 것이다. 그대는 그대의 동류, 천박한 인간들 위에 군림할 것이며, 그대에게 온갖 아첨과 숭배까지도 바쳐질 것이다. 은도, 금도, 다이아몬드도, 선경 같은 궁궐도, 그것을 얻기 위해 노력하지 않아도 저절로 그대를 찾아와 받아줄 것을 간청할 것이다. 그대는 그대의 환상이 명하는 대로 어느 때고 조국과 풍토를 바꿀 수도 있고, 늘 따뜻한 날씨에, 여인들은 꽃처럼 좋은 냄새를 풍기는 매혹적인 나라에서 지칠 줄 모르고 관능의 쾌락에 취하리라. 그리고, 그리고……." 그는 일어서면서 덧붙이고, 기분 좋은 미소를 지으며 나에게 작별을 고했다.

만일 그처럼 수많은 회중(會衆) 앞에서 모욕당할지도 모른다는 두려움만 없었더라면 나는 기꺼이 이 후한 도박꾼의 발치에 쓰러져 그의 믿을 수 없을 만큼 큰 너그러움에 감사했을 것이다. 그러나 그와 헤어지고 난 후 차츰차츰 고칠 수 없는 의혹이 나의 가슴을 엄습하기 시작했다. 나는 그토록 경이로운 행복을 감히 믿을 수가 없게 되었다. 따라서 잠자리에 들기

전, 바보 같은 습관이 아직 남아 있으므로 또 기도를 올리면서 나는 비몽사몽 속에서 이렇게 되풀이하는 것이었다. "하느님이시여! 주여, 하느님이시여! 악마가 그의 약속을 지키게 해 주옵소서!"

주석

1) 「21 유혹 또는 에로스, 플루토스, 명예」에서처럼 신화를 변형한 우화적 전개의 산문시다.

2) 로터스 열매를 따 먹고 고국을 잊은 뱃사람들의 이야기는 호메로스의 『오디세이아』 중 「Chant IX」에서 인용.

3) '인심 후한 도박꾼'은 악마적 청원을 상징한다. 그러나 악마적 유혹 앞에 시인의 태도는 모호하다. 그것은 '인심 후한 도박꾼'을 설명하는 아이로니컬한 어조에서부터 드러난다. "영혼이란 손으로 만질 수도 없으며, 흔히 무익하고 때때로 아주 거추장스럽기까지 한 것이어서, 나는 이 손실에 대해 산책 중에 명함을 잃었을 때만큼도 못한 감동을 느꼈을 뿐이다."라고 시인이 선언하고 있는데, 그것을 그대로 순수하게 받아들일 수 있을까?

악마적 청원의 위력은 무엇인가? 그것은 '하강하는 쾌락'이다. 이 '하강하는 쾌락'은 특히 악마가 시인을 인도한 찬란한 '지하 처소'의 묘사 속에서 두드러진다. 사치로 빛나는 그곳에 모든 낙원의 이미지가 다 동원되어 있다. 로터스를 먹은 무리들이 상륙한 영원한 오후의 빛으로 빛나는 마술 섬의 도취경 역시 에덴의 이미지를 나타낸다. 악마는 인간으로 하여금 시간과 공간의 제약을, 또는 인간 조건 자체를 벗어나게 유도해 주는 주신제(酒神祭)적 유혹의 상징이다. 그러나 이 악마적 청원은 영혼의 돌이킬 수 없는 손실을, 더 정확히 말하자면 정신적 의식에 대한 무의식의 승리를 가져올 것이다. 이 희생이 시인의 가슴속에 불편함을 남기는 것이다.

4) 원죄설을 믿는 얀센파의 정통 사상은 각별히 보들레르의 관심을

끌었다. 진보에 대한 주장과 믿음을 증오했던 것도 그가 얼마나 원
죄설에 집착하는지를 말해 준다. 그것은 『가난한 사람들』에 관한 그
의 다음 글에도 잘 나타난다.

아! 기억하기 힘들 정도로 오래된 원죄의 현실은 그렇게 오랫동안
많은 진보가 있은 후에도, 여전히 충분한 흔적이 남아 있다!

30
목매는 줄
에두아르 마네에게[1]

환상이란 — 하고 내 친구가 나에게 이야기를 시작했
다—인간들 사이의 관계나 또는 인간과 사물과의 관계만큼
이나 허다한 것이지.

그리고 환상이 사라지면, 다시 말해 우리가 어떤 존재나 사
실을 우리의 생각 밖에 존재하는 그대로 보게 될 때, 우리는
반쯤은 사라진 환상에 대한 회한과 반쯤은 새로움 앞에서, 진
짜 사실 앞에서 느끼는 즐거운 놀람이 섞인 이상야릇한 감정
을 느낀다네. 만일 세상에 어떤 자명하고 평범하고 항상 유사
하며 착각의 여지가 없는 성질의 현상이 존재한다면, 그것은
모성애지. 모성애가 없는 어머니를 상상한다는 것은 열이 없
는 햇빛을 상상하는 것만큼이나 어려운 일이지. 따라서 한 어
머니의 자신의 아이에 관한 모든 얘기나 행동을 순전히 모성

애 탓으로 돌리는 것이 매우 당연하지 않겠나? 그런데 이 짤막한 얘기를 들어 보게. 이것은 가장 당연한 환상으로 인해 내가 기이하게 속고 만 사실이라네.

그림 그리는 일이 직업인 나는 길에서 만나게 되는 얼굴을, 그 외모를 주의 깊게 관찰하네. 자네는 이러한 기능으로부터 우리가 끌어낼 수 있는 기쁨을 알고 있겠지. 인생이 우리의 눈에 다른 누구에게보다 더욱 활기차고 의미 있어 보이게 하는 기능 때문에 말일세. 내가 사는 외진 구역은 도심에서 멀리 떨어져 있는데, 이곳은 아직도 잔디가 심긴 넓은 공간이 건물들 사이에 여기저기 끼여 있고, 나는 거기서 자주 한 아이를 관찰하였네. 이 아이는 다른 아이들보다 더 열정적이고 장난꾸러기 같은 얼굴을 하고 있어서 나는 대번에 반해 버렸네. 이 아이는 나를 위해 여러 차례 포즈를 취해 주었고, 나는 이 아이를 때로는 어린 보헤미안으로, 때로는 천사로, 또 어떤 때는 신화 속의 '사랑의 신'으로 변형시키기도 하였네. 나는 그에게 방랑자의 바이올린을 들게 하기도 하고, 가시관을 씌워 보기도 하고, 수난의 '못'을 쓰게도 하고, 에로스의 횃불을 들게도 했지. 나는 이 장난꾸러기의 익살에 너무나 큰 즐거움을 느낀 나머지, 하루는 그의 가난한 부모에게 간청하여 아이를 잘 입히고 돈도 얼마간은 줄 것이며 내 화필을 빨거나 작은 심부름을 시키는 일 이외에 다른 일은 시키지 않겠노라고 약속하며, 아이를 내게 양보해 달라고 했네. 아이는 깨끗이 씻고 나니 귀여워졌고, 그가 우리 집에서 영위한 삶은 아버지의 누옥에서 살아야 했던 것과 비교하면 그에게는 천국처럼 생각되었을 것이야. 다만 이 꼬마 양반이 때때로 이상하게 조숙한 슬픔의 발작을 보여 나를 놀라게 했다는 사실과, 머지않아 곧 달콤한 사탕과 주류에 터무니없는 취미를 보였다는 사실을 말해야만 하겠네. 그것이 어찌나 심하던지, 내가 수차례에 걸쳐 경고했는데도 그가 여전히 이런 유의 좀도둑질을 하고 있는 것을 확인하고, 어느 날 그를 부모의 집에 돌려보내겠다고 위협해 두었지. 그리고 나는 외출을 했네. 그런데 여러 가지 볼일이 있어 꽤 오랫동안 집에 돌아올 수가 없었네.

집에 돌아오자 맨 먼저 내 시선을 강타한 것이 양복장 널빤지에 목을 매단 내 인생의 익살스러운 동반자, 나의 어린 꼬마 임을 알았을 때, 나의 놀람과 공포는 어떠했겠는가! 그의 발은 거의 바닥까지 닿아 있었으며, 그가 발로 밀어냈음이 분명한 의자 하나가 그의 곁에 나뒹그러져 있었네. 그의 머리는 경련을 일으켜 어깨 위에 구부러져 있었고, 부푼 얼굴과 크게 열린 채 무섭게 고정되어 있는 눈은 처음 보았을 때 그가 살아 있지 않나 하는 착각을 나에게 일으켰네. 그 애를 내려놓는 일은 자네가 생각하듯 그렇게 쉬운 일이 아니었네. 그는 벌써 굉장히 굳어 버려, 그를 덜커덕 땅바닥에 떨어지게 하는데 나는 설명할 수 없는 혐오감을 느꼈지. 그렇게 하기 위해서는 그의 몸 전부를 한 팔로 붙들고, 다른 쪽 손으로는 줄을 끊어야만 했네. 그러나 그렇게 하고도 모든 것이 끝나지 않았어. 이 꼬마 괴물은 아주 가느다란 끈을 사용했으므로, 그 줄이 살을 깊게 파고들어 목에서 줄을 풀어내기 위해서는 가느다란 가위로 부푼 살 사이에 박힌 줄을 찾아야만 했지.

자네에게 잊고 말하지 못했지만, 나는 그때 도와 달라고 크게 외쳤네. 그러나 내 이웃들은 모두 문명인의 습관에 충실한 나머지 나를 돕기 위해 오기를 거절했지. 개화된 인간은, 그 이유는 알 수 없지만, 결코 목매달아 죽은 사람의 일에 끼어들려 하지 않기 때문이야. 마침내 의사 한 명이 와서, 아이는 죽은 지 여러 시간이 되었다고 단정했지. 그 후 수의를 입히기 위해 그의 옷을 벗겨야 했을 때, 시체의 경직 상태가 어찌나 심하던지 그의 사지를 구부리는 것을 단념하고, 그에게서 옷을 벗기기 위해 옷을 찢고 잘라야만 했네.

나는 당연히 경찰에게 이 사고를 보고해야 했는데, 그는 나를 불신의 눈으로 바라보며 "수상한데!" 하고 말했지. 물론 그것은 죄인이나 무죄한 사람들에게나 되는 대로 겁을 주려는 그의 직업상의 습관과 고질화된 욕망에서 비롯된 발언이었을 거야.

이제 치러야 할 최후의 일만이 남아 있었는데, 그것은 생각만으로도 무서운 고통이었네. 다시 말해 그의 부모에게 이 사건을 알리는 일이었네. 나의 발도 나를 그곳으로 이끌어 가려 하지 않았지. 마침내 나는 용기를 냈네. 그런데 놀랍게도 어머니는 침착하였고, 그녀의 눈가에서 눈물 한 방울 솟아나지 않았지. 나는 이러한 기이한 현상이 그녀가 느꼈음에 틀림없는 공포 탓이라고 생각하고, 다음과 같은 유명한 속담을 상기했네. "가장 무서운 고통은 말 없는 고통이다." 그의 아버지로 말할 것 같으면 반은 얼이 빠진 듯하고 반은 꿈꾸는 듯한 표정으로 이렇게 말하는 것이었네. "결국 그렇게 끝나는 것이 아마

나을지 몰라. 그 녀석은 불행하게 끝나게끔 되어먹었으니까!"

그러는 동안 시체를 나의 긴 의자 위에 뉘어 놓고, 나는 한 하녀의 도움을 받아 마지막 준비에 몰두하고 있는데, 그의 어머니가 내 아틀리에로 들어왔네. 아들의 시체를 보고 싶다는 것이었지. 사실 나는 그녀가 그녀의 불행에 취하겠다는 것을 만류할 수도, 그녀에게 이 마지막 슬픈 위안을 거절할 수도 없었네. 그러고 나서 그녀는 아들이 목을 매었던 장소를 가르쳐 줄 것을 간청하였네. "아! 안 됩니다! 부인, 마음이 아프실 겁니다." 그리고 무의식중에 내 눈이 그 음침한 장롱 쪽으로 돌아가 아직도 끌리고 있는 긴 줄과 함께 못이 벽에 박혀 있는 것을 발견하고 공포와 분노가 섞인 혐오감을 느꼈네. 나는 재빨리 달려들어 이 마지막 불행의 흔적들을 뜯어내 버렸네. 그리고 열린 창문을 통해 그것을 밖으로 내던지려고 하는데, 그 불쌍한 여인이 내 팔을 붙들고 뿌리칠 수 없는 목소리로 이렇게 말하는 것이었지. "오! 선생님! 그것을 나에게 주세요! 부탁입니다! 제발 부탁입니다!" 분명 그녀의 절망이 그녀를 그렇게 미치게 만든 나머지, 이제 그녀는 아들이 죽을 때 도구로 사용한 것에조차 애착에 사로잡혀, 그것을 무서우면서도 귀중한 기념물로 간직하고 싶은 것이라고 나는 생각했네. 그녀는 그 못과 끈을 빼앗았네.

드디어! 드디어! 모든 것이 끝났네. 이제 나에게는 나의 뇌리 깊은 곳을 따라다니며 두 눈을 크게 뜨고 쏘아보는 환영이 나를 괴롭히는 이 작은 시체를 조금씩 쫓아내기 위해 보통 때보다 훨씬 맹렬히 다시 일에 몰두하는 일밖에 남지 않았지.

그런데 다음 날 나는 한 꾸러미의 편지들을 받았네. 그중에는 나와 같은 집에 사는 거주자들의 편지도 있었고, 이웃들의 편지도 있었지. 2층 거주자, 또 하나는 3층, 또 하나는 4층, 어떤 것들은 심각한 요구를 외면상의 장난으로 숨기려는 듯 반쯤 농담 투의 문체였고, 또 어떤 것들은 아주 노골적이고 맞춤법도 형편없었지만 모두가 같은 목적에서였네. 즉 나에게서 흉측한, 그러나 동시에 행운을 가져다주는 끈을 한 토막이라도 얻기 위해서였지. 서명들 중에는 여인들이 남자들보다 많았다는 것도 나는 말해야 하겠네. 그리고 그들은 모두, 정말이지, 가난하고 저속한 계층에 속하는 사람들뿐만은 아니었네. 나는 아직도 그 편지들을 보관하고 있지.

그런데 그때 갑자기 나의 뇌리에 어떤 섬광이 스쳐갔네. 나는 왜 그 어머니가 나에게서 그 끈을 그토록 맹렬하게 빼앗아 가려 했던가, 그녀가 어떤 거래로 스스로를 위로하려 했는지를 깨닫게 되었네.

시의 중심부는 무서운 어머니가 차지하고 있다. 아이가 천국을 발견한 것도 그의 부모 집에서가 아니었다. 술과 달콤한 사탕에 대한 아이의 무절제한 욕구의 원인은 그에게 늘 거절되어 왔던 모성애에 대한 향수로 설명된다. 아이는 거절된 애정의 행복을 술과 식도락으로 보충하려 했을 것이다. 그가 목을 매달 결심을 한 것도 그의 부모 집에 보내겠다는 위협 때문이었다. 아들의 죽음에도 무감동하던 어머니가 유일하게 관심을 보인 것이 아들이 목을 매는 데 사용한 줄이었다. 그것으로 장사를 할 수 있었기 때문이다. "세상에 어떤 자명하고 평범하고 항상 유사하며 착각의 여지가 없는 성질의 현상이 존재한다면, 그것은 모성애'라는 화가의 생각은 착각이었다. 이처럼 갑자기 밝혀진 사실 앞에 화가는 "반쯤은 사라진 환상에 대한 회한과 반쯤은 새로움 앞에서, 진짜 사실 앞에서 느끼는 즐거운 놀람이 섞인 이상야릇한 감정"을 느낀다. 이 시에서 말하고 있는 것은 화가뿐일까? 상궤를 벗어난 사실, 이 '놀람'이 주는 쾌락에 대한 시인 자신의 취미를 화가의 마스크 밑에서 시위하고 있는 듯하다. 보들레르의 '놀람'의 미학에 관해서는 「28 가짜 화폐」 주석을 참조.

1) 보들레르와 화가 마네가 만난 것은 1860년대이며, 그 후 1863년까지 서로 자주 만나 긴밀한 우정을 나눈 것으로 기록된다.

이 시기 마네는 현재 부다페스트 박물관에 소장된 잔 뒤발의 초상화를 그렸고, 보들레르는 이 화가에 관한 미술평(「화가들과 부식 동판 화가들」)에서 화가의 현대성을 강조하는 비평을 쓰기도 하였다.

마네는 지난번 미술전에서 맹렬한 파문을 일으켰던 「기타 연주자」의 화가다. 다음번 미술전에서는 에스파냐 취향이 배어 있는 작품을 여럿 보게 될 것이다. 그것은 에스파냐의 천재가 프랑스로 망명 왔다고 생각하게 할 정도다. 마네와 르그로는 사실주의에 대한 확고한 취향에 현대적 사실주의를 접목하였다. 이것이 벌써 좋은 징후다.(œc, 1146쪽)

말년에 빚과 가난에서 벗어나지 못하던 보들레르는 강연회 계획과 전집 출판 교섭을 위해 벨기에의 수도 브뤼셀로 떠난다. 그곳에서 1865년 미술전 출품으로 치욕을 당한 마네에게 격려의 편지를 보낸다. 보들레르의 눈에 마네는 들라크루아나 바그너처럼 의지가 강한 예술인은 아니었다. 특히 그에게 결여된 것은 앞의 이 두 거장이 지닌 예술에 대한 요지부동한 신앙이라고 생각했다. 그들은 자신들이 이해받지 못한 데 대해 고통을 받았지만, 어떠한 박해에도 쓰러지지 않았고, 아무것도 그들의 용기를 꺾을 수 없었다.

반면 마네는 그를 공격하는 비평 때문에 자신에 대해 회의하고, 실의에 빠져 있었다. 보들레르가 멀리서 꾸짖고 용기를 북돋으려 애쓰는 것이 바로 그 점이었다. 그보다 앞선 바로 일 년 전에도 마네가 고야를 모방했다고 비난하는 한 이름 없는 평자에게 편지를 보내 마네는 지금까지 고야의 그림을 본 적이 없으며, 자신과 미국 작가 포의 관계를 예로 들어 예술가들에게 그런 신비한 일치가 있는 법이라고 마네를 옹호한 일이 있었다. 이때가 브뤼셀에 도착하여 강연회의 계속적인 실패와 그곳 계약자들의 배신으로 실의에 빠져 있던 때다. 고통 속에서도 그는 멀리서 마네를 격려했고, 파리에 있는 지인 뫼리스 부인에게도 그를 위로해 주라고 부탁하는 편지를 보냈다. 그는 그 시대에 인정받지 못한 뛰어난 예술인(들라크루아, 바그너 등)을 알아보았고, 절망 속에서도 그들을 옹호하기를 주저하지 않았다.

이 시가 발표된 것은 1864년이다. 보들레르가 마네의 화실을 자주 드나들던 무렵 마네는 알렉상드르라는 이름을 가진 소년을 모델로 자주 그림을 그렸고, 「소년과 개」, 「기타 연주자」도 이 소년에게서 영감을 얻어 그린 그림이다.

이 시의 주제는 소년이 입에 사탕을 물고 목매어 죽은 1861년 마네의 화실에서 일어났던 사건에서 직접 따온 것이다. 이 소년의 어머니와 이웃들의 에피소드는 진위 여부를 확인할 수 없으며, 보들레르가 작품을 위해 만들어 낸 것인지 아닌지도 확인할 수 없다고 르메트르는 말한다.(르메트르의 같은 책, 148쪽)

31
천직

　가을의 태양빛이 더 머물고 싶어 하는 듯한 아름다운 공원에서, 금빛 구름들이 여행하는 대륙처럼 떠돌고 있는 벌써 푸르스름한 빛을 띤 하늘 아래, 네 명의 예쁜 아이들이——네 명 모두 사내아이다——놀기에 싫증이 난 듯 저희끼리 잡담을 하고 있었다.

　한 소년이 말했다. "어제 나를 극장에 데려가 주었단다. 안쪽으로 바다와 하늘이 보이는, 거대하지만 쓸쓸한 궁궐에 남자와 여자들이 진지하면서 쓸쓸해 보이는 얼굴을 하고, 그러나 우리가 아무 데서나 볼 수 있는 여자나 남자보다 훨씬 잘생겼고, 옷도 훨씬 잘 차려입고; 그들끼리 노래하는 듯한 목소리로 이야기를 하고 있더라고. 서로 위협하기도 하고, 애원하기도 하고, 슬퍼하기도 하고, 때로는 그들의 허리에 꽂힌 단도에 손을 가져가기도 하더군. 아! 정말 멋있더라! 여인들은 우리 집에 찾아오는 여인들보다 훨씬 아름답고 훨씬 키가 크더군. 그리고 비록 그녀들의 움푹한 큰 눈과 타는 듯한 볼 때문에 무서운 모습이긴 했지만, 아무래도 좋아지지 않을 수가 없었어. 겁도 나고 울고 싶기도 했지만, 흡족했거든……. 그런데 무엇보다 이상한 점은 그 광경이 나에게 그들처럼 옷을 입고, 그들과 같은 일을 이야기하고, 그들과 같은 목소리로 말하고 싶은 욕구를 주는 거야……."

넷 중 한 아이는 얼마 전부터 이미 친구의 얘기는 듣지 않고 어딘지 알 수 없는 하늘 한군데를 놀랍도록 뚫어지게 바라보다가 갑자기 말했다. "봐, 봐. 저쪽을……! 그가 보이니? 그는 외따로 있는 작은 구름 위에, 천천히 움직이고 있는 이 작은 새빨간 구름 위에 앉아 계셔. 그 역시 우리를 내려다보고 계신 것 같아."

"도대체 누구 말이야?" 하고 다른 애들이 물었다.

"하느님!" 그는 확신에 찬 목소리로 대답했다. "아! 벌써 아주 멀어졌어. 곧 너희에겐 안 보이겠어. 틀림없이 모든 나라를 방문하기 위해 여행하고 계신 거야. 저거 봐, 거의 지평선까지 줄지어 있는 나무들 위로 지나가시려고 하네……. 이제 종탑 뒤로 내려가신다……. 아! 이제 보이지 않는구나!" 그리고 아이는 오랫동안 같은 쪽을 향했다. 땅과 하늘을 갈라놓는 지평선 쪽을 응시하고 있는 그의 눈은 황홀감과 애석함이 섞인 설명할 수 없는 표현으로 빛났다.

"바보인가, 쟤는, 저에게만 보이는 하느님 어쩌고 하니 말이야!" 하고 그때 셋째 소년이 얘기를 시작한다. 그의 온몸은 독특한 활기와 생기로 빛났다. "나는 말이다, 너희는 한 번도 경험하지 못한, 그리고 너희의 극장이나 구름보다 약간 더 흥미로운 어떤 일이 어떻게 해서 나에게 일어났는지를 얘기할게. 며칠 전 일인데, 우리 부모가 나를 여행에 데려가 주었어. 그런데 우리가 묵었던 여관에는 침대가 충분하지 못했거든. 그래서 내가 우리 집 하녀와 같은 침대에서 자게 됐단다." 그러고는 친구들을 가까이 끌어당겨 한층 낮은 목소리로 말했다. "그런데 혼자 자지 않고 어둠 속에서 하녀와 같은 침대에 있으니 기분이 아주 야릇하더라. 나는 잠이 오지 않아 하녀가 자는 동안 손으로 그녀의 팔과 목, 어깨를 만지면서 놀았단다. 그녀는 다른 어떤 여자보다 목과 팔이 포동포동하더라. 피부는 얼마나 보드랍던지, 마치 편지지나 비단 종이 같더군. 나는 너무나 기분이 좋아 오래오래 그러고 싶었는데, 겁이 나서 그만둘 수밖에 없었어. 처음에는 여자를 깨울까 봐 겁이 났고, 다음에는 나도 무언지 알 수 없이 겁이 났어. 그러고 나서 나는 등 뒤까지 내려오는 사자의 갈기처럼 숱 많은 여자의 머리카락 속에 내 머리를 파묻었지. 그녀의 머리는, 정말이지 이 시간쯤의 정원의 꽃 향기처럼 냄새가 좋더라. 너희도 할 수만 있다면 나처럼 해봐, 그러면 알게 될 거야!"

이 같은 신기한 사실을 폭로한 소년은 이야기를 하면서 아직도 느끼고 있는 일종의 황홀감에 눈을 크게 뜨고 있었으며, 때마침 지고 있는 석양 햇살이 소년의 헝클어진 곱슬곱슬한 갈색 머리털 사이로 미끄러져 들어와 정열의 유황빛 후광처럼 타올랐다. 이 아이는 구름 속에서 신을 찾느라 일생을 허비하는 일이 없을 것이며, 다른 곳에서 흔히 그것을 찾을 수 있으리라는 것이 쉽게 짐작되었다.

마침내 네 번째 아이가 말했다. "너희도 알다시피 나는 집에서 별로 즐기지 않잖아. 나를 극장에 데려가 주는 일도 없고. 나의 보호자는 너무나 인색해. 그렇다고 하느님이 나 따위나 나의 권태를 아랑곳할 리도 없고, 게다가 나에게는 나를 귀여워해 줄 예쁜 하녀도 없잖아. 나의 즐거움이란 항상 내 앞을 곧바로 걸어가고, 어디로 가는지도 모르고, 아무에게도 걱정 끼치지 않고 돌아다니며, 늘 새로운 나라들을 구경하는 데 있으리라는 생각이 흔히 들었단다. 나는 어느 곳에서도 결코 행복하지 않고, 내가 현재 있는 곳이 아닌 다른 곳이라면 훨씬 행복할 것이라고 늘 생각하는 거야. 그런데 말이야! 옆 마을에 지난번 장이 서던 날 나는 내가 그렇게 살았으면 하고 바랐던 대로 살고 있는 세 남자들을 만났어. 너희는 그들을 주의해 보지 않았겠지. 그들은 키가 크고 피부는 거의 검었으며 비록 누더기 차림이었지만 아주 거만해 보였고, 누구의 도움도 필요 없다는 태도였어. 그들의 어두운 커다란 눈은 음악을 연주하는 동안 굉장히 빛나고 있었어. 음악은 어찌나 놀랍던지, 듣고 있노라면 때로는 춤추고 싶고, 때로는 울고 싶고, 때로는 두 가지를 동시에 다 하고 싶어지고, 너무 오랫동안 들으면, 미친 것처럼 될 거야. 한 남자는 활로 바이올린을 켜면서 어떤 한(恨)을 얘기하는 것 같았고, 또 한 친구는 가죽 띠로 목에 매단 조그만 피아노의 현(弦) 위에 작은 망치를 뛰놀

게 하면서 옆 친구의 흐느낌을 조롱하는 듯했고, 그런가 하면
세 번째 친구는 때때로 굉장히 격렬하게 심벌즈를 두드리는
것이었어. 그들은 어찌나 자기만족에 빠져 있던지, 군중이 흩
어진 뒤에도 그들의 야성적인 음악을 계속 연주했어. 마침내
그들은 모인 동전들을 줍고 짐을 짊어진 뒤 떠나 버렸어. 나는
그들이 어디에 사는지 알고 싶어 그들을 따라갔지. 그들을 따
라 멀리 숲 있는 데까지 가서야 나는 그들이 어느 일정한 곳
에서 거처하지 않는다는 사실을 알았어. '텐트를 쳐야 할까?'
하고 한 친구가 말하자 '천만에! 그럴 필요 없어! 너무나 아름
다운 밤인걸!' 하고 다른 친구가 대답하더군. 또 세 번째 친구
는 수입금을 세면서 이렇게 말하더라. '이 고장 사람들은 음악
을 모르더군.' '그리고 마누라들도 곰처럼 춤을 추던걸.' '다행
히 한 달 안에 오스트리아에 가게 될 테니 훨씬 상냥한 사람
을 만나게 되겠지.' '어쩌면 스페인으로 가는 것이 나을지 몰
라.' '철도 다가오니, 우기 전에 달아나세. 목구멍만 적시세나.'
하고 나머지 두 명 중 한 친구가 대답하더라.

　보다시피 나는 그들의 말을 다 기억하고 있어. 그러고 나서
그들은 제가끔 브랜디를 한 잔씩 마시더니, 이마를 별 쪽으로
향한 채 잠들었어. 나는 그들에게 나를 함께 데려가 주고, 그
들의 악기를 가르쳐줄 것을 애원하고 싶은 욕망에 사로잡혔
지. 그러나 나는 감히 그럴 용기가 없었어. 그것은 아마 무엇이
든 결심을 한다는 건 항상 어려운 일이고, 또 내가 프랑스를
벗어나기 전에 붙들려 돌아오게 될까 봐 겁이 났기 때문이었
을 거야."

마지막 소년의 얘기에 별 흥미를 느끼지 못하는 세 친구의 태도를 보고 나는 어린 친구가 이미 이해받지 못하는 사람이라는 생각이 들었다. 나는 그를 주의 깊게 바라보았다. 그의 눈과 이마에는 뭔지 모를 조숙하게 숙명적인 구석이 있었으며, 그것이 그를 다른 보통 사람들의 공감으로부터 멀어지게 하는 점이었다. 그러나 바로 그 점이, 왠지 알 수는 없지만, 나의 공감을 자극하여, 한순간 나는 나도 모르는 한 형제를 가질 수도 있었구나 하는 야릇한 생각에 사로잡힐 정도였다.

　해가 졌다. 이제 엄숙한 밤이 자리를 잡았다. 아이들은 제각기 그들도 모르는 곳으로 우연과 환경에 따라가기 위해 서로 헤어졌다. 자신의 운명을 완성하기 위해, 근친의 분노를 사고, 혹은 영광을 향해 혹은 불명예를 향해 기어오르기 위해 걸어갔다.

주석

이 시는 시인 자신의 자전적 의미를 지닌다. 네 명의 아이들 하나 하나는 시인의 어린 시절의 꿈, 그의 '천직'을 구현한다. 어릴 적부터 때로는 배우가 되려 했고, 때로는 사제를 꿈꾸었다. 또한 여인에 대한 조숙한 취미와 보헤미안의 방랑적 기질이 있었다. 시인은 자신의 천직을 대표하는 네 명의 아이들을 초자연적 분위기 속에 등장시킨다.

첫 번째 아이는 연극에 대한 시인의 취미를 구현한다. 『내면 일기』에 쓰인 그의 고백은 흥미롭다.

연극에 대한 나의 의견, 나의 어린 시절, 아니 지금까지도, 극장에서 내가 가장 아름답다고 생각하는 것은 샹들리에다──수정같이 반짝이고, 복잡 미묘하고, 대칭적이며 원형인 아름다운 물체.

──「마음을 털어놓고 X」

이 아이는 예술과 연극 속 상상의 세계에서 보잘것없는 현실의 도피처를 찾는다.

두 번째 아이는 하늘의 구름 속에서 신을 발견하는 신비한 경험을 한다. 신비주의적 기질 역시 시인이 어렸을 때부터 지니고 있던 것이다.

나의 어린 시절부터 신 쪽으로 끌리는 나의 성벽. 신과 나의 대화.

──「마음을 털어놓고 XLV」

특히 연극과 신 사이를 왕래하는 성벽은 다음의 고백에서 뚜렷이 발견된다.

나는 어렸을 때 때로는 사제, 군 사제가 되고 싶었고, 때로는 배우가 되고 싶었다. 이 두 가지 환상에서 내가 끌어낸 쾌락이라니.
　　　　　　　　　　　　　　　　　　　　——「마음을 털어놓고 XXXIX」

세 번째 아이는 일찍이 어린 시절부터 그에게 나타난 여인에 대한 조숙한 취미를 대신한다.

여인들에 대한 조숙한 취미, 나는 모피 냄새를 여인의 냄새와 혼동했다.
나는 잘 기억하고 있다…….
　　　　　　　　　　　　　　　　　　　　　　　　——「봉화 XII」

이 중에서도 시인이 각별히 자신의 모습을 발견한 것은 네 번째 아이다.

내 어린 시절부터 고독감. 식구들이 있는데도, 특히 친구들 사이에서 느끼는 영원히 선고받은 고독감.

이 아이 역시 시인처럼 남에게 이해받지 못한다는 느낌과 혼자라는 고독감을 느낀다. 요정이 그에게도 '존재하는 모든 것에 관해 만족을 모르는 기질을 그의 요람에 넣어준' 것일까? 그는 언제 어느 곳에서도 자신의 존재에 만족할 줄을 모른다. 따라서 끊임없이 '다른 곳'을 찾아 방랑의 길을 떠나는 '보헤미안'이 시인의 정신적 형제들이다.

> 방랑벽을, 그리고 방랑적 기질이라고 부를 수 있는 것을 찬양한다. 음악에 의해 표현되는 배가되는 감각에 대한 숭배. 그 점은 음악인 리스트를 참조할 것.
>
> ──「마음을 털어놓고 XXXVIII」

이 네 아이들은 연극, 신비주의, 사랑, 꿈(혹은 음악)에 의해 현실을 벗어나고 싶은 시인 자신의 '초자연'에 대한 향수를 각각 구현하고 있다.

32

바쿠스의 지팡이

프란츠 리스트에게

바쿠스의 지팡이(thyrse)란 무엇인가? 정신적·시적 의미로는 신의 대변자이자 하인으로서 남녀 사제들이 신을 찬양할 때 손에 들고 있는 성직자의 표지다. 그러나 물질적인 측면으로 말하면, 그것은 일개의 지팡이에 불과하다. 호프의 막대기요, 포도 넝쿨의 버팀 막대 같은 것, 건조하고 단단하고 곧은 일개의 지팡이일 뿐이다. 이 지팡이 주변으로 작은 가지들과 꽃들이 변덕스러운 곡선을 이루며 장난치고 희롱한다. 가지들은 달아나는 듯 구불구불한 곡선을 이루고, 꽃들은 종이나 뒤집어 놓은 술잔처럼 몸을 구부리고 있다. 그런데 이 복잡하게 얽힌 선들과 부드럽거나 찬란한 색채에서 어떤 놀라운 영광이 솟아오른다. 곡선 혹은 나선형의 선들이 직선에 아양을 떨며 그 주위에서 말 없는 사랑을 쏟으며 춤을 추고 있다고

나 할까? 이 모든 정교한 꽃부리, 이 모든 꽃받침, 향기와 색채의 이 폭발이 성직자의 지팡이 주위에서 신비한 판당고를 춘다고나 할까? 그런데 꽃과 포도 넝쿨이 지팡이를 위해 만들어진 것이라든가, 또는 반대로 지팡이는 꽃들과 포도 넝쿨의 미를 부각하기 위한 구실에 불과하다고 감히 단정을 내릴 경솔한 인간이 어디 있으랴? 숭배받는 유력한 거장, 신비하고 정열적인 미를 기리는 친애하는 바쿠스여, 지팡이는 그대의 놀라운 이중성을 구현한다. 이길 수 없는 바쿠스의 힘에 격분한 어떤 요정이라도, 그대가 형제들의 가슴 위에 그대의 천재적 능력을 흔들어대는 만큼의 그런 힘과 변덕으로 열정적인 동무 요정들의 머리 위에 바쿠스의 지팡이를 흔들어 댈 수는 없으리라. 지팡이, 그것은 그대의 곧고 단단한 흔들리지 않는 의지요, 꽃들, 그것은 그대의 의지 주위를 감고 움직이는 그대의 환상의 산책이다. 그것은 남성 주위에서 매혹적인 선회 춤을 추고 있는 여성적 요소다. 직선과 아라베스크적인 선, 그것은 의지와 표현이다. 다시 말해 그것은 곧은 의지와 곡선의 언어, 목표의 일관성과 방법의 다양성이다. 어떤 분석 전문가인들 이 분리할 수 없고 완전무결한 천재의 혼합물인 그대를 나누고 분리하겠다는 가증스러운 용기를 품겠는가?

친애하는 리스트여. 안개를 넘고 강을 건너, 피아노가 당신의 영광을 노래하고 인쇄술이 당신의 슬기를 번역해 주는 도시들을 넘어, 당신이 그 어느 곳에 있든, 영원한 도시의 호사속이건 강브리누스왕이 위안해 주는 꿈나라의 안개 속이건, 즉흥적으로 환희의 노래나 씻을 수 없는 고통의 노래를 지어

주고, 또는 난해한 명상을 종이에 고백하듯 적어 놓는 당신. 영원한 '쾌락'과 '고통'을 노래하는 가수, 철학자, 시인, 예술가인 당신이여, 나는 당신의 이름이 영원불멸할 것을 기원하오!

주석

　주신(酒神) 바쿠스의 지팡이는 이 시의 도입 부분에서 설명해 주고 있듯이, 물질적 의미에서는 일개의 지팡이에 불과하다. "건조하고 단단하고 곧은 일개의 지팡이", 그러나 그 주위로는 "작은 가지들과 꽃들이 변덕스러운 곡선을 이루며 장난치고 희롱하는" 지팡이다.

　"지팡이, 그것은 그대의 곧고 단단한 흔들리지 않는 의지요, 꽃들, 그것은 그대의 의지 주위를 감고 움직이는 그대의 환상의 산책이다." 다시 말해 "직선과 아라베스크적인 선, 그것은 의지와 표현이다." "직선의 곧은 의지와 곡선의 언어, 목표의 일관성과 방법의 다양성" 그리고 이 두 요소는 서로 분리할 수 없고, 똑같이 중요하다. "어떤 분석 전문가인들 이 분리할 수 없고 완전무결한 천재의 혼합물인 그대를 나누고 분리하겠다는 가증스러운 용기를 품겠는가?"

　이러한 바쿠스의 지팡이의 상징은 대조의 결합과 '놀람'에 의해 보들레르의 미학을 집약해 준다. 보들레르가 애호하는 토머스 드퀸시의 예술 역시, 그에 의하면, 바쿠스의 지팡이의 상징을 구현하며, 이 시의 헌납자인 리스트의 예술 역시 바쿠스의 지팡이가 상징하는 상반되는 요소를 조화시킨다. 바쿠스의 지팡이는 막대기가 대신하는 정신적 요소와 주위의 색채와 향기, 꽃, 꽃잎이 상징하는 관능의 폭발, 신비와 정열, 의지와 표현, 고통과 관능 등 상반되는 이중적 욕구의 결합이다.

33
취해라

　항상 취해 있어야 한다. 모든 게 거기에 있다. 그것이 유일한 문제다. 당신의 어깨를 무너지게 하여 당신을 땅 쪽으로 꼬부라지게 하는 가증스러운 '시간'의 무게를 느끼지 않기 위해서 당신은 쉴 새 없이 취해 있어야 한다.

　그러나 무엇에 취한다? 술이든, 시든, 덕이든, 그 어느 것이든 당신 마음대로다. 그러나 어쨌든 취해라.

　그리고 때때로 궁궐의 계단 위에서, 도랑가의 초록색 풀 위에서, 혹은 당신 방의 음울한 고독 가운데서 당신이 깨어나게 되고, 취기가 감소되거나 사라져 버리거든, 물어보아라. 바람이든, 물결이든, 별이든, 새든, 시계든, 지나가는 모든 것, 슬퍼하는 모든 것, 달려가는 모든 것, 노래하는 모든 것, 말하는 모든 것에게 지금 몇 시인가를. 그러면 바람도, 물결도, 별도, 새도, 시계도 당신에게 대답할 것이다. "이제 취할 시간이다! '시간'의 학대받는 노예가 되지 않기 위해서는 끊임없이 취해라! 술이든, 시든, 덕이든 무엇이든, 당신 마음대로."

주석

　보들레르 작품 속에서 '도취(l'ivresse)'의 테마가 지니는 중요성을 새삼스럽게 강조할 필요도 없을 것이다. '지나는 것', 우리의 삶처럼 덧없고 순간적인 운명들, 달아나는 바람, 물결, 새, '모든 슬퍼하는 것', '모든 말하는 것', '모든 노래하는 것'……! 그것이 살아 있는 존재든, 인공적 창조물이든, 그것들은 하나같이 우리에게 말할 것이다. 벗어날 수 없는 시간의 위협을 잊기 위해 인간에겐 오직 하나의 구원이 있을 뿐이라고. 그것이 도취다. 도취만이 우리의 어깨를 무너뜨려 땅에까지(그곳에 무덤이 열린다.) 처지게 하는 가증스러운 시간의 무게로부터 우리를 구해 준다. 시간과의 투쟁을 위한 도취의 수단으로 시인은 세 개의 무기를 제시한다. '술', '시(詩)', '덕(德)'.

34
벌써!

태양은 벌써 백 번이나 그 끝이 보일까 말까 한 끝없는 바다의 물통으로부터 때로는 찬란하게, 때로는 쓸쓸하게 솟아올랐다. 또 태양은 벌써 백 번이나 때로는 눈부시게 때로는 침울하게 끝없는 저녁 바다의 목욕통 속에 잠겼다! 여러 날 전부터 우리는 창공의 다른 쪽을 주시할 수 있었고, 반대쪽 하늘의 알파벳을 풀이할 수가 있었다. 그리고 여행자들은 제가끔 한숨을 쉬고 불평을 해 댔다. 육지에 다가가는 것이 그들의 고통을 더한층 격화시키기라도 하는 것 같았다. "도대체 언제나," 하고 그들은 말했다. "파도에 흔들리고, 우리보다 더 큰 소리로 코를 고는 바람 소리에 시달리는 이런 잠을 우리는 그만 잘 수 있을까? 언제나 우리는 우리를 실어 가는 더러운 물 같이 짜지 않은 고기를 먹을 수 있을까? 언제나 우리는 흔들리지 않는 안락의자에 앉아 음식물을 소화시킬 수 있을까?"

그중에는 가정을 생각하고, 부정하고 무뚝뚝한 아내며 소란스러운 새끼들을 그리워하는 자들도 있었다. 그들은 모두 거기 없는 육지를 상상하며 미쳐 있었기에, 만일 풀이라도 있었다면 짐승보다 더 환장하여 풀을 먹었을 것이라고 생각되었다.

마침내 해변이 보인다는 신호가 있고, 그쪽으로 다가감에 따라 그것이 눈부시게 빛나는 굉장한 육지라는 것을 우리는 알 수 있었다. 그곳에선 삶의 음악이 어렴풋한 속삭임으로 흘러나오고, 갖가지 초목이 풍요한 이 해안으로부터 꽃과 과일들의 감미로운 향기가 몇십 리나 되는 멀리까지 풍겨 나가고 있는 듯했다.

곧 모두 기뻐하며, 우울한 기분을 버렸다. 자질구레한 모든 싸움도 잊고, 서로 간의 모든 잘못도 용서하였다. 약속되었던 결투도 기억에서 지워버렸고, 원한도 연기처럼 날아가 버렸다.

그런데 나만이 홀로 서글펐다. 상상도 못 할 만큼 서글펐다. 신성을 박탈당한 사제처럼, 나는 가슴을 에는 듯한 서글픔 없이 떠나갈 수가 없었다. 놀라운 단순성 속에 그처럼 끝없이 변화무쌍한 이 바다에서, 지금까지 살아왔고 또 지금도 살고 있으며 앞으로도 계속 살게 될 모든 영혼들의 기분과 고통과 법열을 제 속에 간직하고, 그것들을 제 유희와 걸음걸이와 분노와 미소로 나타내는 듯한 이 바다에서!

이 비할 데 없는 아름다움에 작별을 고하며 나는 죽을 것처럼 낙심하였다. 그래서 배에 함께 있던 사람들이 하나같이

"마침내!" 하고 말할 때, 나만은 "벌써!"라고밖엔 달리 외칠 수
가 없었다.

그러나 그것은 육지였다. 그 소음과 그 정열, 그 안락과 그
환락이 있는 육지였다. 그것은 풍요하고 굉장한, 약속들로 가
득한 육지, 우리에게 신비로운 장미향과 사향을 날려 보내고,
또 그로부터 삶의 음악이 사랑의 속삭임이 되어 들려오는 육
지였다.

주석

이 시의 서술자에게 바다는 신성 같은 절대적인 힘을 지닌다. 바다로부터 벗어날 때 그는 "신성을 박탈당한 사제처럼" 마음 아픈 서글픔을 느낀다. 바다에 대한 집착은 바다가 그의 영혼의 상징적 거울처럼 보이기 때문이다. 바다의 상징을 신성의 경지에까지 올려놓고 있는 것으로 보아, 이러한 비유는 타당하다. 바다 앞에서 보이는 시인의 민감한 반응은 특히 『내면 일기』 중 다음 구절에 잘 나타난다.

> 왜 바다의 광경은 그토록 끝없이 그토록 영원하게 유쾌한 것일까? 왜냐하면 바다는 무한성과 동시에 움직임의 개념을 주기 때문이다.
>
> ──「마음을 털어놓고 XXX」

바다의 그치지 않는 연속적 움직임이 시간을 잊게 하여 시인에게 무한성과 영원성을 주기 때문에 시인은 바다를 사랑한다. 바다의 '움직임'은 그에게 삶 자체의 이미지다. 삶과 '움직임'과의 끊이지 않는 연결은 과거, 현재, 미래형으로 세 번 강조된 동사 '살다(vivre)'로 부각된다.

> 나는 가슴을 에는 듯한 서글픔 없이 떠나갈 수가 없었다. 놀라운 단순성 속에 그처럼 끝없이 변화무쌍한 이 바다에서, 지금까지 살아왔고 또 지금도 살고 있으며 앞으로도 계속 살게 될 모든 영혼들의 기분과 고통과 법열을 제 속에 간직하고, 그것들을 제 유희와 걸음걸이

34 벌써!

와 분노와 미소로 나타내는 듯한 이 바다에서!

　이같이 비할 데 없는 아름다움에 작별을 고하며, 그는 "죽을 것처럼 낙심하였다." 게다가 이 시에서 바다에의 여행은 매일같이 규칙적으로 반복되는 태양의 움직임에 의해 우주적 시간의 연속성으로 나타난다. 그리고 바다에서의 여행이 끝나는 것은 무한한 연속성의 끝을 의미하며, 그것은 죽음을 상징한다. 이로써 바다에 대한 시인의 미칠 듯한 집착이 설명된다.

35
창문

열린 창문을 통해 밖에서 들여다보는 사람은 결코 닫힌 창
문을 바라보는 사람이 발견하는 것만큼 많은 것을 보지 못한
다. 촛불로 밝혀진 창문보다 더 깊고, 더 신비하고, 더 풍요하
며, 더 어둡고, 동시에 더 눈부신 것은 없다. 햇빛 아래서 보는
것은 유리창 뒤에서 일어나는 일보다 항상 흥미가 덜한 법. 어
둡거나 밝은 이 구멍 속에서 삶이 숨 쉬고, 삶이 꿈꾸며, 삶이
괴로워한다. 지붕들의 물결 저편에서 나는 본다. 벌써 주름살
투성이의 가난한 중년 부인이 외출 한 번 하지 않고, 언제나
몸을 구부리고 무엇인가를 하고 있는 것을. 얼굴, 의복, 몸짓,
거의 아무것도 아닌 하찮은 것을 가지고도 나는 이 여인의 역
사를, 아니 차라리 이 여인의 전설을 엮는다. 그리고 때로 나
는 그것을 나 자신에게 눈물을 흘리며 얘기해 준다.

만일 그가 여인이 아니고 늙은 가난한 남자였다 해도 나는 역시나 쉽게 그의 전설을 엮을 수 있었으리라.

그리고 나는 나 자신이 아닌 남들 속에서 살았고 괴로워했다는 사실에 자긍심을 느끼며 자리에 눕는다.

여러분은 나에게 이렇게 말할지도 모른다. "이 전설이 사실이라고 확신하는가?" 그러나 만일 그 사실이 내가 살 수 있도록 나를 도와주고, 내가 이렇게 존재한다는 것과 내가 무엇인가를 느끼게끔 도와준다면, 나의 밖에 있는 현실이 무엇이든 뭐 그리 중요한가?

주석

이 시는 '현대성(modernité)'을 특징으로 하는 보들레르 시학의 좋은 본보기다. 그에게 도시란 일상으로부터 몽상의 세계가 열리는 가장 풍요한 시적 공간이다. 창문과 유리는 분명 매혹적인 도시 생활의 상징이다. 특히 촛불로 밝혀진 닫힌 창문, 그것이 시인에게 작용하는 매력을 시인 자신이 설명해 준다.

어둡거나 밝은 이 구멍 속에서 삶이 숨 쉬고, 삶이 꿈꾸며, 삶이 괴로워한다.

이처럼 촛불로 밝혀진 창문은 삶의 훌륭한 상징이다. 도시의 '대중' 가운데서처럼, 촛불로 밝혀진 도시의 '창문'을 보면서 그는 같은 유의 몽상을 즐긴다. 그것은 자신인 동시에 타인이 될 수도 있는 특전이며, 자신뿐 아니라 타인의 존재 속에서 살고 괴로워할 수도 있는, 소위 "영혼의 성스러운 매음"에 몰입하는 쾌락이다.(「12 군중」 주석 참조) 보들레르가 자아의 '집중'과 '발산'에 주는 중요성은 이런 맥락에서 이해할 수 있다.(「12 군중」 주석 참조) 발산, 즉 타자의 존재 속에 자신을 분산시키는 행위는 오히려 자아의 '집중'을 조장해 주며, 자아를 더욱 민감하게 해 주는 역설적 방법이다.

이처럼 밖에서 창문을 바라보며 꿈꾸는 은밀한 몽상은 일찍이 발자크, 샤토브리앙(『사후의 회상록(Les Memoires d'outre-tombe)』), 위고(『가난한 사람들』) 등 낭만주의 대가들이 시도한 몽상이다. 후배인 보들레르는 이들에게서 영향을 받은 것일까? 특히 위고 작품 속에서 이런 유의 '내면주의(l'intimisme)'는 집념처럼 자주 발견된다. 이미 그의 「여명의 찬가(Chants du Crépuscule)」와 「밤의 여행자(A un Passant)」에서부터, 발라드 III (「공기의 요정(Le Sylphe)」)에 나타난 밝혀진 유리창의 이미지는 그 후 『관조 시집』과 『가난한 사람들』의 많은 페이지에서 계속되는 몽상의 예고와 같다.

> 이 벽들 가운데 꿈에 잠긴 실피드인 너,
> 밝혀진 유리창이 나의 탐욕스러운 눈에 나타난다.
> 소녀여, 나에게 열어다오……
>
> ——「공기의 요정」

보들레르의 작품 중 타인의 내부에 침투하여 타자와 혼연일체를 이루는 몽상이 가장 뚜렷하게 드러나는 시는 「가여운 노파들」(『악의 꽃』)이다.

그런데 그가 특히 늙고 가난한 사람들과 자신을 동일시하는 이유는 어떻게 설명될까? 이 점은 「13 미망인들」을 참조.

36
그려 보고 싶은 욕구

인간은 불행할지도 모른다. 그러나 욕망에 시달리는 예술가는 행복하다! 마치 밤 속에 떠밀려 가는 여행자 뒤에 애석하게도 사라져 버린 어떤 아름다운 것처럼, 나는 그토록 드물게 나타났다가는 그토록 재빨리 달아나 버린 그녀를 그리고 싶은 욕망으로 불타오르고 있다. 그녀가 사라져 버린 지 벌써 얼마나 오래되었던가!

그녀는 아름답다. 아니 아름다운 것 이상이다. 그녀는 놀랍다. 그녀 속에는 어둠이 넘쳐흐른다. 그녀가 생각게 해 주는 모든 것은 깊은 밤의 세계다. 그녀의 눈은 신비가 어렴풋이 반짝이는 두 개의 동굴이요, 그녀의 시선은 번개처럼 빛난다. 그것은 어둠 속에 폭발하는 불꽃이다. 만일 빛과 행복을 퍼붓는 검은 천체를 상상할 수만 있다면, 나는 그녀를 이 검은 태양[1]에 비기리라. 그러나 그녀는 차라리 달을 생각게 해 준다. 달은 분명 그 몹시 무서운 영향력을 그녀에게 끼쳤다. 차가운 신부를 닮은 전원의 흰 달이 아니라, 폭풍우의 밤하늘 깊숙이 걸려 몰려가는 구름에 떼밀려, 취한 듯한 저 불길한 달이다. 평온한 사람들의 잠자리를 찾아오는 조용하고 조심스러운 달이 아니라, 테살리아의 마녀들에 끌려 공포에 떠는 풀 위에서 춤을 추어야 하는, 패배하고 반항적인, 하늘에서 쫓겨난 달이다!

그녀의 작은 이마에는 강한 의지와 먹이에 대한 애착이 자리 잡고 있다. 그러나 벌름대는 두 개의 콧구멍이 미지(未知)와 불가능을 들이마시고 있는 이 불안한 얼굴 아래에선 화산 지대에 피어난 기적의 꽃을 꿈꾸게 해 주는 붉고 하얀 달콤한 큰 입이 이루 말할 수 없는 교태를 보이며 웃음을 터트린다.

세상에는 정복하고 싶고 즐기고 싶은 욕구를 불러일으키는 여인들이 있다. 그러나 내가 말하고 있는 이 여인은 그 시선 밑에서 서서히 죽어 가고 싶은 욕망을 일으킨다.

1) '검은 태양(soleil noir)'은 '검은 빛(lumière noire)'과 함께 특별히 보들레르적인 이미지다.

보들레르 연구가 중 신비평가로 꼽히는 풀레가 지적했듯이 (「Baudelaire et la lumière autonome」 참조) 보들레르의 세계는 낮보다 밤의 세계가 지배적이다. 램프 불, 가스 불, 심지어는 촛불까지도, 그것이 무한한 어둠의 바탕 위에 작은 빛을 던져 줄 때, 특별히 의미를 지닌다. 빛이 어둠이나 그림자에 연결되어, 그 어둠의 바탕으로부터 부각되어 나타날 때만큼 상상력을 자극하는 때가 없다. 밤의 어둠 속에 촛불로 밝혀진 창이 그에게 어떤 매력을 주었던가!

촛불로 밝혀진 창문보다 더 깊고, 더 신비하고, 더 풍요하며, 더 어둡고, 동시에 더 눈부신 것은 없다.

——「35 창문」

보들레르에게 빛은 어둠과 만날 때, 그리하여 어둠과 섞이고 서로 갈등할 때, 이 두 상반되는 요소의 결합으로 인해 더 극적인 힘을 얻게 된다. 네덜란드의 일부 화가들(그중에도 특히 렘브란트)의 그림 속에서 볼 수 있는 빛과 그림자의 테크닉처럼, 어둠의 바탕으로부터 빛나는 형체가 부각될 때 보들레르의 상상력은 가장 활발하게 움직인다. 그것은 황혼의 테마와 유사하다.(「9 패씸한 유리 장수」의 주석 참조) 그에게는 삶과 정신, 즉 빛의 확인이 그 반대의 현실인 빛의 부재, 즉 죽음의 바탕 위에 나타나며, 어둠은 '빛의 폭발'을 위해 필요한 배경을 형성한다. 다음 구절이 그것을 잘 보여 준다. 어둠의 화폭 위에 빛의 그림을 그리도록 선고받은 시인의 운명이라고나 할까?

> 나는 어떤 조롱하기 좋아하는 신으로부터,
> 아! 어둠 위에 그림 그리도록 선고받은 화가와도 같소.
> ——「환영」(『악의 꽃』)이라는 제목의
> 네 개의 연작 시 중 I「어둠(Les Ténèbres)」

이처럼 시인이 생각하는 이상적인 상태는 어둡고 동시에 빛나는 현실이며, 이 요구에 가장 부합하는 대상이 여성의 육체다. 그의 시를 밝혀주는 모든 조명 기구들이 어둠의 바탕 위에 빛을 분출시켜 상상의 세계를 확보해 주는 수단이라면, 여인의 육체는 그의 빛과 그림자의 결합에 의해 가장 훌륭한 창조물이다. "여인은 우리의 몽상 속에 가장 큰 그림자를, 혹은 가장 큰 빛을 던져주는 존재"라고 그는 여인을 정의한다.(『인공 낙원』의 헌납자에게 바치는 글 참조)

쉬운 예로 여인의 머리카락을 들어보자. 보들레르는 여인의 머리카락을 우선 '어둠'으로 정의한다. 검은, 또는 검다 못해 푸른빛으로 묘사된다. 그러나 머리카락은 동시에 빛의 생성체다. 왜냐하면 머리카락은 온 길이로 펼치면서, '혼을 불러일으키는 듯한' 마력에 의해 내면의 빛을 솟아나게 하기 때문이다. 그리하여 머리카락은 한편으로는 '어둠의 바다'요, 다른 한편으로는 빛나는 빛의 창조자다.

> 그대, 어둠의 바다여, 빛나는 꿈을 함유하고 있다.
> 푸른 머리털, 휘장으로 둘러싸인 어둠의 정자여,

그대는 나에게 무한하고 둥근 하늘을 돌려준다.

—「머리 타래」(『악의 꽃』)

위 구절에서 하늘은 '어둠의 정자'로 그려진 어두운 머리카락에 둘러싸여 있을 때, 더욱 가없고, 더욱 빛나 보인다. 다음 구절에서 시인이 말하는 것도 어둠과 빛의 대조다.

하늘과 바다가 잉크처럼 검다면
네가 알고 있는 우리의 가슴은 빛으로 빛난다!

—「여행」(『악의 꽃』)

이 같은 시인의 몽상을 가장 만족시켜 주는 여인의 육체가 바로 「어둠」에서 노래한 여인이며, 또는 이 시에서처럼, 그리고 싶은 욕망을 주는 여인이다.

그것이 바로 그녀다! 검지만 동시에 빛나는 그녀.

—「어둠」(『악의 꽃』)

"그녀는 아름답다……." 그녀 속에는 검은색이 풍부하다. "그녀가 생각게 해 주는 모든 것은 깊은 밤의 세계다. 그녀의 눈은 신비가 어렴풋이 반짝이는 두 개의 동굴이요, 그녀의 시선은 번개처럼 빛난다. 그것은 어둠 속에 폭발하는 불꽃이다."

37
달의 혜택

변덕 그 자체라 할 달은 네가 요람 속에서 잠자는 동안 창문으로 들여다보며 생각했다. "이 계집아이는 내 마음에 드는군."

그래서 달은 구름 층계를 사뿐 내려와 소리 없이 유리창으로 넘어 들어왔다. 그리고 어머니 같은 부드러운 애정으로 너를 굽어보며, 네 얼굴 위에 그의 색채를 뿌려놓았다. 그로 인해 네 눈동자는 언제나 초록빛이고, 너의 뺨은 이상하리만치 파리하다. 네 눈이 괴상하리만치 커진 것도 이 방문객을 바라보았기 때문이다. 달은 너무나 정답게 너를 가슴에 꼭 껴안았기 때문에, 너는 그녀 때문에 울고 싶은 욕망을 영원히 간직하게 되었던 것이다.

그러나 달은 기쁨에 넘쳐, 인광(燐光)을 발하는 공기처럼,

또는 빛나는 독(毒)처럼 방 전체를 채웠다. 그리고 이 생생한 달빛은 이렇게 생각하고, 이렇게 말했다. "넌 영원히 내 입맞춤의 영향을 받을 것이다. 넌 나처럼 아름다워질 것이다. 넌 내가 사랑하는 것을 사랑하고, 나를 사랑하는 것을 사랑하리라. 물을, 구름을, 정적과 밤을, 끝없는 푸른 바다를, 형태가 없으면서 동시에 무한한 형태를 가진 물을, 현재 네가 있지 않은 곳을, 네가 알지도 못하는 연인을, 괴상한 꽃을, 황홀하게 하는 향기를, 피아노 위에서 느긋하게 누워 여인처럼 부드럽고 쉰 목소리로 신음하는 고양이를!"

"그리고 너는 내 연인들에게 사랑을 받고, 나를 따르는 자들에게 섬김을 받을 것이다. 내가 밤의 애무로 가슴을 꼭 껴안아 주었던 초록빛 눈을 가진 사람들의 여왕이 될 것이다. 바다를, 무한하고 소란스러운 초록빛 바다를 사랑하고, 형태가 없으면서 동시에 무한한 형태를 가진 물을 사랑하고, 현재 그들이 있지 않는 곳을 사랑하고, 그들이 알지도 못하는 여인을 사랑하고, 어떤 미지의 종교의 향로 같은 음침한 꽃들을 사랑하고, 의지를 뒤흔드는 향기를 사랑하고, 그들 열광의 표적 같은 관능적인 야생 동물들을 사랑하는 사람들의 여왕이!"

사랑하는 저주받은 귀염둥이 아이야, 지금 내가 네 발밑에 엎드려 위험한 '신성'의 그림자를, 숙명을 예언하는 대모(代母)의 그림자를, 모든 달에 홀린 변덕쟁이를 독살하는 유모의 그림자를 네 온 몸속에서 찾고 있는 것도 바로 그 때문이다!

주석

"초록빛 눈은 달의 여인의 특징 중 하나."라고 르메트르는 주석을 붙이고 있다.(르메트르의 같은 책, 179쪽)

달의 여인은 여인의 눈을 찬미하는 「베르트의 눈(Les Yeux de Berthe)」(『악의 꽃』)에, 그리고 여인에 비유되는 달의 상징은 「달의 슬픔(Tristesse de la lune)」(『악의 꽃』)에 잘 그려져 있다.

다음은 「37 달의 혜택」의 주석과 같은 이 두 시다.

제일 이름난 눈도 네 눈에 미치지 못하리,
내 사랑의 아름다운 눈이여, 거기서 스며 나온다,
'밤'처럼 편안하고 감미로운 어떤 것이!
아름다운 눈이여, 네 매혹의 어둠을 내게 부어다오!

내 사랑의 커다란 두 눈, 그리운 비밀이여,
깊은 잠 속에 빠져 있는 망령들의 무리 뒤로
이름 모를 보물들이 어렴풋이 반짝이는
저 마술의 동굴을 너희는 몹시 닮았다!

내 사랑의 눈은, 오 망막한 '밤'이여,
너처럼 어둡고 깊고 드넓어, 너처럼 빛난다!
그 불꽃은 '믿음'이 함께한 '사랑'의 생각,
음란하고 정숙하게 깊은 곳에서 타오른다.

——「베르트의 눈」

오늘 밤 달은 더욱 느긋하게 꿈에 잠긴다,
겹겹이 쌓아놓은 보료 위에서 잠들기 전에
가벼운 손길로 건성 제 젖가슴 주변을
어루만지는 미인처럼,

부드러운 눈사태 같은 비단결에 등을 기대고,
죽어가듯 오랫동안 멍하게 몸을 맡긴 채
창공을 향해 피어오르는
하얀 허깨비들을 둘러본다.

때때로 한가로운 나태함에 지쳐,
남몰래 이 지구 위로 눈물 흘려보내면,
잠과는 원수인 경건한 시인은

이 파리한 달의 눈물 손바닥에 옴폭 받아,
오팔 조각처럼 무지갯빛 아롱진 이 눈물을
태양의 눈이 못 미치는 먼 곳 가슴속에 간직한다.

—「달의 슬픔」

38
어느 쪽이 진짜 그 여자일까?

　나는 베네딕타라는 한 소녀를 알았던 적이 있다. 그녀는 대기를 이상(理想)으로 채우고, 그녀의 눈은 위대함과 아름다움과 영광에 대한 갈망을, 그리고 불멸을 믿게 하는 모든 것에 대한 갈망을 퍼트렸다.

　그러나 이 기적 같은 소녀는 오래 살기에는 너무나 아름다웠다. 따라서 그녀는 내가 알게 된 지 며칠 안 되어 죽어 버렸다. 봄이 그 향기를 묘지에까지 흔들어 놓던 어느 날, 그녀를 묻어 준 것은 바로 나 자신이었다. 인도의 궤처럼 향유를 바른 썩지 않는 나무 상자 속에 그녀를 잘 넣어 묻어 준 것이 바로 나였다.

　그런데 나의 눈이 내 보물을 묻은 곳을 아직 응시하고 있을 때, 갑자기 죽은 소녀와 이상하게도 닮은 한 소녀를 보았다. 소녀는 신경질적이며 이상야릇하게 폭력을 휘두르면서 아직 굳지 않은 신선한 흙을 밟고 웃음을 터뜨리며 말하는 것이었다.

"나예요, 내가 진짜 베네딕타예요! 내가 바로 지독한 불한당이에요! 그리고 당신은 맹목적인 미친 짓을 한 벌로 이대로의 나를 사랑해야 해요!"

그러나 나는 분이 치밀어 "아니야! 아니다! 그럴 리가 없다!" 하고 대답했다. 그리고 나의 거절을 더욱 강조하기 위해 어찌나 세차게 발로 땅을 굴렀던지, 다리가 새 무덤 속에 무릎까지 빠져 들어가 버려, 덫에 걸려든 이리처럼 나는 이상의 덫에 걸려든 몸이 되었다. 아마도 영원히.

주석

두 극(極) 사이에서 시인이 끊임없이 괴로워하던 이상과 현실의 변증법을 요약하고 있다. 그것은 『악의 꽃』 전체를, 그중에서도 특히 「우울과 이상」 편과 「파리 풍경」 편을 지배하는 테마다. 이 같은 변증법이 이 시에서는 여성에 적용되어 더욱 충격적인 표현 속에 나타난다. 이 상반되는 태도가 여성에 적용된 것은 다음 구절에도 잘 나타난다.

오! 예술의 모독이여! 오! 숙명적 기만이여! 신성한 육체로 해서 행복을 약속해 주더니 상부에서는 쌍두의 괴물로 변한다.
       ——「가면(Le Masque)」(『악의 꽃』)

오, 더러운 위대함이여! 숭고한 치욕이여!
   ——"넌 전 우주를 네 규방에 끌어넣겠구나⋯⋯."(『악의 꽃』)로
       시작되는 시.(이 시는 시제가 없다.)

상반되는 의미의 형용사와 명사의 결합(더러움+위대함, 숭고+치욕)이 모순을 잘 보여 준다.

39
순종 말[馬]

　그녀는 아주 못생겼다. 그러나 감미롭다! '시간'과 '사랑'은 그녀 위에 발톱 자국을 찍어 놓고, 순간순간이 지날 때마다, 매번의 입맞춤마다 젊음과 신선함으로부터 무엇을 빼앗아 가는지를 잔인하게도 그녀에게 가르쳐 주었다.

　그녀는 정말 흉측하다. 그녀는 개미이며, 거미줄이며, 아니 해골이라고 말해도 좋다. 그러나 동시에 그녀는 약수이며, 신약(神藥)이며, 마술이기도 하다. 요컨대 그녀는 묘하다.

　'시간'도 그녀의 걸음걸이의 발랄한 조화와, 골격의 불멸의 우아함을 깨트리지 못했다. '사랑'도 그녀의 어린애같이 감미로운 숨결을 변화시키지 못했다. 그리고 '시간'은 그녀의 풍성한 머리카락에서 아무것도 앗아 가지 못했다. 그 머리카락에서는, 태양의 축복을 받은, 사랑과 매력이 넘쳐흐르는 저 남프랑스의 도시를, 님이며, 엑스며, 아를, 아비뇽, 나르본, 툴루즈 등의 모든 격렬한 활기가 야생적인 향기가 되어 흘러나온다!

'시간'과 '사랑'이 그녀를 아무리 물어뜯어도 소용없다. 사내아이 같은 그녀 가슴의 막연하고 영원한 매력을 조금도 줄이지 못했다.

허약해졌을지 모른다. 그러나 피로한 기색도 없고, 언제나 씩씩한 그녀는 무거운 짐수레나 삯 마차에 매어졌을 때도 진정한 애호가의 눈은 알아내고 마는 저 매우 좋은 순종의 말을 생각게 한다.

그리고 또 그녀는 어쩌면 저다지 상냥하고 저다지 열정적인가! 그녀는 우리가 가을이면 사랑하듯 사랑한다. 겨울이 다가오면서 그녀의 가슴속에 새로운 불을 지피는 것 같고, 그녀의 맹목적인 애정은 조금도 지칠 줄 모른다.

주석

왜 그녀는 못생겼고, 동시에 감미로운가? 그녀의 육체적 특징은 '시간'과 '사랑'이라는 이중의 형태로 나타난다. 처음의 '거미줄', '개미', '해골' 등 경멸적 이미지는 시간, 운명, 나아가서는 죽음의 공포와 연결되고, 반대로 '신약', '약수', '마술' 등의 이미지는 파괴적 시간을 저지하는 특별한 힘을 암시한다. 이처럼 에로스의 효과는 관능의 부드러움에 의해 시간의 고통을 막아주는 묘약으로 간주된다. 그것이 이 시의 결론의 의미다.

그리고 또 그녀는 어쩌면 저다지 상냥하며 저다지 열정적인가! 그녀는 우리가 가을이면 사랑하듯 사랑한다. 겨울이 다가오면서 그녀의 가슴속에 새로운 불을 지피는 것 같고, 그녀의 맹목적인 애정은 조금도 지칠 줄 모른다.

40
거울

    끔찍하게 생긴 한 남자가 들어와 거울 속에 자신을 비추어 본다.

    "거울에 비추어 봐 뭘 하나, 보면 불쾌하기만 할 텐데?"

    그 끔찍스러운 남자는 나에게 대꾸하는 것이었다. "형씨, 89년에 선포한 불멸의 원칙에 따르면 모든 사람은 동등한 권리를 가지고 있소. 따라서 나도 나를 비추어 볼 권리가 있는 거요. 유쾌해지든 불쾌해지든, 그것은 내 의식의 문제일 뿐이오."

    상식의 이름으로는 내가 분명 옳다. 그러나 법률의 관점에서 볼 때는 그 친구 역시 틀리지 않다.

주석

　언뜻 보기에 이 시는 '불멸의 원칙'의 이름 아래 동등한 권리를 설교하는 풍자시 같다. 그러나 거울의 테마는 보들레르의 작품에서 더 깊은 의미를 지닌다. 같은 테마가 「우울과 이상」(『악의 꽃』) 편의 다음 두 시에서도 나타난다.

　　나는 복수의 여신이 거기에 제 얼굴을
　　비춰 보는 불길한 거울이어라!
　　　　　　──「자신을 벌하는 사람(L'Héautontimorouménos)」

　　제 모습 비치는 마음의 거울은
　　흐림과 맑음의 대답!
　　파리한 별 하나 떨고 있는
　　밝고 어두운 '진리'의 우물.
　　　　　　──「돌이킬 수 없는 일(L'Irrémédiable)」

41
항구

항구는 삶의 투쟁에 지친 넋에게는 매력적인 휴식처다. 끝없는 하늘, 움직이는 건축 구조 같은 구름, 가지가지로 변하는 바다의 색깔, 반짝이는 등대 등 항구는 지칠 줄 모르고 눈을 즐겁게 하기엔 기막히게 훌륭한 프리즘이다. 물결이 조화롭게 흔들어주는 복잡 미묘한 의장(意匠)을 한 선박들의 날씬한 모양은 넋에 율동과 아름다움에 대한 취미를 품게 하는 데 도움이 된다. 그리고 특히, 이미 야심도 호기심도 사라진 사람들에게는 망루에 눕거나 또는 부두 난간에 팔을 괴고, 떠나는 사람들과 돌아오는 사람들을, 아직도 욕망을 품을 힘이 남아 있고 여행을 하고 싶고 또는 치부(致富)에의 욕망을 품은 사람들의 모든 움직임을 바라보는 데서 오는 일종의 신비한 귀족적 즐거움이 있다.

주석

항구는 인생에서 오랜 투쟁을 겪은 후 마침내 얻은 휴식의 공간으로 나타난다. 보들레르적 몽상은 항구를 죽음의 의식을 변화시키는 상징적 공간으로 삼는다. 그의 영혼은 자연과의 조화로운 혼연일체감 속에서 정복적인 야심을 포기한다.

하늘, 바다, 바다와 닿은 땅 등 항구의 풍경과 시인의 영혼 사이에, 즉 광경과 영혼 사이에 신비한 교감이 이루어진다.

끝없는 하늘, 움직이는 건축 구조 같은 구름, 가지가지로 변하는 바다의 색깔, 반짝이는 등대 등 항구는 지칠 줄 모르고 눈을 즐겁게 하기엔 기막히게 훌륭한 프리즘이다. (……) 복잡 미묘한 의장을 한 선박들의 날씬한 모양은 넋에 율동과 아름다움에 대한 취미를 품게 하는 데 도움이 된다.

물의 꿈, 움직임의 꿈, 그리고 리듬에 취하는 관능적 기쁨이 시간의 개념을 잊게 해 준다.

42
정부의 초상화

　어느 남정네들의 내실, 다시 말해 우아한 노름방에 붙은 끽연실에서 사내 네 명이 담배를 피우고 술을 마시고 있었다. 그들은 딱히 젊지도 늙지도 않았고, 잘생기지도 못생기지도 않았다. 그러나 늙었든 젊었든 간에 그들은 환락의 베테랑에게서 곧 나타나는 두드러진 특징을, 뭐라고 묘사해야 할지 모를 그 무엇을, "우리는 격렬하게 살았다. 그리고 지금도 우리는 사랑하고 존경할 수 있는 것을 찾고 있다."라고 분명하게 말하는 듯한 저 쌀쌀하고 조소적인 어떤 애수를 지니고 있었다.

　그들 중 한 사나이가 여자에 관한 주제로 화제를 돌렸다. 여자에 관해 전혀 얘기하지 않는 것이 더욱 철학자다울지 모른다. 그러나 재사들 중에도 술을 마시고 난 후 하찮은 대화를 마다하지 않는 친구들이 있는 법. 그런 때는 마치 무도곡이라도 듣는 기분으로 이야기하는 사람에게 귀를 기울이게 된다.

"남자들은 누구나," 하고 그는 이야기를 시작했다. "누구나 홍안의 미소년 시기를 겪는 거지. 그러니까 이때는 숲의 요정이 없으면, 참나무 몸통이라도 기꺼이 애무하는 그런 시기지. 그것이 연애의 첫 번째 단계라네. 두 번째 단계로 가면 선택하기 시작하지. 숙고할 수 있다는 것, 그것은 이미 데카당스의 시작이야. 그때부터 결정적으로 미인을 찾는 거야. 내 얘기를 하자면, 여보게들, 이미 오래전부터 세 번째 단계의 갱년기에 도달한 것을 영광으로 알고 있네. 미인도 향기나 장신구로 양념이 쳐 있지 않으면 충분하지 않은 그런 단계 말일세. 때때로 나는 어떤 미지의 행복을 동경하듯이, 절대적인 평정이라는 특징을 지닌 네 번째 단계 같은 것을 갈망할 때가 있다는 것조차 고백해야하겠군. 그런데 첫 번째 단계의 홍안 미소년 때를 제외하고는 나는 평생 다른 누구보다 여자들의 그 신경질날 정도의 어리석음과, 화나게 하는 평범함에 더욱 민감했다네. 동물들 속에서 특히 내가 좋아하는 것은 그 천진난만함이야. 그러니 마지막 정부로 인해 내가 얼마나 고통을 받았는지 짐작해 보게.

그 여자는 어떤 공작의 사생아였네. 미인이냐, 그거야 말할 필요도 없고. 그렇지 않다면 무엇 때문에 그녀를 얻었겠나? 그러나 그녀는 이 훌륭한 장점을 격에 맞지 않는 괴상한 야심으로 망치고 있었네. 그 여자는 늘 남자처럼 굴려고 했다네. '당신은 남자가 아니에요! 아! 내가 남자라면!' '우리 둘 중 남자는 나예요!' 이것이 노래만이 흘러나오기를 바랐던 그 여자의 입에서 쉴 새 없이 튀어나오는 참을 수 없는 후렴이었네.
책이나 시, 또는 오페라에 관해 내가 찬탄의 낌새라도 보일라
치면, '당신은 아마 그것이 아주 힘찬 것이라고 생각하는 모양
이죠?' 하고 그녀는 금세 말하는 것이었어. '당신도 힘에 관해
환히 알고 있는 거예요?' 하면서 이론을 내세우기 일쑤였어.

어느 날 그 여자는 화학에 손을 댔네. 그 이후부터 나는 그
녀와 나의 입 사이에 유리 마스크라도 끼여 있는 것 같았어.
이 모든 점들 이외에도 그 여자는 대단히 정숙한 체했지. 내가
어쩌다 좀 지나칠 정도의 다정한 몸짓으로 건드리기라도 할라
치면, 마치 강간당한 미모사 잎처럼 움츠러드는 거야……."

"그래서 어떻게 끝났는가? 자네가 그렇게 참을성 있는 사
람인 줄 몰랐네." 하고 듣고 있던 세 사나이 중 한 친구가 말
했다.

"하느님이 이 병에 치료제를 내리셨어." 하고 그는 계속했다.
"어느 날 나는 이상적인 힘에 굶주린 나의 이 미네르바 여신이
내 하인과 머리를 마주하고 단둘이 있는 것을 보았는데, 그것
도 그들이 얼굴을 붉히지 않게 하려고 내가 그곳에서 조용히
물러나야 할 그런 상황이었어. 그날 저녁 나는 그들에게 나머
지 급료를 치러주고 둘 다 내쫓아 버렸지."

"난 말이야," 하고 아까 말참견을 했던 친구가 말을 받았다.
"나 자신을 원망하는 수밖에 없네. 행복이 나를 찾아와 머물
려 했는데, 나는 그것을 알아차리지 못했으니까. 최근 운명의
여신이 세상에서 가장 다정하고, 가장 온순하며, 가장 헌신적
이고, 게다가 항상 응할 준비가 되어 있는! 그러나 정열적으로

응하지는 않는! 그런 여인을 누릴 즐거움을 나에게 주었던 거네. '저도 좋고말고요. 그것이 당신에게 유쾌한 일이니까요.' 이것이 그 여자의 통상적인 대답이었네. 차라리 벽이나 긴 의자에 몽둥이질이라도 하는 편이 더 많은 한숨 소리를 끌어낼 수 있을 거야. 그 정도로 내 정부의 가슴에서는 열광적인 사랑의 정열도 쾌락의 한숨 소리도 끌어낼 수 없었어. 일 년이나 같이 산 후 한 번도 즐거움을 경험한 적이 없었노라고 나에게 고백하는 거야. 나는 이 공평치 못한 결투에 진력이 났고, 이 비할 데 없이 완벽한 여인은 다른 남자와 결혼을 했어. 그 후 나는 그 여자를 다시 만나 보고 싶은 엉뚱한 생각을 하게 되었네. 그 여자는 나에게 그녀의 예쁜 여섯 아이들을 보이며 이렇게 말하더군. '그런데 여보! 신부는 아직도 당신의 애인이었을 때나 마찬가지로 '숫처녀'예요.' 이 여인에게선 아무것도 변하지 않았던 거야. 때때로 나는 그 여자가 그리워지네. 그 여자와 결혼했어야 하는 건데."

듣고 있던 친구들이 웃기 시작했다. 그리고 이번에는 세 번째 친구가 말했다.

"여보게들, 나는 자네들이 아마도 하찮게 생각할지 모를 즐거움을 누린 적이 있네. 나는 사랑에 있어서의 우스꽝스러운 것, 그렇다고 그것이 찬미를 없애는 건 아닌 우스꽝스러운 것에 대해 말하려고 하네. 나는 나의 마지막 정부를, 자네들이 자네들의 정부를 증오했건 사랑했건 간에, 그렇게는 할 수 없을 만큼 훨씬 더 찬미했네. 그리고 다른 사람들도 모두 그 여자를 나 못지않게 찬미했지. 우리가 레스토랑에 들어갈라치면 잠시 후 그곳의 모든 사람들은 먹는 것조차 잊고 그 여자를 감상했지. 급사들이나 계산대 앞의 부인조차도 이런 유의 황홀감에 감염된 듯 자기들의 할 일을 잊을 정도였으니까. 요컨대 나는 얼마 동안 이 절세의 미인과 머리를 맞대고 살았던 거야. 그녀는 끊임없이 먹고, 씹고, 깨물고, 탐욕스럽게 먹어치우고, 삼키고 했는데, 그것도 세상에서 가장 경쾌하고 태평스럽기 그지없는 모습으로 말일세. 그처럼 먹고 있는 그 여자를 바라보노라면 나는 오랫동안 황홀경에 빠져 있었네. 그녀는 '배가 고파요!' 하고, 부드럽고 꿈꾸는 듯한, 영국 사람같이 기이한 표정으로 말하곤 했네. 이 말을 밤낮으로, 세상에서 가장 아름다운 이를 드러내며 되풀이하는 거야. 그럴 때 그 이를 보았더라면 자네들도 측은한 마음이 들기도 하고, 동시에 즐거워졌을 걸세. 그 여자를 폭식의 괴물이라 하여 장터에 내놓고 사람들에게 구경시켰다면, 한밑천 톡톡히 챙겼을 거야. 나는 그 여자를 잘 먹였지. 그런데도 나를 떠나 버리고 말았네……."

"틀림없이 어떤 식료품 상인을 따라갔겠지?"

"그 비슷한 사내 같아. 병참부에서 근무하는 사무원이라던가, 그자가 아마 무슨 속임수를 써서 여러 병사들 몫의 식량을 훔쳐내 이 가엾은 여자에게 주었는지도 모르지. 그건 내 짐작이지만."

"나는 말일세," 하고 네 번째 사내가 말했다. "여자들의 이기주의에 대해 보통 비난하는데, 그것과는 정반대의 일 때문에 나는 끔찍한 고통을 견디었네. 내가 보기에는 너무나 운수 좋은 자네들이 정부의 결점을 불평하는 건 부당한 것 같네!"

매우 심각한 말투로 그렇게 말한 그 친구는 침착하고 온건해 보였으며, 거의 성직자 같은 얼굴을 하고 있었다. 그러나 불행히도 거기에는 밝은 잿빛 눈이 빛나고 있었는데, 이런 눈을 지닌 사람의 시선은 "내가 그러기 바란다!"라든가 "꼭 그렇게 해야만 한다!"라거나 "나는 결코 용서하지 않겠다!"라고 말하는 듯했다.

"만일 내가 알고 있는 것처럼 신경질적인 자네, G형이나…… 아니면 자네들, 경박하고 용기 없는 K형과 J형 같으면, 내가 알았던 그런 여인과 짝을 맺게 되었더라면 도망쳐 버렸거나 아니면 죽어 버렸을 거야. 그러나 나는 보다시피 살아남았네. 감정이나 계산에서 오류를 범할 수 없는 인물을 상상해 보게나. 딱할 정도로 침착한 성격에, 과장도 연극도 아닌 헌신, 결함이 없는 온화함, 격하지 않은 정력, 이런 것들을 상상해 보게나. 이 여인과 나의 사랑 이야기는 거울처럼 투명하고 잘 닦인, 그러나 현기증 날 만큼 단조로운 표면 위를 가는 끝없는 여행과 같았다네. 나의 모든 감정, 몸짓 하나하나가 나 자신의 양심을 조소하듯 정확히 반사해 주는 거울 말일세. 그리하여 나는 나를 끊임없이 쫓아다니는 내 유령의 말 없는 비난을 금세 받지 않고는 온당치 못한 감정이나 행동을 감히 품을 수도 행할 수도 없었네. 사랑이 나에게는 일종의 감시처럼 생각되었어. 그 여자는 내가 얼마나 많은 어리석은 짓을 하지 못하도록 막았던가! 그리고 그것을 하지 못한 것을 나는 얼마나 애석하게 생각했던가! 갚을 생각도 없는 얼마나 많은 빚을 나는 갚아야만 했던가! 내가 내 개인적인 미친 짓으로부터 끌어낼 수 있었던 많은 이득을 그 여자는 내게서 빼앗아 가 버린 거야. 그 여자는 냉정하고 범할 수 없는 규칙으로 나의 모든 변덕을 방해했어. 더욱 끔찍한 건 위험이 지난 후에, 그 여자는 감사하도록 요구하지도 않았어. 얼마나 여러 번 나는 그 여자의 목에 매달려 '불완전해져 봐, 비열한 계집아! 내가 분노와 불편함 없이 너를 사랑할 수 있게 말이야!'라고 소리치고 싶은 것을 참았던가! 몇 년 동안 내 가슴은 증오로 가득 찬 채 그 여자를 존경했네. 그러나 마침내 그 때문에 죽은 것은 내가 아니었네!"

"뭐라고! 그럼 그녀가 죽었군그래." 하고 다른 사람들이 말했다.

"그래! 그렇게 계속될 수가 없었어. 사랑이 나에게는 견디기 힘든 악몽같이 되어 버렸으니까. '정치'에서 말하듯이, 이기느냐 아니면 죽느냐, 이것이 운명이 나에게 던져준 양자택일이었어! 어느 날 저녁 숲 속에서…… 숲 속 늪가에서…… 우울한 산책 후, 그때 그 눈, 그 여자의 눈은 다사로운 하늘을 반사하고, 그러나 나의 가슴, 내 가슴은 지옥처럼 경련을 일으키는데……."

"뭐!"

"어떻게 했다고!"

"무슨 뜻인가?"

"그것은 피할 수 없는 귀결이었어. 내 감정은 너무 공정하니까. 흠잡을 데 없이 완벽한 이 봉사자를 두드리고 야단치고 쫓아내고 할 수는 없거든. 그러나 이 감정을 그 인물이 나에게 일으켜준 공포심과 조화시켜야만 했네. 그 여자에 대해 존경심을 잃지 않은 채 그 여자를 제거해야 했으니까. 그 여자가 완벽한데, 내가 그녀를 달리 어떻게 했으면 좋았겠는가?"

듣고 있던 세 친구는 몽롱하고 약간 얼빠진 시선으로 그 친구를 바라보았다. 마치 이 친구의 말을 이해하지 못하는 척하려는 듯, 또 자기들은 비록 충분히 설명해 주어도 그처럼 가차 없는 행동을 할 수 없으리라는 것을 암암리에 고백하려는 듯.

그러고 나서 그들은 술병을 새로 가져오게 했다. 그처럼 무자비한 삶을 주는 '시간'을 술과 함께 죽이고, 그처럼 느릿느릿 흘러가는 '삶'을 술과 함께 재촉하기 위해서.

주석

각자 자신의 정부에 관한 네 남자의 고백으로 전개되는 이 산문
시는 사랑 또는 여인만을 테마로 삼고 있지 않다. 정부라는 마스크
밑에 실상은 항거할 수 없는 시간이라는 숙명에 대한 투쟁을 숨기
고 있다. 그것은 마지막 결론에서 암시된다.

그러고 나서 그들은 술병을 새로 가져오게 했다. 그처럼 무자비한
삶을 주는 '시간'을 술과 함께 죽이고, 그처럼 느릿느릿 흘러가는 '삶'
을 술과 함께 재촉하기 위해서.

도덕적 고통에서 벗어나기 위해 네 번째 대화자가 너무나 완벽한
정부를 죽일 수밖에 없었던 것처럼, 너무나 완전무결한 숙명적 시간
의 고통에서 벗어나기 위해(「33 취해라」에서처럼) '취함'에 도움을 청
할 수밖에 없는 것이다.

43
정중한 사격수

　마차가 숲을 가로질러 가고 있을 때, 그는 '시간'을 죽이기 위해선 총을 몇 방 쏘는 것도 재미있으리라고 생각하며 사격장 근처에 차를 멎게 했다. 이 괴물을 죽인다는 것, 그것은 사람들 누구에게나 가장 일상적이고, 가장 정당한 일이 아닌가? 그리하여 그는 그의 사랑하는, 상냥하고 동시에 끔찍한 아내에게, 그가 그토록 큰 쾌락과 고통을, 그리고 아마도 그의 재능의 많은 부분까지도 얻었을 이 신비로운 부인에게 정중하게 손을 내밀었다.

　총알 몇 개가 겨냥한 표적과는 동떨어진 곳을 맞추었다. 그중 한 방은 천장에 가서 박히기까지 했다. 그러자 매력적인 아내가 남편의 서투름을 비웃으며 미친 듯이 웃어댔다. 그때 그는 갑자기 그녀 쪽으로 돌아보며 말했다.

"저 인형을 보구려. 저쪽, 저 오른쪽, 고개를 쳐들고 오만한 모습을 하고 있는 저 인형을. 그런데! 귀여운 천사여! 그것이 당신이라고 가정하겠소." 그는 눈을 감고 방아쇠를 당겼다. 인형은 정확히 목이 잘렸다.

그러고는 자기의 상냥하고도 끔찍한 아내 쪽으로, 피할 수 없는 그 잔인한 '뮤즈' 쪽으로 몸을 기울여, 그녀의 손에 정중하게 입맞추며 이렇게 덧붙이는 것이었다. "아! 나의 사랑하는 천사, 정말이지 나의 능숙한 솜씨에 대해 당신에게 감사하오!"

주석

여인 앞에서 매력과 동시에 공포를 느끼는 이율배반은 「11 야만
적인 여인과 사랑스러운 애인」의 주석을 참조하라. 이 두 시는 동일
한 테마를 다루고 있다.

44
수프와 구름[1]

　내 귀여운 미친 애인이 나에게 저녁 식사를 대접하고 있었
다. 그리고 나는 식당의 열린 창을 통해 신이 수증기로 만든
움직이는 건축물을, 만져지지 않는 불가사의한 구조물을 유심
히 바라보았다. 그리고 나는 이렇게 생각했다. "이 모든 환영은
거의 내 예쁜 애인의 눈만큼, 초록빛 눈을 가진 귀여운 미친
요물만큼 아름답군."

　그런데 갑자기 나는 주먹으로 등을 한 방 세차게 얻어맞았
다. 그리고 쉰 듯한 매력적인 목소리를 들었다. 히스테릭한 목
소리, 생명수에 의해 쉰 듯한 목소리, 내 사랑하는 귀여운 애
인의 목소리, 그 목소리는 이렇게 말하는 것이었다. "구름 장
수 바보 영감 같으니라고. 어서 그 수프나 먹지 못하겠어요?"

주석

1) 구름의 신비에 대해서는 「1 이방인」의 '찬란한 구름'을 참조. 이 시는 시제가 말해 주듯, 이상(구름)과 현실(수프)의 갈등을 테마로 하고 있다. 「11 야만적인 여인과 사랑스러운 애인」, 「38 어느 쪽이 진짜 그 여자일까?」, 「43 정중한 사격수」에 나타난 여인에 대한 멸시, 여인의 저속함에 대한 멸시가 이 시에서는 수프의 이미지로 나타난다. 그런가 하면 반대로 "신이 수증기로 만든 움직이는 건축물", "만져지지 않는 불가사의한 구조물"인 구름은 정신성의 상징이다.

45
사격장과 묘지

'묘지가 보이는 주막.' "기이한 간판이로군." 하고 우리의 산책자는 생각했다. "그러나 갈증을 일으킬 만큼 썩 잘된 간판이군. 이 카바레의 주인은 분명 호라티우스와 에피큐로스 파의 아류 시인들을 감상할 줄 아는 모양이군. 어쩌면 해골이나, 또는 무엇이 되었건 인생의 덧없음을 나타내는 어떤 상징물 없이는 훌륭한 향연이란 상상할 수 없다고 생각했던 고대 이집트인들의 깊은 세련미를 알고 있을지도 모르지."

그리고 그는 주막으로 들어가, 무덤을 마주 보며 맥주 한 잔을 마시고, 천천히 여송연 한 대를 피웠다. 그러자 이 묘지에 내려가고 싶다는 엉뚱한 기분이 들었다. 거기에는 풀들이 유혹하듯 무성히 자라나 있고, 태양이 풍성하게 넘치고 있었다.

아닌 게 아니라 햇볕과 열기가 거기서 맹위를 떨쳤고, 술취한 태양이 인간 잔해로 살찐 화려한 꽃 융단 위에서 몸을 쭉 펴고 누워 뒹굴고 있는 듯했다. 생명의 끝없는 살랑거림이 ─ 무한한 작은 것들의 생명이 ─ 대기를 채우고, 옆 사격장에서 규칙적인 간격으로 탁탁 터지는 사격 소리는, 숨 죽인 교향악의 울림 가운데 샴페인 병마개가 폭발하듯 터져 나왔다.

그때 이 죽음의 강렬한 향기가 감도는 대기 속, 그의 머리를 내리쬐는 태양 아래, 그가 앉아 있는 무덤 밑에서 그는 어떤 목소리가 속삭이는 것을 들었다. 목소리는 이렇게 말했다. "너희의 총과 너희의 과녁도 저주를 받을 것이다. 고인들과 그들의 신성한 휴식을 아랑곳하지 않는 소란스러운 생존자들아! '죽음'의 성역 옆에 죽이는 기술을 배우러 온 참을성 없는 인간들 같으니라고. 너희의 야심도 저주를 받을 것이며, 너희의 계략도 저주를 받을 것이다! 만일 너희가 상이란 얼마나 받기가 쉬운 것이고, 목표란 얼마나 도달하기 쉬운 것이며, 그리고 '죽음'을 제외한 모든 것이 얼마나 허망한가를 안다면, 근면한 생존자들아, 너희는 오래전부터 '목적지'에, 가증스러운 인생에 있어서 유일한 진짜 목적지에 와 있는 자들의 잠을 이토록 자주 방해하지는 않을 것이다!"

46
후광의 상실

　"아이고! 저런! 당신이 여기 있다니? 당신, 정수만을 마시는
당신이 몹쓸 곳에 있다니! 신들의 양식만을 먹는 당신이! 정
말 놀라운데."

　"여보게, 말과 마차를 내가 무서워한다는 걸 당신도 알지
않소.[1] 방금 내가 보도를 급히 가로질러 죽음이 사방에서 전
속력으로 달려드는 이 불안정한 혼돈 사이로 흙탕물을 뛰어
넘는데, 급히 몸을 움직이는 바람에 그만 나의 후광이 머리에
서 보도의 흙탕 속으로 떨어져 버렸소. 나는 그것을 주울 용
기가 없었소. 뼈를 부러뜨리는 것보다 나의 표적을 잃는 편이
낫다고 판단을 내린 거요. 그러고는 속으로 불행이 어떤 때에
는 다행이라고 생각했소. 이제 나는 아무도 모르게 산책도 할
수 있고, 저속한 짓도 할 수 있고, 평범한 사람들처럼 방탕에

빠질 수도 있소. 그래서 보다시피 나는 당신들과 똑같이 여기에 온 거요!"

"당신은 적어도 후광을 잃었다고 게시하거나, 경찰에 찾아 달라고 부탁해야죠."

"천만에! 아니 나는 여기서 편하오. 당신뿐이오, 나를 알아보는 건. 더구나 위엄을 부리는 게 내게는 지긋지긋하오. 그리고 어떤 엉터리 시인이 후광을 주워 뻔뻔스럽게 자기 머리 위에 쓸 것이라고 상상하며 기뻐하고 있소. 사람을 행복하게 만든다는 건 얼마나 즐거운 일인가! 그리고 특히 나를 웃기는 행복한 인간을! 이를테면 X나 Z 같은 친구를 생각해 보시오. 그렇지 않겠소! 얼마나 우스꽝스럽겠소!"

주석

후광이 '상승하는 기쁨'의 알레고리라면, 후광을 잃은 것에 오히려 자유를 느끼는 후광의 소유자는 지상의 즐거움에 대한 동시적 청원을 상징한다. 지금까지 정수만을 마시고, 신들의 양식만을 먹던 인물이 상승에 대한 욕구를 상징한다면, 후광의 상실을 불행 중 다행으로 아는 이 인물은 '하강하는 쾌락'을, 즉 상승에 대한 욕구로 인해 억눌렸던 지상의 기쁨에 대한 갈망을 상징한다.

1) 마차나 말에 대한 공포심은 병과 죽음을 병적으로 두려워했던 말년의 보들레르의 심기를 드러내 준다.

47

메스[刀] 아가씨

가스 등불이 밝혀주는 성문 밖 거리 끝에 다다랐을 때 어떤 팔이 슬그머니 내 팔 밑으로 들어오는 것을 느꼈다. 그리고 내 귀에 말하는 소리가 들렸다. "의사시죠, 선생님?"

나는 바라보았다. 키가 크고 건장하고 두 눈이 시원스럽게 찢어진 아가씨였는데, 엷게 화장을 하고 머리카락은 모자의 끈과 함께 바람에 펄럭였다.

"아니요, 의사가 아닙니다. 실례하겠습니다."

"오! 의사잖아요! 선생님은 의사예요. 전 잘 알고 있어요. 우리 집에 가요. 제게 아주 만족하실 거예요. 자!"

"어쩌면 뵈러 갈 수도 있겠죠. 그러나 후에, 의사가 다녀간 후에, 제기랄……!"

"어머나! 어머나!" 하고 그녀는 여전히 내 팔에 매달려 웃음을 터뜨리며 말했다.

"선생님은 장난꾸러기 의사시군요. 전 그런 의사 분들도 여럿 알고 있죠. 자, 오세요."

나는 신비로운 것을 굉장히 좋아한다. 왜냐하면 나는 항상 그것을 파헤치고 싶기 때문이다. 따라서 나는 이 동행 여인에게, 아니 이 예기치 않은 수수께끼에 끌려가고 말았다.

그녀의 누추한 방에 대한 묘사는 생략하기로 한다. 잘 알려진 몇몇 옛 프랑스 시인들의 글 속에서 그런 것은 찾아볼 수 있다. 다만 시인 레니에조차 생각지 못했던 세부를 말하자면, 유명한 의사의 초상화 두세 개가 벽에 걸려 있다는 점이다.

나는 대단한 환대를 받았다! 따뜻하게 지펴진 난로, 따끈한 술이며, 여송연. 나에게 이 좋은 것들을 권하면서 그녀 자신도 여송연에 불을 붙이고, 이 우스꽝스러운 여인은 나에게 말하는 것이었다. "선생님, 집에서처럼 편히 하세요. 그래야만 병원과 좋았던 젊은 시절을 회상할 수 있을 거예요. 어머나! 저런! 도대체 어디서 이렇게 흰 머리털이 생겼죠? 얼마 전만 해도, 당신이 L 병원의 인턴으로 있을 때만 해도 이렇지는 않았건만. 기억하고 있어요. 어려운 수술 때면 그분을 거들던 사람이 선생님이었죠. 자르고, 베고, 깎고 하기를 좋아한 분이셨죠! 그분에게 기구며, 실이며, 솜을 건네주던 사람이 바로 당신이었죠. 그리고 수술이 다 끝나면 그분은 자기 시계를 바라보며 의기양양하게 말하곤 했죠. '여러분, 오 분 걸렸군!' 오! 저는 말이에요, 어느 곳에나 가거든요. 저는 그분들을 잘 알아요."

잠시 후 그녀는 나에게 허물없이 말을 놓고 후렴 같은 말을 되풀이하며 이렇게 말하는 것이었다. "당신은 의사 아냐, 여보?"

이 알 수 없는 반복되는 말을 듣고 나는 벌떡 일어났다. "아니라고!" 나는 화가 나서 외쳤다.

"그럼 외과 의사?"

"아니, 아니라니까! 당신의 목이나 자르기 위해서라면 몰라도! 제기랄!"

"기다려. 보여 줄 것이 있어."라고 말하더니, 그녀는 장에서 종이 한 다발을 꺼냈다. 그것은 다름 아닌 모랭의 석판화로 된 그 당시 유명한 의사들의 초상화 컬렉션으로, 볼테르 강둑에 몇 년 동안 전시되어 있는 것을 볼 수 있었다.

"이것 봐! 이 친구 알아보겠어?"

"그래! X로군……. 이름이 밑에 쓰여 있는걸. 난 그 친구를 개인적으로도 알지."

"그럴 줄 알았어! 이것 봐! 이건 Z…… 이 친구가 강의 중에 X에 관해 '얼굴에 음흉한 마음을 달고 다니는 괴물!'이라고 말하던 친구야. 그것도 상대방이 같은 일에 대해 자신과 의견이 같지 않다는 이유로 말이야! 그 당시 대학에서는 그 일로 굉장히 웃었을 거야! 당신 기억나? 자, 이것이 K군. 그가 자기 병원에서 치료받던 폭도들을 정부에 고발한 친구야. 그때가 폭동이 있던 시기였어. 어떻게 이렇게 잘생긴 친구가 그처럼 냉혹할 수가 있을까? 여기 이 사람이 유명한 영국 의사 W인데, 파리로 여행하는 중 그를 붙잡았지. 아가씨 같은 모습을 하고 있잖아?"

그리고 내가, 역시 원탁 위에 놓여 있는, 끈으로 묶인 꾸러미에 손을 대자 "좀 기다려." 하고 그녀는 말했다. "이쪽 것은 병원에서 살고 있는 인턴들이고, 저쪽 꾸러미는 통근 의사들이야."

그러고는 훨씬 젊은 얼굴들이 찍혀 있는 사진 뭉치를 부채 모양으로 펼쳤다.

"다음에 다시 만날 때는 당신 사진도 줘야 하겠지, 여보?"

"그런데 어째서 나를 의사라고 생각하는 거지?" 이번에는 나 역시 내 고정관념을 좇아 그녀에게 말했다.

"그건, 당신이 여자들에게 그처럼 친절하고 상냥하니까!"

'이상한 논리로군!' 하고 나는 혼자 생각했다.

"정말이지! 나는 틀리는 법이 별로 없어. 나는 의사들을 많이 알고 있어. 나는 이 신사들을 너무나 좋아하는 나머지 아프지 않아도 그들을 종종 찾아가. 단지 그들을 보기 위해서지만. 그들 중에는 '조금도 아픈 데가 없는데.' 하고 냉정하게 말하는 사람도 있어. 그러나 나를 이해하는 의사들도 있지. 왜냐하면 내가 그들에게 아양을 떠니까."

"하지만 그들이 이해하지 못할 때는……?"

"할 수 없지 뭐! 그때는 내가 그들을 쓸데없이 방해했으니까 벽난로 위에 10프랑을 남겨 두지."

"그분들은 참 착한 사람들이야, 상냥하기도 하고!"

"자선 병원에서 발견한 한 귀여운 인턴은 천사처럼 예쁘고 상냥했어! 부지런하고, 그 가엾은 아이는! 그의 동료들이 나에게 말해 주었는데, 그는 아무것도 보내 줄 수 없는 가난한 부모를 두었기 때문에 돈 한 푼 없다는 거야. 그 점이 나에게 자신감을 주었어. 요컨대 나는 아주 젊지는 않아도 여자로서 꽤 아름다운 편이잖아. 나는 그에게 이렇게 말했어. '나를 보러 와. 자주 와. 나에 대해 어렵게 생각지 마. 나는 돈은 필요 없으니까.' 그러나 당신도 이해하겠지만 나는 그것을 여러 가지 방법으로 그에게 알아듣게 했어. 아주 노골적으로 말할 수는 없었어. 이 사랑스러운 아이의 자존심을 건드릴까 봐 겁이 났던 거야. 그런데 말이야! 나는 그에게 감히 말할 수 없는 괴상한 욕망을 품고 있다는 것을 당신은 알 수 있겠어? 나는 그가 우리 집에 올 때 수술 기구가 든 그의 왕진 가방을 들고, 수술복을 입고, 그 위에 약간의 피까지도 묻혀 오기를 원했던 거야!"

그녀는 아주 순진한 태도로 말했다. 마치 한 감수성이 예민한 남자가 사랑을 바치고 싶은 여배우에게 "나는 당신이 처음 맡아서 한 그 희한한 배역을 위해 입었던 의상을 그대로 입고 있는 당신을 보고 싶소."라고 말하듯.

나는 집요하게 물어보았다. "당신 속에서 그런 괴상한 정열이 생겨난 계기와 시기를 기억해 낼 수 있겠나?"

이 질문을 그녀에게 이해시키는 것은 쉽지 않았으나 마침내 그 여자는 알아들었다. 그러나 그때 그녀는 대단히 슬픈 표정으로, 그리고 내가 기억하는 한, 눈길을 돌리면서 대답하는 것이었다. "모르겠어…… 생각나지 않아."

이처럼 대도시에서는 그곳을 산책하고 그곳에서 일어나는

47 메스[刀] 아가씨

일들을 둘러보면, 얼마나 많은 괴상한 일을 발견하게 되는가? 인생엔 죄 없는 괴물들이 득실거린다. 주여, 하느님이여! 당신 창조자여, 당신 스승이며, '법'과 '자유'를 만든 당신, 모든 것을 하는 대로 내버려 두는 당신 주권자여. 모든 것을 용서하는 당신 심판관이여. 동기와 원인들로 충만한 당신, 칼끝으로 치유시키듯, 어쩌면 나를 개종시키기 위해 나의 마음속에 공포의 취미를 집어넣었을지 모를 당신이여. 주여, 불쌍히 여기소서, 미치광이 남녀들을 불쌍히 여기소서! 오, 조물주여! 그들이 왜 존재하며, 그들이 어떻게 해서 그렇게 되었으며, 어떻게 했어야 그들은 그렇게 되지 않을 수도 있었을까를 아는 유일한 창조자 당신의 눈에도 과연 괴물들이 존재할 수 있는 겁니까?

이 시는 기법과 의미에서 보들레르가 산문시를 계획하며 기도했던 산문시의 의도를 잘 드러내 주는 몇 개의 시들 중 하나로 꼽힌다고 르메트르는 주석을 붙이고 있다.(같은 책, 205쪽) 표면상으로는 극히 기이한 내용을 담고 있지만, 가장 순수한 산문시의 형식, 즉 중편소설체를 향하고 있고, 결론에 이르면서 서정시에 호소하는 흐름을 보인다.

괴상망측하지만 신비한 광인들이 대도시의 일상 한가운데서 우리와 팔을 스치며 살고 있다. 이것이 시인이 제시하려 했던 대도시의 한복판에서 발견되는 일상의 신비, 또는 '시적 주제'의 풍요함이다. 시인은 일찍이 「1846년 미술전」에서부터 미래의 그의 의도를 암시했다.

파리의 삶은 찬란한 시적 주제가 풍요하다. 찬란함이 분위기처럼 우리를 감싸며 적셔주고 있다. 그러나 우리는 그것을 볼 줄 모른다.

——「1846년 미술전 XVIII」

이처럼 대도시는 보들레르에게 생활과 시의 만남의 장소다. 파리의 일상생활은 진짜 '꿰뚫어 볼 수 있는 사람(le voyant)'의 시선에 몽상으로 가득한 수많은 시적 자료를 제공해 준다. "파리의 삶은 찬란한 시적 주제가 풍요하다." "그러나 우리는 그것을 볼 줄 모른다." 따라서 현대 생활에 시가 부재한다는 주장을 반박하고 그 속에 숨은 미를 보여 주는 것이 '현대 생활의 화가' 보들레르의 역할이다.

47 메스[刀] 아가씨

이 시는 이런 관점에서 신랄한 상징적 리얼리즘을 담고 있는 대표적인 시다.(「9 괘씸한 유리 장수」와 함께) 그러나 겉으로 보이는 '모독적 성격'으로 인해 그 당시 《르뷔 나시오날》지에 출판이 거부되었던 시이기도 하다.

시의 결론은 '무죄한 괴물들'을 옹호하는 변론이다. 시인은 '무죄한 괴물들'의 존재를 신의 의지에 종속시키면서 창조자를 그 책임자로 고발하고 있다. 왜냐하면 '법률'뿐 아니라 '자유'를 만든 장본인이 신이기 때문이다. 선고해야 할 '재판관'은 부당하다는 비난을 면하기 위해 '용서'를 해야만 한다. 어째서 그들이 존재하는지, 어떻게 그들이 만들어졌는지, 어떻게 했어야만 그들이 그렇게 되지 않을 수 있었는지를 모르는 무죄한 괴물들을 비난할 수 있는가? 이 구절에서 '인생의 신비'에 관한 '인간의 호기심'을 극도로까지 자극하는 도시의 삶에 대한 보들레르의 착잡한 사색의 미로를 발견할 수 있다.(『나의 동시대의 몇몇 작가에 관한 숙고』 중 「빅토르 위고 III, IV」 참조)

시인은 자신도 '미친 남자들, 미친 여자들'에 속한다고 생각할지 모른다. 메스 아가씨는 젊은 인턴에게 감히 고백할 수 없는 괴상한 욕망을 품고 있다. 수술 기구가 든 왕진 가방에, 수술복을 입고, 게다가 피까지 묻혀 오기를 바랐던 이 무죄한 광인, 이 여인 속에서 시인은 자신의 광기를 고백하고 있는 것일까? 그 역시 공포에 대한 취미를 하느님으로부터 받고 태어났다고 고백한다. 그러나 그녀가 자신의 괴상한 정열의 원인을 설명할 수 없듯이, 시인도 자신의 기이한 취미를 설명할 수 없는 것이다. 칼끝으로 상처를 치료하듯, 시인을 개종시키기 위해 신이 그의 정신 속에 '공포의 취미'를 집어넣었을 것이라고 시인은 말한다. 그러나 이 어두운 무의식의 자아가 동시에 시인의 시적 행위의 모체가 된다는 것을 그는 모르지 않는다. 그것이 미친 남녀들에 관한 그의 흥미를 설명해 준다.

그러나 유독 메스 아가씨가 시인의 주의를 끈 것은 사랑의 관계에서, 관능과 고통에 관해 그가 흔히 지적했던 충격적인 진실의 살아 있는 예를 그녀 속에서 발견했기 때문일 것이다. 의사의 왕진 가방, 수술복, 피…… 등은 묘하게 『내면 일기』의 외과 수술을 닮은 사랑의 정의를 상기시킨다.

> 나는 사랑이 고문이나 외과 수술과 매우 유사하다는 것을 내가 이미 주석에 썼던 것으로 안다. (……) 여자 쪽이건, 남자 쪽이건, 한 사람은 수술자요, 사형 집행인이요, 상대는 수술용 환자요, 희생물이다…….
>
> ──「봉화 III」

이 시에서 의사 애인들이 수술자 또는 사형 집행인이고, 상대인 환자 희생자가 메스 아가씨의 역할일까?

48
이 세상 밖이라면 어느 곳이라도

이곳의 삶은 병원, 여기서 환자들은 제가끔 잠자리를 바꾸고 싶은 욕망에 빠져 있다. 어떤 사람은 기왕이면 난로 앞에 누워서 신음했으면 하고, 어떤 사람은 창문 옆에서라면 병이 나을 것이라고 생각한다.

나에겐 내가 현재 있는 곳이 아닌 다른 곳에 가면 언제나 편안할 것처럼 생각된다. 그리하여 이 이사 문제는 바로 내가 나의 넋과 끊임없이 논의하는 문제 중 하나다.

"말해 보렴, 넋이여, 차갑게 식은 내 가련한 넋이여, 리스본에 가서 살면 어떨까? 그곳은 분명 따뜻할 테니. 거기서라면 넌 도마뱀처럼 원기를 되찾을 거야. 그 도시는 물가에 있다. 그 도시는 대리석으로 세워졌고, 도시의 주민은 식물을 지독히 싫어해서 나무를 모조리 뽑아 버린다고들 한다. 그것이야말로 네 취미에 맞는 풍경이 아니던가. 햇빛과 금속, 그리고 그것을 반사해 주는 액체로 만들어진 풍경!"[1]

내 넋은 대답이 없다.

"너는 움직이는 광경을 보면서 휴식하는 것을 무척 좋아하니까, 저 복 받은 땅 네덜란드에 가서 살고 싶지 않으냐? 박물관에서 네가 자주 그림을 보고 감탄했던 그 고장에 가면 아마 너도 즐거울 거다. 너는 돛대들의 숲과 집 아래에 매어둔 배들을 좋아하니까, 로테르담은 어떻겠느냐?"[2]

내 넋은 여전히 말이 없다.

"바타비아라면 더 네 마음에 들겠지? 더욱이 그곳에선 열대 지방의 아름다움과 합류한 유럽의 정신을 발견할 테니까."

한마디 말도 없다. 내 넋은 죽은 것일까?

"그렇다면 너는 네 고통 속에서만 즐길 정도로 무력감에 빠진 것인가? 사정이 그렇다면 '죽음'을 닮은 나라 쪽으로 달아나자꾸나. 그 일은 내가 맡아 할 테다, 가엾은 넋이여! 토르네오로 떠나기 위해 가방을 챙기자. 그보다 더 멀리로 가자꾸나, 발트 해의 맨 끝으로 가자. 아니, 가능하다면, 삶으로부터 더 멀리 떠나가자. 북극에 가서 자리를 잡자. 거기서 우리는 오래도록 어둠 속에 잠길 수 있을 것이다. 그동안 극광은 우리를 즐겁게 해 주기 위해 때때로 '지옥'의 불꽃의 반사광 같은 그 장밋빛 햇살 다발을 우리에게 보내 줄 것이다!"

마침내 내 넋은 폭발한다. 그리고 현명하게 나에게 외치는 것이다. "어느 곳이라도 좋다! 어느 곳이라도! 그것이 이 세상 밖이기만 하다면!"

주석

　여행의 욕망과 동시에 허무를 말하는 여행의 테마다. 앞에 나온 「여행으로의 초대」, 「계획」과 같은 구조지만 이 시의 의미는 정반대의 귀결로 끝난다. 앞의 시에서 상상의 여행의 즐거움을 노래한 데 반해, 이곳에서는 넋의 침묵인 절망과 불가능한 '다른 곳(ailleurs)'에 대한 향수로 끝난다. 『악의 꽃』 중 죽음 편의 마지막 시, 「여행」에서처럼 이 시에서도 여행은 죽음의 테마와 만난다.

　이곳의 삶은 병원. 그곳에서 환자들은 제가끔 잠자리를 바꾸고 싶어 한다. 이 병든 가련한 자신의 넋에 시인은 여러 이상적인 체류지를 제안한다. 그곳은 모두 다른 여러 시에서 시인의 몽상이 천국과 같은 행복을 찬양했던 고장이다. 『악의 꽃』 중 「파리의 꿈」에서 노래한 도시와 유사한 리스본, 「여행으로의 초대」에서 찬양한 네덜란드, 「태어나기 이전의 삶」, 「이국 향기」, 「머리 타래」 등에서 노래한 열대 지방의 풍경을 상기시키는 바타비아. 그러나 어느 곳도 그의 넋에 만족을 주지 못한다. 절망한 시인은 마지막으로 '죽음을 닮은 나라', '삶으로부터 가장 먼' 극지방으로 달아날 것을 제안한다. 이 지방의 묘사에는 우주적 리듬의 감퇴(빛과 어둠의 느린 교체)가 죽음을 예고하는 시간의 정체를 암시한다. 그러나 죽음을 닮은 나라로의 초대조차 넋의 만족을 얻기엔 충분치 못하다. 넋은 참을 수 없어 외치는 것이다.

　어느 곳이라도 좋다! 어느 곳이라도! 그것이 이 세상 밖이기만 하다면!

이 절망적인 외침은 「여행」의 마지막 외침과 같다.

(……) 지옥이든, 천국이든, 아무 곳이면 어떻소?
미지의 나라에 잠기리라, 새로운 것을 찾기 위해!

——「여행」

1) 「파리 풍경」(『악의 꽃』) 편에 들어 있는 「파리의 꿈」에서 노래한 경치와 유사하다.

잠은 기적에 가득 차 있다!
야릇한 변덕을 부려
나는 이 경치로부터
고르지 못한 초목들을 뽑아버리고,

천재적 재능에 자신만만한 화가처럼,
내 그림 속에서 맛보고 있었다,
금속과 대리석, 그리고 물로
이루어진 황홀한 이 단조로움을

이곳에 그려진 풍경이나 「파리의 꿈」의 풍경은 인공미에 대한 보들레르의 찬미와 그의 '반자연관'을 극명하게 보여 주는 본보기다. 비평가들이 자주 언급했던 보들레르 시의 특징 중 하나는 파리 시의 인공적인 성격이다. 자연에 대한 시인의 거부감은 널리 알려져 있고, 비평들은 그의 '반자연관'을 강조했다. 그들은 그가 어릴 적부터 받은 기독교적 교육에서 그 이유를 찾기도 하고, 또는 앞서 간 선

배들의 영향을 들추기도 한다. 자연에 대한 보들레르의 반감은 『내면 일기』와 미술 에세이 여러 곳에서 발견된다.

자연에 대한 보들레르의 반감은 본능과 자연스러운 욕구에 대한 증오에서 시작한다. 먹고 마시고 자는 행위로 만족하는 것은 동물과 다를 바가 없는 자연스러운 단순 욕구이며, 자연은 인간에게 이 자연적 욕구와 범죄만을 부추길 뿐 아무것도 가르쳐 주지 않는다. 인간은 어머니의 배 속에서부터 범죄의 취미를 타고났기 때문에 범죄는 '근본적으로 자연스러운 것'이며 '덕은 반대로 인공적이고 초자연적인 것'이다. 그리하여 본능이나 자연스러운 충동에 자신을 맡기는 것은 영혼과 정신이 결여된 동물과 다를 바가 없다고 생각했고, 여인에 대한 비난이나 상인에 대한 혐오감도 이로부터 비롯된다. 자연스러운 욕구 이외에 다른 정신적 욕구가 없는 여인을 그는 '자연스럽다'고 했고, 이윤 추구에만 급급한 상인 역시 '자연스럽다'고 정의했다. 자연스러운 것은 천박하며, 그것이 그에게 혐오감을 불러일으킨다.

그의 전기 역시 이에 관한 흥미 있는 일화를 전해 준다. 옹플뢰르에서 파리로 보들레르와 함께 돌아오던 길에 있었던 시인과의 대화를 쇼나르(Schaunard)는 이렇게 전한다.

자유로운 물을 나는 참을 수 없습니다. 나는 물이 부두의 질서 정연한 방파제 속에, 어떤 구속 속에 고정되어 있기를 바랍니다. 내가 좋아하는 산책로는 우르크 운하의 강둑입니다.

(A. Schaunard: Souvenir de Schaunard, F. W. Leakey의 『Baudelaire and Nature』에서 재인용, Manchester University Press, 1969, 145쪽)

이 대화에서 볼 수 있듯이 그는 자연스러운 물의 흐름조차 용서할 수 없을 만큼 자연을 거부했고, 반면 인공적인 것에 대한 취향을 극도로까지 몰고 갔다. 이 점을 상기해 볼 때, 그의 파리에서 자연이 추방된 것은 조금도 이상할 것이 없다. 비록 때로 공원들이 언급되지만 그것은 매우 추상적인 성격을 띤다. 나무도 꽃도 없는 공원은 단지 군중의 집회 장소로 나타날 뿐이다. 그는 '불규칙적인 초목'을 증오했고 반면 인간이 만들어 놓은 돌의 풍경을 좋아했다. 그가 판화로 환상적인 도시를 그려낸 화가들을 좋아했던 이유도 여기서 비롯된다. 「파리의 꿈」은 보들레르의 이러한 취향이 집약된 시다. 이 시는 파리라는 도시의 성격보다 인공미를 사랑하는 보들레르의 몽상과 미학을 더 잘 드러낸다. 시인은 스스로 꿈의 나라의 화가가 되고 건축사가 되어 풍경으로부터 고르지 못한 초목을 몰아내고 금속과 물과 대리석이 이루는 꿈의 궁궐을 세운다.

이 시에서 시인이 넋에 권유하는 도시도 "대리석으로 세워졌고", "도시의 주민은 식물을 지독히 싫어해서 나무를 모조리 뽑아 버린다고들 한다." "햇빛과 금속, 그리고 그것을 반사해 주는 액체로 만들어진 풍경", 이것이 바로 시인과 시인의 '넋의 취미에 맞는 풍경'이다.

2) 「여행으로의 초대」에서 노래한 고장을 닮았다.

49
가난뱅이를 때려눕히자![1]

나는 보름 동안 방에 틀어박혀 그 당시에(십육칠 년 전이다.) 유행하던 책들에 둘러싸여 있었다. 그것은 스물네 시간 내에 대중을 행복하고 현명하고 부유하게 만드는 방법을 다룬 책들이다. 그래서 나는 대중의 행복을 꾀하는 이 모든 기업가들의 노작을, 즉 모든 가난뱅이들에게 노예가 되라고 충고하며, 그들이 모두 왕위를 찬탈당한 왕이라고 설득하는 이 사람들의 노작을 모두 소화하였다——아니 차라리 삼켰다고 할까——그때 내가 혼미 또는 망연자실에 가까운 정신 상태에 이르렀다는 사실은 놀라운 일이 아닐 것이다.

다만 그때 내 지성의 깊은 곳으로부터, 내가 최근 사전 속에서 대강 읽어본, 착한 여인에 관한 상투적 표현들보다 더 훌륭한 어떤 관념에 관한 어렴풋한 씨앗을 느끼는 듯했다. 그러나 그것은 끝없이 막연한 어떤 것, 즉 어떤 관념에 관한 관념에 지나지 않았다.

그리고 나는 몹시 갈증을 느끼며 밖으로 나왔다. 왜냐하면 불량한 책을 읽는 이 정열적인 취미는 그에 비례하는 신선한 공기와 청량제에 대한 욕구를 낳기 때문이다.

내가 어느 술집에 막 들어서려고 했을 때, 한 비렁뱅이가 내게 모자를 내밀었다. 그런데 그의 시선은 잊을 수 없이 특별한 것이었다. 만일 정신이 물질을 움직이고 최면사의 눈이 포도를 익게 하는 것이 가능하다면, 왕좌라도 붕괴시킬 법한 그런 시선이었다.

동시에 나는 내 귀에 속삭이는 한 목소리를, 내가 잘 알고 있는 목소리를 들었다. 그것은 어느 곳이라도 나를 따라다니는 수호 천사, 아니 수호 악마의 목소리였다. 소크라테스도 그의 수호 악마를 가지고 있었는데, 어째서 난들 나의 수호 천사를 가지지 말란 법이 있겠는가? 어째서 난들, 소크라테스처럼, 치밀한 레뤼나 신중한 바야르제[2]가 서명한 미치광이 증명서를 가지지 말란 법이 있겠는가?

소크라테스의 악마와 나의 악마 사이에는 다음과 같은 차이가 있다. 소크라테스의 악마가 금지하고 경고하고 방어하기 위해서만 그에게 나타난다면, 나의 악마는 몸소 충고하고 암시하고 설득한다는 점이다. 저 가엾은 소크라테스가 금지의 악마만을 가졌다면, 나의 악마는 굉장한 긍정주의 악마, 행동의 악마, 또는 투쟁의 악마다.

그런데 그 목소리는 나에게 이렇게 속삭이는 것이었다, "평

등함을 증명해 주는 자만이 남과 동등하며, 자유를 정복할 줄
아는 자만이 자유를 누릴 가치가 있다."

즉시 나는 비렁뱅이에게 덤벼들었다. 그의 눈에 주먹을 한
대 갈겼더니, 그 눈은 순식간에 공처럼 부풀었다. 그의 이를
두 개 부러뜨리는 데, 나도 손톱 하나가 부러졌다. 나는 태어
날 때부터 연약하며, 권투도 잘한다고 할 수는 없는지라, 이
노인을 재빨리 때려눕힐 만큼 충분히 기운이 세다고 생각지
않았기 때문에, 한 손으로는 그의 옷깃을 붙들고, 다른 한 손
으로는 목을 움켜쥐며 벽에 대고 그의 머리를 힘껏 부딪치기
시작했다. 솔직히 말하자면, 나는 미리 주위를 슬쩍 둘러보았
고, 이 외딴 교외에서는 경찰관의 감시로부터 충분히 오랫동
안 안전할 수 있다는 것을 확인해 두었다.

그러고는 견갑골이 부러질 만큼 힘껏 그의 등을 발로 차서
이 기운 빠진 육순 노인을 쓰러트려 놓고, 땅에 떨어져 있는
굵은 나뭇가지를 집어 들어, 마치 비프스테이크를 부드럽게
하려는 요리사처럼 집요하고 힘차게 늙은이를 두드려 팼다.

갑자기 ─ 오, 기적이다! 오, 자기 이론의 훌륭함을 증명한
철학자의 즐거움이 이렇겠지! ─ 이 송장이나 다를 바 없는
늙은이가, 그처럼 형편없이 망가진 기계에서 결코 가능하리라
고 상상조차 할 수 없었던 그런 힘으로, 몸을 뒤집어 벌떡 일
어나는 것이었다. 그리고 이 늙어빠진 불한당은 내가 좋은 징
조로 생각하는 증오에 타는 시선을 보이며 나에게 덤벼들어
내 눈을 때려 멍들게 하고, 이를 네 개나 부러뜨리고, 내가 사
용했던 그 나뭇가지로 나를 석고처럼 사정없이 후려쳤다. 나

의 과감한 치료법으로 나는 그에게 자존심과 생기를 되찾아 준 것이다.

그리하여 나는 그에게 싸움이 끝난 것으로 생각한다는 내 의사를 알리기 위해 온갖 몸짓을 다했다. 그리고 스토아학파의 소피스트 같은 만족감을 느끼며 몸을 일으켜 그에게 말했다. "선생, 당신은 나와 동등하오! 나와 내 돈주머니를 나누는 영광을 부디 나에게 베풀어 주시오. 그리고 당신이 진정한 박애주의자라면, 당신의 동료들에게도, 그들이 당신에게 동냥을 구걸하거든, 방금 내가 마음 아프게도 당신의 등에 시도했던 학설을 적용할 것을 잊지 마시오."

그는 나의 학설을 이해했다는 것과, 나의 충고에 따를 것을 내게 굳게 맹세했다.

주석

스물네 시간 안에 모든 사람들을 행복하고 착하고 부유하게 만들 수 있다고 주장하는 순진한 열성 휴머니스트에 대한 반감에서 시작한 이야기는 자유로운 상상의 날개를 펼치며 전개된다.

소위 '나쁜 독서'는 사람의 의식을 혼미 혹은 망연자실에 가까운 정신 상태로 몰아넣는다. 그리고 그 의식의 밑바닥으로부터 대중의 행복에 종사하는 자들의 순진한 이론보다 우수한 어떤 이론의 씨앗이 태어남을 느낀다. 그러나 그것은 어떤 관념에 대한 막연한 생각으로 자신조차 그것을 뚜렷이 파악하지 못했다고 말한다. 그러나 늙은 비렁뱅이와의 우연한 만남으로 인해 그의 막연한 생각에서 갑자기 미친 듯한 힘과 충동적 행동이 솟아난다. 「9 괘씸한 유리 장수」에서 언급한 것처럼, 의사도, 모든 것을 다 안다고 자처하는 모럴리스트도 이 나태하고 관능적인 영혼에 어디서 그 같은 미친 듯한 에너지가 솟아나는지 설명하지 못한다. 자신에게조차 그것이 가능하리라고 믿어지지 않는 이런 '신비한 충동'은 소위 어떤 '심술궂은 악마'의 소행으로 돌릴 수밖에 없다. 이 시에서도 마찬가지로 이 같은 '신비한 충동'을 악마의 소행으로 돌리고 있다. 그러나 이번에는 심술궂은 악마가 아니라 착한 '수호 악마'다. 그는 소크라테스나 그 자신의 내적인 확신을 통해 이 '신비한 충동'이 일급 정신과 전문의 레뤼와 바야르제가 주장하는 단순한 광기의 징조가 아니라고 주장한다. 소크라테스의 악마가 자신을 방어하고 경고하는 보호의 악마라면, 그의 악마는 긍정주의자이며 '행동의 악마', '투쟁의 악마'다.

모든 가난한 사람들에게 노예가 되라고 하며, 그들은 왕위를 찬탈당한 왕이라고 설득하려는 자들의 설교가 보들레르에게 어떤 반향을 일으켰으리라는 것을 납득할 수 있다. 늙은 비렁뱅이의 시선은 '늙은 광대'(「14 늙은 광대」 참조)의 잊을 수 없는 시선을 떠올리게 한다. 또는 낙원에서 쫓겨난 악마의 슬픔을, 또는 왕위를 찬탈당한 패왕의 운명을, 또는 한때는 찬란한 흥행사였던 늙은 광대의 회한을, 나아가서는 자아를 상실당한 시인 자신의 이미지를.

폭력에 의한 시인의 치료책이 이 늙은 거지에게 자존심과 생기를 되찾아 준다. 이처럼 이 시는 그 시대의 순진한 휴머니스트들의 주장에 대한 항의이며, 동시에 시인 자신의 이상을 담고 있다. 그것은 민주주의나 사회주의 옹호자들이 주장하는 '평등주의'와는 다른 성격의 이상이다. '모든 대중의 행복에 종사하는 자들'이 내세우는 정치적 진보가 정치와 무관한 그의 정신적 향수를 만족시켜 줄 수 없다. 그가 「1859년 미술전」에서 이미 쓰고 있듯이 '시와 진보는 본능적인 증오로 서로를 증오하는 두 개의 야심'이기 때문이다. 그가 거지에게 제시한 것은 동정심이 아니다. 그것은 무시된 자아의 회복이다. 보들레르에게 가치 있는 유일한 '진보'는 물질적·정치적 진보가 아니며, 인간의 원죄와 존재의 고통을 없애 주며, 궁극적으로는 인간에게 총체적이고 형이상학적인 자유를 찾아 주는 것이다.

1) 이 시의 제목은 출판을 거절당할 만큼 충격적이다. 아닌 게 아니라 처음 《르뷔 나시오날》지에 기고했을 때도 거절당했다. 이러한 대담한 표현은 화가 가이스를 모델로 한 미술 비평 기사에서도 발견된다.

우리에게 가난하고 불구가 된 양친을 먹이라고 명하는 것은 종교요, 철학이다. 자연은 (……) 그들을 때리라고 명하는 것이다.

　　이런 유의 블랙 유머나, 변장술이 가지는 문학적이며 상징적인 역할은 보들레르 작품에서 뚜렷한 자리를 차지한다.(이에 대해서는 「9 괘씸한 유리 장수」 주석 참조)

2) 당시 정신과 의사인 레뤼와 바야르제에게 시인은 반감을 품고 있었다 한다.

50
착한 개들
조셉 스테방에게[1]

나는 뷔퐁에 대한 나의 존경 때문에, 현대의 젊은 작가들 앞에서조차 부끄럼으로 얼굴을 붉혀본 적이 한 번도 없었다. 그러나 오늘 내가 도움을 청하려 하는 것은 화려한 자연을 그리는 이 화가의 넋이 아니다. 결코 그게 아니다.

차라리 나는 기꺼이 스턴[2]에게 호소하여, 이렇게 말하려한다. "하늘에서 내려오라. 아니면 극락 세계에서 나를 향해 올라오라. 그리하여 감상적 익살꾼이여, 비길 데 없이 훌륭한 익살꾼이여! 착한 개들, 불쌍한 개들을 위해 내가 당신에게 걸맞은 노래를 지을 수 있게 영감을 불어넣어 다오. 후세의 기억에까지 언제나 그대와 동행할 그 유명한 나귀를 걸터타고 돌아오라. 그리고 특히 이 나귀가 그 영원한 마카롱 과자를 그의 입술 사이에 살짝 물고 오는 것을 잊지 않도록!"

아카데미의 뮤즈는 비켜라.[3] 나는 그런 새침데기 노파에는 관심이 없다. 내가 구원을 청하는 것은 허물없는 뮤즈, 시민의 뮤즈, 생동감 있는 뮤즈다. 착한 개, 불쌍한 개, 흙투성이 개, 그의 동무인 가난뱅이나 다정한 눈으로 보아 주는 시인을 제외하고는 모두를 페스트 환자나 더러운 거지처럼 멀리하는 그런 개들을 내가 노래하는 데 도와주었으면 하는 그런 뮤즈다.

체! 미인을 자처하는 개, 저 교만한 네발 달린 짐승, 덴마크 산 개, 킹 찰스 개, 발바리, 땅개, 또는 코커스패니얼 종 따위, 마음에 들 것이라 확신하고 손님들 사타구니나 무릎에 함부로 뛰어드는 놈, 어린애처럼 소란하고, 매춘부처럼 어리석고, 때로는 하인처럼 퉁명하고 건방진 놈들! 뾰쪽한 코에는 친구의 발자취를 따라갈 만한 후각조차 없고, 그 납작한 대가리에는 도미노 놀이를 할 만한 재주도 없고, 빈둥빈둥 몸이나 떨고 있는 이 그레이하운드라고 불리는 네발 달린 뱀들 따위는 체, 필요 없다.

개집에 들어가라, 이 모든 귀찮은 식객들!

보드랍게 쿠션을 넣은 개집으로 돌아가라! 내가 찬양하는 것은 흙투성이 개, 집도 없는 개, 떠도는 개, 어릿광대의 개, 가난뱅이나 방랑객이나 익살 광대처럼, 그 본능이 필요에 의해, 저 지혜의 착한 어머니이며 진정한 보호자인, 필요에 의해 놀랍게 고무된 그런 개다!

내가 노래하는 것은 비참한 개들이다. 대도시의 구불구불한 협곡에서 외로이 헤매는 놈들이나, 버림받은 사나이에게 영적인 눈을 깜박이며 "나를 당신과 함께 데려가요. 우리 둘의 불행을 합쳐 어쩌면 하나의 행복을 만들 수 있을지도 몰라요!"라고 말하는 놈들이다.

개들은 어디로 가는가? 하고 전에 네스토르 로크플랑4)은 어느 불멸의 신문 문예란에서 말한 적이 있다. 그 자신은 잊었을지 모르지만, 나만은, 그리고 어쩌면 생트뵈브도 오늘날까지 그것을 기억하고 있다.

개들은 어디로 가는가? 하고 주의 깊지 못한 인간들 당신들은 묻는가? 개들은 제 일을 보러 가는 거다.

일의 약속도 있을 것이고, 사랑의 약속도 있을 것이다. 안개를 헤치고, 눈 속을 가로질러, 진흙을 밟고, 물어뜯는 듯한 삼복 더위를 마다않고, 줄줄 흐르는 비를 맞으며 그들은 가고, 오고, 종종걸음으로 쏘다니고, 수레 밑을 지나다닌다. 벼룩에, 정열에, 필요에 또는 의무에 자극되어. 우리처럼, 그들도 아침 일찍 일어나 삶을 찾고, 쾌락을 좇는다.

어떤 놈들은 교외의 폐허 아래서 잠자며, 매일같이 일정한 시간이 되면 팔레루아얄 음식점에 적선을 구하러 오고, 또 어떤 놈들은 오십 리도 넘는 길을 무리 지어 달려와서 어리석은 사내들이 이제는 관심도 보이지 않기 때문에 한가한 마음을 짐승들에게만 바치는 육순의 노처녀들이 따뜻한 마음으로 차려 주는 밥을 나누어 먹는다.

또 어떤 놈들은, 탈주한 흑인 노예처럼 사랑에 미쳐, 며칠 동안 집을 나와 시내로 와서, 화장은 소홀히 했지만 당당하고 은혜를 아는 예쁜 암캐 주위를 한 시간 동안이나 깡충깡충 뛰어다닌다.

그리고 개들은 모두 아주 정확하다. 수첩도 없고, 메모도 없고, 서류 가방도 없지만.

그대들은 저 게으름뱅이 벨기에산 개를 아는가? 그리고 그대들도 이 모든 기운 센 개들이 고기 장수, 우유 장수, 빵 장수의 수레에 매여 의기양양하게 짖으며 말들과 겨룰 수 있는 위풍당당한 기쁨을 느끼는 것을 보고, 나처럼 감탄하였던가?

그런데 그중엔 훨씬 개화된 계열에 속하는 두 마리의 개가 있다. 부재중인 광대의 방으로 내가 그대들을 인도하는 걸 허락하기 바란다.[5] 방에는 휘장도 없는 색칠한 나무 침대가 하나, 빈대로 더럽혀진 질질 끌리는 침구, 짚으로 엮은 의자가 둘, 주물 난로가 하나, 한두 개의 부서진 악기가 있다. 오! 서글픈 가구여! 그러나 제발 보라, 저 두 인물을. 그들은 해어지긴 했지만 화려한 옷을 입고, 음유 시인이나 군인처럼 모자를 쓰고, 타오르는 난로 위에서 이름 모를 작품이, 그 한가운데에는 긴 수저 하나가 배의 공사가 끝났음을 알리는 저 공중 돛대처럼 꽂힌 채 서서히 끓고 있는 것을 마술사처럼 주의 깊게 감시하고 있다.

그토록 열성적인 배우들이 기운 나게 하는 진한 수프로 배를 채우지 않고는 길에 오를 수 없다는 것은 당연하지 않은가? 온종일 구경꾼들의 무관심을 견뎌야 하고, 큰 몫을 혼자서 차지하고 네 명분도 더 되는 수프를 혼자 먹어치우는 주인의 부당한 행위를 참아야 하는 이 가련한 놈들에게 그대들은 약간의 육욕쯤은 용서해 주지 않겠는가?

얼마나 여러 번 나는 감동과 미소로 이 모든 네발 달린 철학자들을 바라보았던가. 비위를 맞추고 온순하며 헌신적인 이 노예들을! 만일 인간의 행복에 지나치게 몰두하는 공화국이 개들의 명예에 주의를 기울일 시간을 가진다면, 공화국의 사전은 그것을 하인이라고 규정할 수 있으리라!

얼마나 여러 번 나는 어느 곳엔가는(결국, 누가 그런 곳이 없다고 하겠는가?) 그처럼 많은 용기와 인내와 노동을 보상해 주기 위해 이들 착한 개들, 불쌍한 개들, 흙투성이의 처량한 개들을 위한 특별한 천국이 있을지도 모른다는 생각을 했던가! 스베덴보리는 터키 사람들에게도 천국이 있고, 네덜란드 사람들에게도 따로 천국이 있다고 분명히 주장하고 있지 않은가.

베르길리우스와 테오크리토스의 작품 속 목동들은 그들이 부르는 노래의 대가로 맛 좋은 치즈나 최상의 제조공이 만든 피리, 또는 젖통이가 가득 부풀어 오른 암염소 등을 기대했다. 불쌍한 개들을 노래한 시인은 그 상으로 가을의 태양을 생각하게 하고, 성숙한 여인의 아름다움을 생각하게 하고, 생마르탱의 여름을 생각하게 하는, 화려하지만 빛바랜 아름다운 조끼[6] 하나를 받았다.

비야에르모사 거리의 술집에 있었던 사람은 어느 누구도 화가가 얼마나 급히 시인을 위해 조끼를 벗어주었던가를 잊지 못할 것이다. 그만큼 화가는 불쌍한 개들을 노래하는 것이 훌륭하고 올바른 일이라는 사실을 잘 이해하고 있었던 것이다.

그것은 옛날 좋던 시절에 이탈리아의 호화로운 폭군이 귀중한 소네트나 진기한 풍자시의 대가로 보석으로 화려하게 장식된 단검이나 궁정의 망토를 성스러운 아레초인에게 주었던 것과 같은 것이다.

그리고 시인은 화가의 조끼를 입을 때면 언제나 착한 개를 생각하고, 철학자 같은 개를 생각하고, 생마르탱의 여름을 생각하고, 매우 성숙한 여인들의 아름다움을 생각하지 않을 수 없게 된다.

주석

1) 이 시는 시인이 벨기에 체류 중 알게 된 화가 스테방(Joseph Stevens)에게, 특히 이 화가의 그림 「광대의 방」에 바친 시다. 「1859년 미술전」에서 이 그림에 대해 보들레르는 다음과 같은 주석을 붙이고 있다.

　　비참한 광대의 방──암시적 그림. 옷을 입은 개들. 광대는 외출 중이었다. 그는 난로에서 끓고 있는 스튜 앞에 꼼짝하지 않도록 개에게 털가죽 군모를 씌워 놓았다.

흔히 고양이 쪽으로 기우는 시인의 기호에 반해 개에 대한 그의 경멸은 유명하다.(「8 개와 향수병」 참조) 그러나 광대의 개는 화가가 옷을 입혀 놓아 자연 상태를 벗어났고, 그것이 상징적 의미를 지닌다.

2) 영국 작가 스턴(Sterne)은 보들레르에게(제라르 네르발에게도) 간과할 수 없는 영향을 끼친 작가다. 보들레르의 유일한 단편 소설 「라 팡파를로」에서도 이미 이 작가에 관한 언급이 발견되고, 「1859년 미술전 V」에서도 「스턴의 나귀와 마카롱 과자」에 관해 쓰고 있다.

3) 틀에 박힌 아카데미즘에 대한 반발과, 한편으로는 사회의 변화로 인해 삶의 공간으로 새롭게 등장한 도시의 삶, 도시 시민의 생활 등 도시의 리얼리티에 기우는 보들레르의 끊임없는 관심을 엿보게 해 준다.

4) 《콩스티튀시오넬(Le Constitutionnel)》지의 기사를 쓰던 네스토르 로크플랑의 문예란에 생트뵈브 역시 대단한 흥미를 보였다 한다.

5) 앞에 언급한 스테방의 그림 「광대의 방」의 묘사를 상기하면 이 구절을 이해하는 데 도움이 된다.

6) 문제의 조끼는 미학적 관점에서 감응의 의미를 지닌다. 일견 평범해 보일 수 있지만, 색채의 신비는 보들레르 특유의 시적 관심사들(향수 어린 가을의 매력, 성숙한 여인들의 아름다움 등)과 일치한다. 이 같은 미학적 관심으로 인해 시의 전개는 반복되는 후렴의 시절에서 "성숙한 여인의 아름다움, 생마르탱의 여름"이 반복 노래된다.

이 시는 시의 헌납자인 화가와 그의 조끼에 바치는 찬가로만 해석할 수 없다. 시인은 불쌍한 개, 착한 개, 시인과 가난한 사람을 제외한 모든 사람들이 가까이하려 하지 않는 흙투성이 개를 찬미한다. 공화국은 '인간의 행복'에만 열중한 나머지 개의 행복에 관심을 가질 시간이 없다는 것이다. 불쌍한 개를 구실로 기실 시인은 사회로부터 또는 아카데미즘으로부터 버림받은 가난한 시인, 보헤미안, 광대, 코미디언을 찬미하고 있다. 벼룩에, 정열에, 필요에, 또는 의무에 자극받은 개, 구걸하는 개, 암캐 주위를 방황하는 개, 짐수레를 끄는 개, 대중을 웃기는 광대의 개를 노래하며 시인은 사회의 저변으로 쫓겨난 가난한 사람, 노동자, 잊힌 예술가를 찬양하려는 의도를 숨기고 있다.

에필로그

흡족한 마음으로 나는 산에 올랐다,
그곳에선 도시가 훤히 내려다보인다,
병원도, 창가도, 연옥도, 지옥도, 도형장도.

그곳에선 온갖 기상천외한 일들이 꽃처럼 피어난다.
오, 내 고뇌의 수호자 사탄이여, 그대는 안다,
내가 거기서 헛된 눈물이나 흘리러 간 게 아니란 걸.

그보다는 늙은 창녀에 취한 늙은 호색한처럼,
그 지독한 매력이 나를 끊임없이 젊게 해 주는
이 거대한 갈보에 취하고 싶다.

그대가 감기에 걸려, 아직 무겁고 우울하게
아침 잠자리 속에 있건, 또는 섬세한 금줄 장식의
저녁의 장막 속에서 으스대고 있건,

나는 그대를 사랑한다, 오, 더러운 수도여!
창녀들, 그리고 강도들, 그대들은 내게 그처럼 자주 가져다
준다,
무지한 속물들은 알지 못하는 갖가지 쾌락을.

주석

이곳에서 노래하듯이 시인은 『파리의 우울』을 수도 파리에 바친다. 에필로그는 애인에게 자신을 유감없이 전부 바치는 사랑에 빠진 남자를 떠올리게 한다. 에필로그의 전체적인 어조에서 그것을 읽을 수 있다.

시인은 산꼭대기에 올라가 사랑하는 애인을 바라보듯 "흡족한 마음으로" 도시를 내려다본다.

"병원도, 창가도, 연옥도, 지옥도, 도형장도."

르네 갈랑은 시인의 이 모습을 사탄에 끌려 산에 올라가 산꼭대기에서 화려함을 뽐내는 지상의 왕국을 굽어보며 그것을 업신여기는 그리스도에 비유한다. 그러나 시인의 고뇌는 그리스도와는 달리 사탄의 유혹 같은 도시의 유혹을 물리칠 수 없는 데 있다고 그는 말한다.(René Galand : 『Baudelaire, Poétiques et Poésie』 A.G.Nizee, 1969, 525쪽)

시인은 그가 내려다보고 있는 도시에 온갖 유혹이 꽃처럼 피어나며, 그 매력이 그를 끊임없이 젊게 해 준다고 말한다. 그는 "거대한 갈보"에 비유되는 도시에 취하고 싶다.

그곳에선 온갖 기상천외한 일들이 꽃처럼 피어난다.
오, 내 고뇌의 수호자 사탄이여, 그대는 안다,
내가 거기서 헛된 눈물이나 흘리러 간 게 아니란 걸.

그보다는 늙은 창녀에 취한 늙은 호색한처럼,

그 지독한 매력이 나를 끊임없이 젊게 해 주는

이 거대한 갈보에 취하고 싶다.

시인이 물리치지 못하는 이 '지독한 매력'의 비밀은 무엇인가? 이 수수께끼의 비밀을 알려주는 단어는 '기상천외한 일(l'énormité)'과 '거대한 갈보'에서의 '거대한(énorme)'이다. 시인은 온갖 기상천외한 일들이 꽃처럼 피어나는 도시 '거대한 창녀'의 지독한 매력에 취한 포로다.

그리고 이 '더러운 수도'에 대한 그의 사랑은 하루 중 특별한 두 시각에 집중되어 있다. '거대한 갈보' 수도가 아직 무겁게 잠자고 있는 아침 해 뜰 무렵과 '섬세한 금줄 장식'의 장막에 비유되는 저녁 해 질 무렵이다.

그대가 감기에 걸려, 아직 무겁고 우울하게

아침 잠자리 속에 있건, (……)

저녁의 장막 속에서 으스대고 있건

이 시각은 낮과 밤의 교체를 가져오는 전환점으로, 거역할 수 없는 법칙으로 움직이는 시간으로부터의 해방을 시사한다. 그리하여 그 매력이 시인을 끊임없이 젊게 해 준다.

이처럼 창녀와 강도에 비유되는 '더러운 수도'는 시인에게 은밀한 쾌락을 가져다준다. 그러나 무지한 속인들은 그것을 알 리가 없다.

나는 그대를 사랑한다, 오, 더러운 수도여!

창녀들, 그리고 강도들, 그대들은 내게 그처럼 자주 가져다준다,

무지한 속물들은 알지 못하는 갖가지 쾌락을.

『파리의 우울』의 에필로그뿐 아니라 『악의 꽃』의 에필로그 역시 파리에 바친다. 『악의 꽃』 제2판 출간을 위한 에필로그의 초고에서 도 그는 파리를 연인으로 부른다.

나 그대(파리)를 사랑하오.
오, 내 예쁜, 매혹적인 그대

연인에게 속삭이듯 시작하는 헌사 형식의 이 에필로그는 처음부 터 마지막까지 모두 연인 파리에 대한 찬가이며 애인을 향한 다짐이 다. 이처럼 그의 유일한 시집 『악의 꽃』의 에필로그와 또 하나의 산 문 형식 시집 『파리의 우울』의 에필로그를 모두 파리에 바쳤다는 것 은 매우 의미가 깊다. 그뿐 아니라 『악의 꽃』의 2장은 「파리 풍경」이 라고 이름 붙였다.

대도시 파리에 대한 이 집착은 보들레르의 작품과 미학의 주요 테마 중 하나다. 그것은 그가 글을 쓰기 시작했던 1846년부터 그의 미술 비평을 통해 시사되었고, 말기에 쓰인 미술 비평 「현대 생활의 화가」에 이르기까지 끈질기게 집착했던 그의 미학의 주된 청원 중 하나였다.

그리고 이 집착이 마침내 소산문시집 『파리의 우울』을 낳게 한 것이다.

작품 해설

『파리의 우울』의 의도, 대도시의 일상

보들레르는 아르센 우세에게 보낸 편지 형식의 헌사에서 소산문시집 『파리의 우울』이 태어난 동기를 이렇게 썼다.

이처럼 집요한 이상이 생겨난 것은 특히 대도시들을 자주 드나들며 무수한 관계에 부딪히면서부터요.(18쪽)

대도시에 대한 이런 집착은 보들레르 시와 그의 미학의 기본 테마 중 하나다. 그는 이미 「1846년 미술전」에서부터 대도시에 관한 관심을 분명하게 표시한다. 「1846년 미술전」의 18장인 '현대 생활의 영웅주의에 대해(De l'Héroïsme de la Vie Moderne)'에서 그는 대도시에 어떤 미(美)와 영웅주의가 살아 있음을 보여 주기 위해 '대도시의 지하를 떠도는 수많은 존재들'을 상기시킨다. 그뿐 아니라 「1846년 미술전」의 모든 텍스트는 도시의 현대적 요소가 바로 보들레르적 미학의 독창성 있는 청원들 중 하나임을 보여 준다. 이 같은 집요한 관심은 그의 작품 속에서 도시의 역할을 선명하게 해 주는 것으로, 그가 쓰려고 계획했던 소설의 제목이 '도시 속의 도시(une ville dans une ville)'였다는 것도 우연이 아니었다. 사실 그가 생각했던 미라는 것도, 그것이 「미(La Beaute)」(『악의 꽃』)에 그려진 '돌의 꿈'이건, '죄악을 두려워하지 않는 억센 넋'이건(「이상(L'Idéal)」『악의 꽃』), 「아름다움에 바치는 찬가(Hymne à la Beauté)」에서 노래한 '숫된 괴물'이건,

그대 하늘에서 왔건 지옥에서 왔건 무슨 상관,
오, 아름다움이여! 끔찍하고 무서운 숫된 괴물이여!

이 모든 것은 바로 거대한 도시의 미, 돌로 된 도시의 얼굴의 미이며, 도시의 열기와 범죄의 미이다. 그가 얼마만큼 도시와 미를 동일시하는지 보려면 「아름다움에 바치는 찬가」와 『파리의 우울』의 「에필로그」에 쓰인 표현들을 비교하면 곧 알 수 있다.

요컨대 보들레르는 대도시, 더 정확히 말해서 파리를 노래한 파리의 시인들 중 한 사람이다. 파리는 그가 진정으로 알고 있는 유일한 대도시였으며, 그에게는 대도시의 대명사와 같았다. '신경질적인 기질에, 현대성에의 기호, 인공적인 것에 대한 신앙, 댄디즘, 대중에의 정열, 인격을 히스테리 증세로 감

싸는 듯한 에로티시즘' 등, 보들레르는 진정 대도시, 파리의 애인이 되도록 미리 운명 지어진 것 같다.

그 밖에도 보들레르의 전기는 그의 삶 자체가 끊임없이 파리에서 펼쳐졌던 사실을 알려 준다. 46년 4개월 23일이라는 짧은 생애에서 시인이 파리를 떠난 것은 1841년부터 1842년까지 일 년을 채우지 못한 남태평양 모리스(Maurice)섬으로의 여행, 1832년부터 1836년까지 그가 긴 귀향이라고 생각한 리옹 왕립 중학교의 기숙생으로서의 체류, 디종, 샤토루, 알랑송, 베르사유, 옹플뢰르 등 며칠에서 몇 달을 넘지 않는 지방 도시에서의 짧은 체류, 그리고 생애의 말기인 1864년부터 1866년까지 벨기에 수도 브뤼셀에서의 체류를 제외하면, 그는 거의 파리를 떠나지 않았다.

자유분방한 문학청년의 무절제한 낭비벽을 알아챈 그의 의부(義父) 오픽(Aupick) 장군은 가족회의를 열어 스무 살이 된 시인을 캘커타행 기선에 태워 보르도 항을 출발시키는데, 그는 모리스섬에 잠시 들렀다가 부르봉(Bourbon)을 거쳐 인도행을 단념하고 프랑스로 돌아온다. 시인은 그곳에서 자신을 환대해 준 모리스섬과 부르봉섬의 친구들을 떠나야 했을 때, 이렇게 말했다고 한다.

내가 파리를 이토록 사랑하지 않고, 이토록 그리워하지만 않는다면 당신들 곁에 가능한 한 오래오래 남아 있고 싶습니다만……

분명 그는 파리에서 꿈을 키웠고, 그의 시의 최초의 재료도 파리에서 비롯되었다. 보들레르 연구가 중 한 사람인 시트롱 (P.Citron)은 그가 "줄곧 파리에서 살았기 때문에 파리를 통해서만 사람들과 도시들을 체험할 수밖에 없었다."라고 지적한다. 시트롱은 계속해서 "사회, 군중, 인류가 그에게는 바로 파리와 같다."라고 쓰고 있다. 그리고 무엇보다 그는 『악의 꽃』과 『파리의 우울』의 에필로그를 모두 파리에 바쳤다.

그러나 『파리의 우울』과 『악의 꽃』의 모든 시들을 대하면서 독자는 그의 파리가 구체적인 파리의 모습을 지니고 있지 않다는 데 의아함을 느끼게 된다. 보들레르의 파리를 한마디로 정의한다면 '물질적 형태의 부재'라고나 할까? 시들이 남겨주는 인상은 비록 도시, 더 정확하게는 파리의 그것이지만, 적어도 시각적인 것이거나 구체적인 요소에 의한 것이 아니다. 전체적인 앙상블에서나 구체적인 세부에서나 파리를 표현하는 분명하고 직접적인 표시가 아폴리네르의 「미라보 다리 (Le Pont Mirabaud)」처럼 장소에 관한 표현으로 나타나지 않으며, 발자크나 미슐레(J.Michelet)의 파리가 지니는 입체감도 보이지 않는다. 특별히 파리를 주제로 한 「파리 풍경(Tableaux Parisiens)」(『악의 꽃』)에서도 이 같은 성격은 마찬가지다. 보프 (Léon Bopp)가 『악의 꽃의 심리학(La Psychologie des Fleurs du Mal)』을 위해 채택했던 통계적 방법에서도 동일한 지적이 나온다. 파리에 관해 매우 빈곤한 암시만 있기 때문에 파리의 전반적인 분위기의 감지밖에는 얻을 수 없다는 사실에 조사자는 놀라움을 표시한다. 파리를 구체적으로 알리는 장소의 고유 명사가 매우 드물고, 『파리의 우울』의 「에필로그」에서 시인이 도시를 관조하는 산도 파리 밖에 존재한다.

『파리의 우울』의 도시 분위기는 「파리 풍경」보다 더욱 모호하다. 파리라는 윤곽이 '보도(boulevard)', '도시 변두리(le faubourg)' 등의 매우 막연한 언급으로만 암시될 뿐이다. 장소에 관한 이처럼 매우 드문 보통 명사들도 시의 장면을 가리키기 위해서라기보다는 우연히 언급된 정도다.

도시는 시간적인 성격도 소유하고 있지 않은 듯하다. 파리의 과거는 시인이 품는 추억의 형태로만 나타난다. 이곳에는 미래 역시 존재하지 않는다. 파리는 현재로만 존재한다. 현재가 현대성을 대신할 수 있는 범위에서 파리는 현대를 상징한다고까지 말할 수 있으리라.

보들레르의 파리는 정치적인 역할도 하지 않으며, 역사적인 비전 속에 그려진 것도 아니다. 파리 풍경은 시인의 내부에서 용해되고, 시인의 집착을 그리기 위한 틀이 되는 산발적인 요소만이 나타난다. 시인은 도시의 보도와 지붕들만을 인정할 뿐, 그의 파리에서는 부르주아의 삶이나 수도의 화려한 풍경은 찾아볼 수 없다.

비평가들이 지나칠 정도로 자주 강조했던 특징 중 하나는 파리의 인공적인 성격이다. 시인의 반(反)자연관을 미루어 짐작할 때, 그의 파리에서 자연이 추방되었음을 확인하는 것은 놀라운 일이 아니다. 때로 공원들이 언급되지만, 매우 추상적인 형태로 그려진다. 나무도 꽃도 없는 공원은 단지 군중의 집회 장소로 나타난다. 그는 '불규칙적인 초목'을 증오했고, 반면 돌과 돌의 풍경을 사랑했다. 그가 판화로 환상적인 도시를 그려낸 화가들을 좋아했던 이유 중 하나가 여기서 비롯된다. 『악의 꽃』 2장 「파리 풍경」 편의 「파리의 꿈(Rêve Parisien)」은 보들레르의 이 같은 인공적인 것에 대한 취향이 집약된 시다.

시인은 스스로 꿈의 나라의 화가가 되고 건축사가 되어 풍경으로부터 '고르지 못한 초목을 몰아내고' 금속과 대리석과 물이 이루는 꿈의 궁궐을 세운다.

「파리의 꿈」은 그의 파리의 성격보다는 보들레르적 몽상과 그의 미학의 성격을 더 잘 나타내 준다.

제2제정의 파리는 경박한 환락의 전설적인 중심지로서 자리를 굳혀가던 시기였다. 널따란 보도와 구역, 광장, 사치스러운 호텔과 건물이 도처에 들어섰다. 우리는 이 새로운 미와 파리의 사교적인 우아함을 노래하는 시인을 쉽사리 상상할 수 있을 것이다. 그러나 보들레르의 파리에는 이런 유의 화려함도, 화려함에 대한 찬미도 없다. 그는 대도시의 화가 메리옹(Meryon)과 가이스(Guys)의 그림에 나타나는 수도의 찬란한 광경에 박수갈채를 보내지만, 자신의 시 속에 파리의 유명한 기념비들을 환기시키면서 메리옹과 겨룰 의사도, 우아한 여인이나 씩씩한 군인을 묘사하면서 가이스와 경쟁할 생각도 없었던 모양이다.

『악의 꽃』과 『파리의 우울』이 쓰이던 시기에 파리의 가장 현저한 특징 중 하나는 파리 밖 '변두리 지역(les faubourgs)'의 갑작스러운 팽창이었다. 그곳은 그 속에 사는 가난한 주민들과 함께 폭동의 씨앗을 품고 있는 지역이었으며, 위고의 『가난한 사람들(Les Misérables)』에서는 정치적인 성격을 띠는 문제 지역으로 등장한다. 그러나 보들레르의 시에서 환기된 '변두리 지역'은 그들의 풍경이나 정치적 이유 때문이 아닌, 흔히 복수로 언급되는 매우 집요한 공간으로 나타난다.

이를테면 「우울(Spleen)」 LXXV(『악의 꽃』)에서 '안개 낀 변두리 지역'이나,

> 이웃 묘지의 파리한 주민에겐 음산한 추위를,
> 안개 낀 변두리 지역엔 죽음의 그림자를

「넝마주이들의 술(Le Vin des Chiffonniers)」 CV(『악의 꽃』)에서 노래한 '옛 변두리 거리 한복판'에서처럼, 이곳 변두리 지역에 거주하는 주민들은 '거대한 파리의 뒤범벅된 구토물'이다.

> 부글부글 괴어오르는 술처럼 인간들 우글거리는
> 진창의 미로, 옛 변두리 거리 한복판에서
> (……)
> 시인처럼 담벼락에 부딪치며 걸어오는 넝마주이

> 그렇다. 살림의 고달픔에 쪼들리는 이 사람들,

고된 일에 지치고 나이에 시달리고,
거대한 파리의 뒤범벅된 구토물,

이렇게 그려진 '변두리 지역'은 분명 시적인 경치를 그리기
위함이 아니다. 이 시에 그려진 '인간(l'humanité)', '뒤범벅된
구토물(vomissement confus)' 등은 도시의 중심 세력에서 도시
저편으로 밀려난, 또는 도시의 즐거움으로부터 멀리 쫓겨난
삶을 의미한다. 이것이 바로 '부글부글 괴어오르는 술 같은 분
노'다.

이처럼 보들레르가 언급하는 장소들은 큰 광장이나 기념비
들, 또는 화려한 대로가 아니다. 그가 선택한 곳은 도시 변두
리 지역이나 공원의 오솔길, 외로운 구석, 고독한 방 등 외딴
곳이나 은밀한 장소이다. 「13 미망인들(Les Veuves)」의 풍경을
보아도 그가 그린 장소가 '외로운 오솔길', '닫힌 영혼의 산책
로'임을 알 수 있다.

공원에는 좌절된 야심, 불행한 발명가들, 이루지 못하고 만
영화, 상처 난 마음, 그리고 모든 파란만장하고 폐쇄된 넋이 주
로 찾아드는 산책로가 있다. 이들 내부에는 아직도 격동의 마
지막 탄식이 노호하며, 그들은 방탕한 자들과 한가로운 자들의
오만불손한 시선에서 멀리 물러나 있다. 이 후미진 은신처는 인
생의 불구자들의 집합소다.(86쪽)

이 구절은 보들레르의 파리 시의 성격을 훌륭하게 보여 준다. 이처럼 '뒤로 물러나' 있으며 숨겨진 장소의 성격은 이 구절뿐 아니라, 이 시의 전체적인 움직임 속에서도 강조되어 있다.

도시적인 성격을 알리는 형용사 '공공의(publics)'와 함께 '공원(jardins publics)'이라는 널따랗게 열린 공공의 장소에서 처음 시가 열리지만, 이 공간은 차츰차츰 '후미진 장소(retraites ombreuses)'로 바뀌고, 마침내는 '고독한 외딴 벤치(bancs solitaires)'로 옮겨진다.

이 같은 움직임과 함께 시가 진행되면서 시의 전망은 군중으로부터 마침내 '한 노파(une vielle)' 쪽으로 바뀌고, 그녀에게 관심이 집중된다. 이러한 진전은 복수에서 단수로, 현재에서 단순 과거로, 한 익명의 관찰자 시선에서 '나(je)'로의 변화에서도 감지된다.

처음 시는 "시인과 철학자가 그들의 탐욕스러운 추측을 즐겨 몰고 가는 곳이 특히 이런 장소다."로 시작하며 마침내,

그녀를 나는 오랫동안 지켜보았다. (……) 그녀는 공원 한쪽에 외따로 자리를 잡았다. 대중과는 멀리 떨어져(88쪽)

에 이른다. 모든 시들이 거의 같은 흐름을 보인다. 이처럼 익명의 시인이나 철학자라는 인물의 막연한 호기심의 대상인 복수로 표시된 '이런 장소(les lieux)'가 구체적인 한 노파로, 그리고 이들 군중으로부터 멀리 떨어져 외딴곳에 홀로 자리 잡

은 노파의 행위와, 한 구체적인 개인 '나(je)'의 호기심으로 바뀐다.

현대 도시의 미에 민감했던 보들레르, 그의 모든 파리 시들은 은밀함을 향해 민감하게 움직인다. 그러면서도 도시가 생생하게 살아 있음을 느끼게 하는 그의 시는 도시에 관한 화려하고 구체적인 묘사가 있는 풍경보다 훨씬 호소력이 있다. 독자는 보들레르가 집요하게 반복 제시하는 대도시에, 또는 파리의 리얼리티에, 겉으로 나타나는 화려한 파리가 아니라 시 전체에서 조용하고 은밀하게 살아 있는 파리의 영혼과 파리의 뒷이야기에 주의를 기울여야 한다. 보들레르 특유의 파리는 그곳에서 강렬하게 숨 쉬고 있기 때문이다.

시인의 다락방 창문을 통해 그려진 파리, 그것은 숨겨진 안뜰과 지붕의 혼돈이며, 강둑과 공동묘지, 공설 운동장, 도시 변두리 지역, 병원 등이며, 이곳에서 펼쳐지는 도시 서민들의 서글픈 일상사들이다.

보들레르는 미학적인 필요에 의해서든 그의 기질에 의해서든, 시적 모험 속에서 구체적인 것과 추상적인 것, 물질적인 것과 정신적인 것, 또는 세속적인 경험과 동시에 시적 명상이라는 두 상반되는 요소의 긴밀한 결합을 요구한다. 그의 시는 일상의 직접적인 삶과, 그것의 내밀화된 변이에 의해 가능하다. 일찍이 비에(J. Vier)는 이 점을 알아보고 "보들레르 문학의 탄생은 일상의 회복이 시인에게 강요되는 순간 이루어진다."라고 지적하였다.

보들레르에 관해 유사한 지적을 했던 주석자가 또 있다.

　　(보들레르는) 최초로 파리에 대해 형벌받은 상태의 일상을 이야기했다.(거리에 켜진 매음의 바람에 시달리는 가스등, 레스토랑과 레스토랑의 채광 환기창, 병원들, 노름, 안뜰 보도 위에 떨어지며 울려퍼지는 장작 패는 소리, 난롯가, 그리고 고양이와 침상, 술주정뱅이, 현대의 상품인 향수 등.) 그러나 그 모든 것을 고상하고, 아득하게, 그리고 훌륭하게 이야기했다.

　　위 표현의 주인공인 라포르그(Laforgue)는 파리의 일상과 함께 보들레르의 독창성을 훌륭히 정의하였다. 보들레르는 자신이 처한 시대가 도시 문명의 시대임을 깊이 인식했다. 개인은 거대한 도시의 시간과 공간 속에서 가루처럼 부서진다. 도시는 만남을 선택할 수 있는 곳이 아니다. 행인이 우리에게 다가와 만남을 대비할 여유도 주지 않은 채 갑자기 모든 감성의 움직임을 자극하는 곳이기도 하다. 거리에서 만난 가여운 노파, 늙은이, 행인, 거지…… 어떤 예기치 않은 만남, 단 한순간에 이루어지는 행인 사이의 교환된 시선…… 그러나 그 속에 만남과 운명의 요소가 숨어 있다.

　　한 줄기 섬광…… 그리고 밤이로다!
　　그 눈길이 한순간에 나를 되살리고 사라져 버린 미인이여!
　　오직 영원 속에서만 그대를 볼 것인가?

다른 곳에서, 여기서 아주 먼 곳에서! 아니 너무 늦었다. 아마 영원히 못 만날지도!

「어느 여자 행인에게(A une Passante)」(『악의 꽃』)의 위 구절에서 보들레르는 대도시의 삶과 한 덩어리가 된 인간들의 운명을 분명하게 느끼도록 해 준다. 이 같은 시구는 서로서로 이방인으로서 살아가는 대도시에서나 가능할 뿐, 농촌이나 마을의 일상에서는 공감할 수 없다. 그리고 보들레르의 파리만이 우리에게 그 점을 제시한다. 한 여자 행인과 교환된 이 시선, 이 섬광 같은 순간의 만남, 그것은 대도시의 삶에서만 일어날 수 있다. 현대 사회의 광고라는 끊임없는 자극이 우리에게 배고픔을, 또는 욕망을, 또는 수면을 독촉하고, 어둠이 도시로 내려앉는 시간이 되면 '매음이 거리에 불을 켠다.'

> 바람이 괴롭히는 어스름 불빛을 뚫고
> 매음이 이 거리 저 거리에 불을 켠다.
> 개미처럼 나올 구멍을 뚫어놓는다
> (……)
> 인간에게서 먹을 것을 훔쳐내는 구더기처럼
> 매음은 진창의 도시 한복판에서 우글거린다
> 와글거리는 극장들, 쿵짝거리는 오케스트라들

개인은 도시라는 거대한 몸체의 한 부스러기에 불과하며, 그 속에서 시간도 내적인 지속성과는 무관하게 부서진다. 이처럼 도시는 인간에 의해 이룩되었으면서 점점 커 가는 위협의 구체적인 형태로 나타난다. 개인은 도시 생활의 난폭성, 고독, 또는 아직도 우리 마음속에 살아남은 옛 삶에 대한 기억과, 현재 우리가 살도록 운명 지어진 삶 사이의 괴리 속에서 상처를 받는다. 과거의 예술가들이 그리기를 꺼렸거나 외면했던 이 같은 새로운 삶의 터전인 도시의 리얼리티를 최초로 제시한 것이 보들레르이다.

이처럼 위협적으로 침투해 오는 도시의 삶에 대한 강한 의식이 분명 보들레르의 파리 시의 가장 두드러진 면모이며, 도시에 대한 직접적인 암시가 주어지지 않은 많은 시 속에서도 도시의 분위기를 느끼게 하는 것이 그의 파리 풍경의 가장 독창적인 성격이다. 이를테면 「파리 풍경」 편에 「안개와 비(Brumes et Pluies)」를 왜 넣었을까 하고 의아해할지 모르지만, 그것은 마지막의 다음 구절을 위해서였을 것이다.

(……) 달 없는 밤에, 단둘이
우연의 침대에서 괴로움을 잠재우는 것밖에는

수많은 미지의 소녀, 우연한 만남, 우연히 경험하는 잠자리…… 이 모든 것이 대도시의 삶을 훌륭히 암시한다.

현대 생활의 풍자 화가인 도미에, 고야, 그리고 도시 생활의 화가인 가이스, 메리옹의 찬미자였던 보들레르는 대도시의 일상생활 속에 무한한 시의 주제가 있음을 감지하고 그것의 관조에 깊이 파고든다.

특히 현대 세계에서 탄생된 파리는 그에게 썩 훌륭한 시적 공간이며, 삶과 시의 용해의 공간으로 보였다. 파리의 일상은 '진정으로 볼 수 있는 자(voyant)'의 시선에 많은 시적 재료와 풍요한 몽상과 깊은 명상의 원천을 제공해 준다. 그는 그 점을 일찍이 포착하고 「1846년 미술전」에서 이렇게 썼다.

파리의 삶은 시적이고 경이로운 주제가 풍요하다. 경이로움이 우리를 분위기처럼 감싸고 적신다. 그러나 우리는 그것을 볼 줄 모른다.

그는 현대 세계의 시의 부재에 항의하고, 그 속에 숨은 미를 제시하게끔 허락해 줄 방법들을 찾고, 그 해결책을 제시하는 것을 자신의 임무로 삼았다. 산문시의 시도가 그의 추구에 부합되는 해결책 중 하나다. 보들레르가 도시의 현실을 깊이 의식하고, 그것을 표현하는 방법들을 창조해 내려는 결심을 하게 된 것은 『악의 꽃』의 2판을 준비하던 무렵, 특히 「파리 풍경」 편의 정수를 구성하는 몇몇 훌륭한 시들을 제작하면서부터였다. 마침내 소위 '산문시'라는 새로운 형식 아래 제작된 『파리의 우울』이 이에 대한 해답이다. 「파리 풍경」 편의 중심을 차지하는 「백조(Le Cygne)」, 「가여운 노파들(Les Petites Vieilles)」 등의 시에서 그는 시민들의 삶과, 수도 파리에서 벌어지는 일상의 경험들을 친근한 어조와 더욱 다양하고 복합된 어휘들로 매우 유연성 있게 제시하면서 산문시라는 새로운 형태의 필요를 예고했다.

이처럼 「파리 풍경」과 『파리의 우울』의 시인은 산책에서 만난 모든 사건에 자신의 광상(狂想)적 사색을 매달리게 하는 들로름(Delorme)처럼, 혹은 돌과 벽돌의 얼굴을 하고 있는 대도시의 보도를 '광대한 인간들의 사막(le vaste désert d'hommes)'으로 보았던 샤토브리앙처럼, 혹은 『가을의 잎들(Les Feuilles d'Automne)』에서의 위고처럼, 혹은 『고독한 산책자의 몽상(Les Rêveries du Promeneur Solitaire)』의 루소처럼 현실의 관조에 열중하며, 도시 일상의 경험과 도시의 광경 속에 숨은 시를 제시하려 했다.

이로 해서 『파리의 우울』의 시인은 그의 파리의 시에서 베갱(A. Béguin)이 보들레르 시의 원천에 있다고 언급한 '행복한 순간(les minutes heureuses)'의 몽상에 파고든다. 그는 이 몽상을 통해 가장 평범한 광경과 가장 겸허한 존재를 통해 도달할 수 있는 '삶의 깊이(la profondeur de la vie)'와 '삶의 초자연적 측면(le côté surnaturel de la vie)'을 제시한다. 또한 그는 매우 친근하고 평범한 일상으로부터 가장 명상적이고 추상적인 에스프리의 소유자의 흥미를 끌 수 있는 시의 지대에 이르게끔 허락해 주는 시적, 또는 문체상의 기교에도 접근한다. 이 같은 기교에 대해 위고는 『관조 시집(Contemplation)』에서 "격이 떨어지지 않으면서 산문에 약간의 친밀한 어조를 줄 수 있다."라고 말했다. 그것은 보들레르의 표현을 빌리면 '통속적인 어휘들 속에서 사고의 무한한 깊이'를 발견케 하는 기교이다.

일찍이 '말 없는 사물들과 꽃들의 언어(langage des fleurs et

des choses muettes)'의 인식에서 출발한 관찰자이며 사색가인 보들레르는 '지상과 하늘 아래서 전개되는 삶의 무한한 광경이 암시해 주는 모든 몽상(toutes les rêveries suggérées par le spectacle infini de la vie sur la terre et dans les cieux)'에 자신을 맡긴다. 이미 보이지 않는 세계를 볼 수 있는 진정한 '환상가(visionnaire)'였던 그는 가장 친근한 일상 속에 '찬란한 시적 주제의 풍요함'을, 그리고 그것이 끝없는 사색의 보고를 내포하고 있음을 깨달았다. 가장 소박하고 평범한 대도시 일상의 사건들이 "때로 의문을 던지고, 때로 울고, 소망하며, 짐작하는(qui interroge, qui pleure, qui espère, et qui devine parfois)"이 호기심 많은 영혼을 자극했다. 이것들이 명상의 테마와 시적 영감의 주제가 되었으며, 그는 그것을 「현대 생활의 화가」에서 이렇게 요약했다.

보잘것없는 삶과, 외부 사물들의 일상적인 변형 속에는 예술가에게 동일하게 신속한 실행을 명하는 빠른 움직임이 있다.(œc, 1155쪽)

이 '보잘것없는 삶(la trivialité de la vie)'과 '외부 사물들의 일상적인 변형(la métamorphose journalière des choses extérieures)'이 사색에 잠긴 시인의 영혼 속에서 신비의 계시로 깊어진다. 그의 파리 시는 친근하고 평범한 대중의 삶에서 출발하였기 때문에 현실에 충실했고, 그러나 더욱 자유롭고 넓게 명상되었기 때문에 그만큼 서사적이고 숭고한 높이까지 이를 수 있었다. 불협화음과 서정의 충만함과의 결합, 도시의 익명의 군중과 한 개인과의 만남, 고독 속에서의 자유와 공동 운명에 의한 대중과의 결합, 이처럼 단조롭기 그지없는 일상 그 자체에서 탄생된 환상과 낭만주의의 노스탤지어가 무리 없이 결합되면서 그의 시도는 시라는 높은 지대까지 이를 수 있었다.

따라서 형태는 유연하고 산문적이어서 일상의 광경의 묘사, 눈에 보이는 사물과 구체적인 일화, 대화 등을 다 포함하고 있다. 특히 파리 시의 절정의 시기로 볼 수 있는 『파리의 우울』에 이르면 시인은 더욱 광범위한 형태를 도입하여, 시 속에 도시의 다양한 일화, 갖가지 직업(광대, 창녀, 노름꾼, 엉터리 의사, 유리 장수, 야시장 상인 등), 우화, 콩트, 요정 이야기, 알레고리, 상징 등을 담는다. 그의 말대로 "철학이 담긴 예술 작품 속에는 모든 것이 알레고리요, 암시요, 상형 문자이며, 수수께끼"일지도 모른다. 상형 문자와 같은 그의 파리 시를 통해 세계의 영원한 정신적 시민이었던 시인의 영혼의 목소리가 담긴다.

이처럼 『파리의 우울』은 그의 말대로 '물질적인 모든 디테일(tous le détails matériels)'과 '산문적인 삶의 모든 사소한 점(toutes les minuties de la vie prosaïque)'을 포함하고 있다. 이곳에서는 보잘것없고 평범한, 때로는 저속하기조차 한 삶에 파고들어 그 속에 숨은 깊은 의미를 파헤치려는 어떤 리얼리즘에의 의도가 발견된다. 이보다 먼저 『악의 꽃』에서도 유사한 시도가 있었다. 『악의 꽃』의 시인은 전통적으로 산문적인 요소로 간주되던 일상적인 사물들을 시에 도입하여 그로부터 운문시의 가장 아름다운 효과들을 끌어낸다. 그리고 구성의 산문화는 자연 문체의 산문화를 야기해, 그의 표현은 의도적으로 모든 수사학에서 벗어나 훨씬 완화되었고, 그로 인해 더욱 암시적이고 마술적인 효과를 얻었던 것이다. 보들레르가 운문 형식의 시 『악의 꽃』에서 어조의 혼합을 택했던 것은 어떤 충격에도 불구하고 사려 깊은 의도에 의해서였다. 그리고 이 같은 의도가 『파리의 우울』에 이르러 더욱 두드러져 세속과 이상이라는 양극의 불협화음이 매우 현저하게 나타난다.

이를테면 「14 늙은 광대(Le Vieux Saltimbanque)」에서 축제의 도가니 속을 감도는 감자튀김 냄새나, 막대 사탕을 얻으려고 엄마 치맛자락에 매달리는 꼬마들의 풍경은 운문체의 글에서는 기이하게 보였을 것이다. 또 『악의 꽃』의 「어스름 저녁」에서도 비록 잔인함과 공포의 모호한 분위기를 그리기는 하지만, 산문체의 같은 시제의 시, 「22 어스름 저녁」에서처럼 튀긴 닭고기를 호텔 주방장의 머리에 던지는 한 사내의 에피소드를 시 속에 도입할 정도까지는 갈 수 없었을 것이다. 또한 「50 착한 개들(Les Bons Chiens)」의 광대가 살고 있는 누옥의 매우 산문적인 풍경은 극히 충격적이고, 잊히지 않는 인상을 남겨준다.

이처럼 『파리의 우울』의 도처에서 친근한 일상의 이미지들과 마주친다. 가로등, 크리스마스와 눈 덮인 진흙 길, 창녀들, 늦은 시각의 마차들, 고함을 치는 유리 장수들, 눈부시게 빛나는 흰 벽의 카페, 또 다른 곳에는 끽연실, 도박장, 작업실, 시장 상인들이 개최하는 연예 행사, 그리고 그곳에 가득한 감자튀김 냄새, 야외 음악회의 금관 악기의 울림 소리, 군중의 방탕, 매음과 고독, 그리고 거리를 벗어나면 그곳에는 권태의 방이 그려진다. 지붕 끝에 면한 창문, 빗물이 발이랑 같은 자국을 남겨놓은 유리, 침으로 더러워진 벽난로, 헛되이 보낸 모든 지난날을 계산해 주는 달력, '얼간이' 같은 가구, 완성되지 않은 원고, 로다늄 아편이 담긴 약병, 그리고 그 모든 것에 담배 연기의 곰팡내 나는 차가운 냄새가 섞여 있다. 특히 「50 착한 개들」의 넓은 방은 커튼도 없고, 페인트가 칠해진 나무 침대, 빈대로 더럽혀진 질질 끌리는 침구, 주물 난로, 고장 난 한두 개의 악기 등 매우 산문적인 서글픈 이미지를 보여 준다. 이처럼 보들레르의 파리 풍경의 이미지들은 단편적이지만, 매우 사실적이다. 그리고 그 디테일이 매우 정확하다. 이것이 가이스의 파리나, 도미에 혹은 메리옹의 파리보다 훨씬 생생한 앙상블을 만들어준다. 이처럼 그의 산문시의 효과가 두드러진 성공으로 이어지는 데는 흐릿한 전체의 분위기에 상세한 디테일을 결합시키는 능숙함 때문이며, 이로 인해 그의 시는 인상주의가 이루어낸 마술 같은 효과를 얻는다.

그러나 역설적이지만 보들레르의 리얼리즘은 전통적인 리얼리즘과 상반되며, 이상주의의 대응이라고 할 수 있다. 그는 이를 「1846년 미술전」에서 다음과 같이 분명하게 정의한다.

있는 그대로를 재현하는 것은 무익하고 지루한 일이라고 생각한다. 존재하는 어떤 것도 내게 만족스럽지 않기 때문이다. 자연은 추하다. 그래서 나는 실증주의자들의 진부함보다 차라리 내 환상이 만들어 낸 괴물을 택하겠다.

이처럼 보들레르는 호기심으로 가득 찬 주의 깊은 시선을 외부 세계에 보내고 있지만, 이 외부 세계는 풍요한 몽상을 위한 일종의 발판이며, 그것은 어떤 영원하고 진실된 세계를 향한 출발의 기지에 불과하다. 따라서 그가 어떠어떠한 구체적인 사물들 속에서 보고 있는 것이 의미를 지니자면, 그것들이 그에게 풍요한 몽상과 알레고리, 또는 상징을 암시할 때만 비로소 가능하다. 그가 현실에서 추구하는 진실은 현실의 단순한 전달이 아니고, 상상력에 의해 도달된 현실의 변형 속에 있다. '창문들'을 기웃거리는 산책자인 시인은 「35 창문(Les Fenêtres)」에서 "내 밖에 존재하는 리얼리티가, 만일 그것이 나를 느끼게 해 주고, 또 내가 누구인지를 느끼게끔 도와주어 내가 살 수 있도록 도움을 줄 수만 있다면, 그 현실이 어떤 것이든 무슨 상관이겠는가?"라고 썼다. "진정한 현실은 꿈속에서만 존재한다."라고도 선언했다. 따라서 그에게는 진정한 현실이란 『파리의 우울』의 첫 번째 시 「1 이방인(L'Étranger)」에 묘사된 '찬란한 구름(les merveilleux nuages)'처럼 신비한 몽상 속에서만 존재한다.

흘러가는 구름을…… 저기…… 저기…… 저 찬란한 구름을!(22쪽)

이 찬란한 구름은 시인의 노스탤지어를 표현해 준다. 그리고 이것이 「44 수프와 구름(Les Soupes et les Nuages)」에서 현실과 이상의 모순이 용이하게 결합되게끔 허락한다. 그리고 「이방인」에 그려진 구름 같은 찬란한 몽상이 그의 모든 시의 근원에 자리하고 있다. 그는 실망만 주는 현실의 삶 속에서 끊임없이 그 같은 몽상을 소유하려 한다. 그가 『인공 낙원(Les Paradis Artificiels)』의 「아편 흡연자(Mangeur d'Opium)」에서 쓰고 있듯이 "몽상의 기능은 신비하고 신성하다. 왜냐하면 인간은 꿈에 의해서만 자신이 속해 있는 보이지 않는 어두운 세계와 소통할 수 있기 때문이다." 따라서 그의 작품 속에 드러나는 어떤 유의 리얼리즘은 몽상에 의해 수정된다. 보들레르는 파리의 일상 가운데서 이 같은 몽상을 자극하려 했다. "꿈꾸기를 원해야 한다. 그리고 그 꿈을 꿀 줄 알아야 한다."라고 그는 『인공 낙원』에서 '아편 흡연자'의 목소리를 빌려 자신의 목소리를 전달한다. 이 꿈과 풍요한 몽상에 의해 시인은 '풍요한 기억력(mémoire fertile)'을 자극할 수 있었고, 눈에 보이는 광경을 넘어 그 광경이 암시해 주는 더 진실되고 더 풍요한 다른 현실을 볼 수 있었다. 그리하여 파리의 산책자는 현재라는 시간의 지평선을 넘어 수많은 시간과 먼 시대를 가로질러 가는 것이다. 먼지 푸석한 보도에서 불행한 몸짓을 하는 백조의 모습에서 앙드로마크라는 먼 시대의 불행한 과부의 이미지를 떠올리고, 수도 뒷골목에서 만난 노파 '쪼그라진 괴물'로부터 고귀한 덕성의 상징인 갈리아의 여걸 에포닌의 이야기나 코린트의 유명한 창녀를 상상해 낸다. 또 「9 괘씸한 유리 장수(Le

Mauvais Vitrier)」에서는 극장 매표구의 개찰원이 그리스 신화에 나오는 위엄을 갖춘 지옥의 세 재판관으로 보이는가 하면, 「14 늙은 광대」에서는 야시장의 판잣집들로부터 헤라클레스들이 당당히 걸어 나온다.

「25 아름다운 도로테(La Belle Dorothée)」에서는 도로테의 두 다리에서 박물관에 전시된 장중한 여신들의 석상이 환기되고, 「26 가난뱅이들의 눈(Les Yeux des Pauvres)」에서는 "레스토랑 벽 위의 요정들과 여신들, (……) 헤베 여신과 가니메데스들, 그리고 폭음 폭식 분야에 속하는 모든 신화들"이 그려진 프레스코가 상기된다.

그러나 이 모든 몽상은 요리 냄새라든가 엄마의 치맛자락 같은 매우 친근한 일상으로부터 일깨워진다. 보들레르는 『악의 꽃』을 위한 「서문」의 계획에서 이미 시적 노력을 요리 예술에 연결시킨 바 있었다. 그는 서정시에서도 요리 냄새를 사용했다. 극히 일상적이고 평범한 범주에서 취한 아날로지의 결과로부터 얻은 몽상의 성공적인 순간들이 『파리의 우울』에서 발견된다. 이를테면 「18 여행으로의 초대(L'invitation au Voyage)」에서 이상의 나라에 대한 향수가 사랑하는 여인과 약속한 땅 사이의 아날로지에 의해 이루어진다.

진정한 '보물의 나라', 그곳에선 모든 것이 아름답고 풍요로우며, 고요하고 정중하다. (……) 음식조차도 시적이고 기름지며 동시에 자극적이다. (……) 모든 것이 그대를 닮았다.(118쪽)

「49 가난뱅이를 때려눕히자!(Assomons Les Pauvres!)」에서 시인은 가난한 자에게 그들의 긍지를 되돌려 주려는 의도로 "나는 비프스테이크를 부드럽게 하려는 요리사처럼 집요하고 힘차게 늙은이를 두드려 팼다."(280쪽)라고 말한다. 마찬가지로 「14 늙은 광대」에서 시장 상인들의 연예 행사 주변을 감도는 감자튀김 냄새가 고통 받는 인간에게 은총을 내리게 하는 제사의 향으로 무리 없이 바뀐다. 도처에 폭발하는 듯한 활력소가 반짝이며 낱말들과 표현, 리듬 등 모든 것이 경쟁이나 하듯 힘찬 에너지를 환기시키는 데 협력한다. 힘을 나타내는 일군의 동사들이 활력을 일깨우면서, 같은 부류의 명사들과 섞인다. 그러나 이 요소들은 일상과 엄숙함이 무리 없이 결합되는 이미지들의 연결 속에서만 의미를 갖는다. 이처럼 보들레르는 일상사에 고전적인 낱말들을 슬쩍 끼워 넣거나, 혹은 산문적 일상에 신화와 성서의 이미지를 결합하여 무한한 환기력과 성공적인 결과를 얻어낸다. 이렇게 해서 파리의 시들은 지극히 겸허하고 보잘것없는 일상사에 접근하면서, 전혀 왜소함이 느껴지지 않게 되고, 명상적이고 가장 순수한 에스프리의 소유자에게도 흥미를 줄 수 있는 높은 시의 경지까지 오른다.

지금까지 보았듯이, 그는 그의 영감이 관계한 모든 대상을 소위 이 초월적 예술의 가치로 다시 옷 입힌다. 그리하여 대부분의 시들은 때때로 매우 일상적인 것으로 보이지만, 그것이 갖는 암시적 확대에 의해 마침내 순수 예술의 영역에 이른다. 도시의 일상적 경험들은 이처럼 시적 변모로 인해 넓게 확대된 가치를 지니는 것이다.

이제 마지막으로 보들레르의 파리에서 만나게 되는 파리의 불행한 시민들로 돌아와 보자. 보들레르의 파리 시에서 빠뜨릴 수 없는 것은 바로 사회에서 버림받은 외롭고 가난한 소외 계층에 대한 시인의 예외적인 관심이다. 가여운 노파에서 늙은 광대, 넝마주이, 가난한 창녀, 파리 거리로 산책 나온 거지 가족, 앙드로마크, 패잔병, 무인도에 표류된 선원, 부모를 읽은 고아에 이르기까지.

보들레르는 위고의 어떤 시 속에서 "자애심이 매우 감동적인 친밀함 속에 놀랍게 용해되어 있음"을 지적한다. 그러나 우리는 보들레르의 시에서 매일같이 거리에서 마주치는 불우한 낙오자들에게 보내는 이 같은 시인의 자애심을 발견하게 된다.

불행한 시민들 쪽으로 기우는 그의 집념은 많은 경우 혜택 받은 부유한 자들과의 대조로 나타나는 것 또한 두드러진 특징 중 하나다. 시인과 철학자가 경멸해야 할 장소가 있다면, 부유한 자들의 경박한 향연이라고 그는 분명히 말한다.

시인과 철학자가 가기를 꺼리는 장소가 있다면, 방금 내가 암시했듯이 그것은 부자들의 쾌락이다. 이 공백 속의 소란에는 그들을 매료할 어떤 것도 없기 때문이다.(86쪽)

그들의 관심은 반대로 모든 고통 받는 허약한 자들 쪽으로 기운다.

반대로 그들은 모든 약하고 황폐하고 서글프며 고아 같은 것 쪽으로 저항할 수 없이 끌리는 것을 느낀다.(86쪽)

귀족주의에 에고이스트요, 댄디즘에 의한 냉소로 이름난 보들레르가 가난한 자들과 고통 받는 자들을 노래한 최초의 시인들(최초의 유일한 시인은 아닐지라도) 중 한 사람이었다는 사실은 놀라움을 안겨 주기에 부족하지 않다. 이 점을 분명히 보기 위해서는 「일곱 명의 늙은이들(Les Sept Vieillards)」(『악의 꽃』), 「가여운 노파들」(『악의 꽃』), 「13 미망인들」 등을 다시 읽어야 한다. 그가 그처럼 느끼기 위해서는 그도 역시 그들처럼 '많은 고통을 겪었'음에 분명하다. 프루스트도 이 점을 지적한다.

「가여운 노파들」 같은 숭고한 시 속에서 묘사된 노파들의 고통 중 어느 하나도 시인의 마음을 괴롭히지 않는 것이 없다. (……) 그는 노파들의 육체와 함께 있으며 그녀들의 신경과 함께, 그녀들의 나약한 육체와 함께 떨고 있다.

그러나 보들레르에게서 대중을 향한 연민이라는 정의로 『가난한 사람들』에서 위고가 과시해 준 '부성애'를 의미할 수는 없다. '인생의 패배자들'에 대한 그의 태도는 단순히 보호자로서의 태도가 아니며, 대단히 복잡하고 특히 모호하기 때문이다. 고도의 연민의 감정을 표현할 때도, 그는 타자를 향한 공감을 분명히 표현해 주는 일 없이 대상의 외양을 매우 사실적으로 묘사하고, 그것에서 얻어지는 회화적 효과를 등한시하지 않는다. 특히 「가여운 노파들」에서는 잔인할 정도로 세밀하게 늙어 빠진 육체를 묘사한다. 아마도 이처럼 감정을 표현과 시적 진실에 종속시키는 것이 프루스트가 지적한 천재의 특징이며, 개인적 감정보다 우위에 있는 예술의 힘의 표시일지도 모른다.

인간의, 특히 현대 인간의 삶에 호기심을 보이며 그들의 비극적 운명에 민감했던 보들레르, 그는 이 같은 관심을 최고점까지 이끌어갔던 시인이다. 그를 폭군처럼 끊임없이 괴롭히던, 그리하여 흔히 그로부터 도망하여 스스로 고독을 찾아야 했던 이 인간의 얼굴이 시인을 유혹하며 끊임없이 시인에게 손짓한다. 그가 「12 군중」에서 노래했던 것도 바로 이 '영혼의 성스러운 매음(sainte prostitution de l'âme)'이 아니었던가.

사람들이 사랑이라고 부르는 것은 이러한 붓으로는 다 표현할 수 없는 향연, 즉 지나가는 미지의 보행자에게, 혹은 예기치 않게 나타나는 그 누구에게도, 그것이 시심이든 자비심이든, 자신을 전부 다 바치는 이러한 영혼의 성스러운 매음에 비하면 얼마나 초라하고 얼마나 제한된 것이며 얼마나 미미한가.(79쪽)

'시와 자비심(poésie et charité)', 이 표현이 시인의 의도의 이중성을 훌륭하게 정의해 준다. '시'가 세련되고 비밀스러운 개인적인 즐거움을 뜻한다면, '자비심'은 타자의 모든 고통 속에 자신이 빠져 들어감을 의미할 것이다. 요컨대 이 두 요소 중 어느 하나가 결핍될 때 위대한 시인은 태어날 수가 없다.

　시 분야에서 가난한 자들에 대한 동정심이나 공감을 표시하는 새로운 양식을 만들어낸다는 것은 극히 어려운 일이다. 라마르틴(Lamartine)이나 뮈세(Musset)는 이런 유의 덕(德)을 시도했지만, 그들은 이에 대한 단순한 모방자에 불과했다. 비니(Vigny) 역시 '인간 고통'에 어떤 존엄성을 부여하려 했다. "나는 인간 고통의 존엄성을 사랑한다."라고 그는 말했다. 그러나 비니는 그것을 구체적으로 제시하지 못했다. 그는 천성이 고귀한 선택된 인간들의 고통만을 존중했다. 위고의 『가난한 사람들』은 동정심의 과시라는 점에서 성공적이었다. 동정심이 이 작품의 유일한 종교라 해도 지나치지 않다. 그러나 그 점에서도 안이하고 감상적인 형태로 이해되기를 기대하는 것으로 그쳤다.

　반면 보들레르는 그만이 가지는 특유의 뉘앙스를 이 분야에 첨가할 줄 알았다. 먼저 그는 타고난 호기심으로 대상이 되는 타자에 대한 거부감을 억누른다. 다음은 타자 속에서 자신의 이미지를 발견하는 타자와의 '동일화(l'identification)'의 상상력에 의해 이 호기심마저 넘어서고, 마침내 그들에 대한 이해와 용서에 이른다. 그리고 그의 시 대부분은 흔히 최초의 순간인, 호기심과 호기심에 의한 캐묻기의 순간을 독자에게 은폐한다. 대부분의 파리 시에서 호기심에 의한 즐기기로부터 이해로의 전이, 그리고 머리에서 가슴으로의 전이가 주목된다.

　「47 메스 아가씨」를 예로 그 점을 살펴보자. 거리에서 만난 '메스 아가씨'는 시인을 그녀의 집으로 데리고 간다. 그녀는 그를 외과 의사로 착각한다. 그리하여 그녀는 자신의 은밀한 비밀을 그에게 털어놓는다. 시체며 외과 수술이며 해부 등 매우 아이로니컬하게 언급되는 그녀의 취미로부터 시작되는 이 짧막한 이야기는, 처음과 달리 점차 우울한 메아리를 남긴다. 아니, 숨죽인 쉰 목소리로 털어놓는 일종의 고백과도 같은 매우 노골적인 이 이야기는 차가운 시체를 만난 듯한 섬뜩함마저 느끼게 한다.

"자선 병원에서 발견한 한 귀여운 인턴은 천사처럼 예쁘고 상냥했어! (……) 나는 그에게 이렇게 말했어. '나를 보러 와. 자주 와. 나에 대해 어렵게 생각지 마. 나는 돈은 필요 없으니까.' 그러나 당신도 이해하겠지만 나는 그것을 여러 가지 방법으로 그에게 알아듣게 했어. 아주 노골적으로 말할 수는 없었어. 이 사랑스러운 아이의 자존심을 건드릴까 봐 겁이 났던 거야. 그런데 말이야! 나는 그에게 감히 말할 수 없는 괴상한 욕망을 품고 있다는 것을 당신은 알 수 있겠어? 나는 그가 우리 집에 올 때 수술 기구가 든 그의 왕진 가방을 들고, 수술복을 입고, 그 위에 약간의 피까지도 묻혀 오기를 원했던 거야!"(……)

나는 집요하게 물어보았다. "당신 속에서 그런 괴상한 정열이 생겨난 계기와 시기를 기억해 낼 수 있겠나?"

이 질문을 그녀에게 이해시키는 것은 쉽지 않았으나 마침내 그 여자는 알아들었다. 그러나 그때 그녀는 대단히 슬픈 표정으로, 그리고 내가 기억하는 한, 눈길을 돌리면서 대답하는 것이었다. "모르겠어……. 생각나지 않아."(266~267쪽)

마침내 우리는 그녀를 이해하려는 쪽으로 기울게 되고, 불행한 그녀의 이 피할 수 없는 저주와 같은 무의식의 악습을 용서하기에 이른다. 그리하여 다음의 기도를 받아들이게 된다.

이처럼 대도시에서는 그곳을 산책하고 그곳에서 일어나는 일들을 둘러보면, 얼마나 많은 괴상한 일을 발견하게 되는가? 인생엔 죄 없는 괴물들이 득실거린다. 주여, 하느님이여, 당신 창조자여, 당신 스승이며, '법'과 '자유'를 만든 당신, (……) 주여, 불쌍히 여기소서, (……) 오, 조물주여! 그들이 왜 존재하며, 그들이 어떻게 해서 그렇게 되었으며, 어떻게 했어야 그들은 그렇게 되지 않을 수 있었을까를 아는 유일한 창조자 당신의 눈에도 과연 괴물들이 존재할 수 있는 겁니까?(267~268쪽)

시인이 파리에서 그의 기호에 부합하는 대상을 모두 취했다면, 그는 그것들이 자기 영혼의 일부가 될 정도까지 자신과 파리를 일치시킨다. 시인은 이 여인의 불행을 자신의 불행으로, 이 여인 속에서 자신의 고통을, 자신의 우울을 발견하는 것이다. 그는 이처럼 화려한 파리의 삶에서 밀려나, 잊힌 구역에 살아 있는 시민들의 친근한 서글픔을 사랑했다.

때로는 호기심 어린 시선으로, 때로는 비탄에 잠긴 시선으로, 서민의 삶을, 그들의 일과 그들의 애환을, 도시의 고아와 늙은이를, 가난한 창녀와 거지를, 야시장에서 벌어지는 풍경과 늙은 광대의 서글픔을 관찰한다. 현대의 단조로운 비극이 숨 쉬는 파리의 구석에서 시인의 마음은 서글픈 몽상에 사로잡혔다. 이런 유의 몽상을 그는 《피가로》지(1864년 2월 7일)에 이렇게 요약했다.

> 파리 하늘과 분위기와 거리의 모든 암시,
> 모든 의식의 도약, 모든 몽상의 우울함, 철학, 꿈,
> 그리고 일화들……

일찍이 '현대 생활의 영웅주의'에 눈뜬 관찰자, 도시의 외로운 시민들의 삶에 한없이 공감 어린 시선을 보냈고, 도시의 일상 속에서 시적 요소를 알아보았고, '삶이 숨 쉬고, 삶이 꿈꾸는' 도시의 불 켜진 창에 매료되었던 『파리의 우울』의 작가 보들레르, 그는 진정 파리의 시인이었으며, 도시의 외로운 산책자였다.

옮긴이 윤영애

작가 연보

1821년   4월 9일 파리 11구 오트푀유 거리(rue Hautefeuille) 13번
지에서 샤를 보들레르(Charles-Pierre Baudelaire)가 태
어났다. 그의 생가는 그 후 생제르맹(Saint-Germain)
거리가 뚫리면서 헐렸고, 지금은 그 자리에 아세트
(Hachette) 출판사가 자리 잡고 있다.

아버지 프랑수아 보들레르(François Baudelaire, 당시
62세)는 파리 대학에서 철학과 신학을 공부하고 신학
교를 거쳐 사제가 되었는데, 후에 혁명기의 혼란 속에
서 사제직을 포기하고 정계에 들어갔다. 그는 조형 예
술에 깊은 애착을 가지고 화가, 조각가들과 가까이 지
냈으며, 미술에 대한 그의 취향과 애착이 시인의 미래
에 큰 영향을 끼쳤다.

어머니 카롤린 뒤파이(Caroline-Dufays, 당시 28세)는 프랑스 대혁명 때 영국으로 망명한 군인의 딸로 일찍이 고아가 되어, 프랑수아의 고향 친구인 환속 사제 페리뇽(Pérignon)의 양녀로 자라난 신앙심이 강한 여성이었다.

1827년   2월 아버지가 사망했다. 오트푀유 거리의 집에서 멀지 않은 생탕드레데자르(Saint-André-Des-Arts) 광장 쪽으로 이사했다. 여름철이면 불로뉴(Boulogne) 숲 가까이 있는 뇌이(Neuilly) 별장에서 지냈다. 이곳에서 샤를은 젊고 아름다운 어머니와 다정한 가정부 마리에트, 이 두 여인의 애정과 보살핌 속에 평화롭고 행복한 '푸른 낙원'을 만끽했다.

1828년   어머니 카롤린이 육군 소령 오픽(Jack Aupick)과 재혼했다.

1832년   의붓아버지 오픽을 따라 리옹으로 가 리옹 왕립 중학교에 기숙생으로 입학했다. 나폴레옹식 교육을 받으며 부르주아 계층의 선택받은 자녀들이 받을 수 있는 모든 혜택을 누렸다.

1836년   오픽을 따라 다시 파리로 돌아와 명문 중학교 루이 르그랑(Louis le Grand)에 기숙생으로 입학했다. 전국 라틴어 시작 부문 공쿠르에서 1등을 했다.

1839년   "급우에게서 받은 쪽지를 가져오라는 교장의 독촉을 받고도 이를 거부하고, 쪽지를 조각내어 삼켜 버렸으며", "급우의 비밀을 내주느니 차라리 어떤 처벌이건 달게 받겠다"고 말한 이유로 졸업을 1년 앞두고 퇴학 처분을 받았다.

1840년   파리 법과 대학에 등록했다. 네르발, 발자크, 드 라투슈 등의 문학 친구들과 어울리며 자유분방한 생활을 하여 빚에 몰렸다.

1841년   가족 회의에서 내린 결정에 의해 인도양을 향한 강요된 항해를 떠났다.

1842년   인도행을 단념하고 귀환했다. 이때쯤 실제로 『악의 꽃』을 차지할 시들을 잡지 등에 발표했다. 미술에 관해서도 열렬한 관심을 보이며 루브르 박물관을 끈질기게 방문하였고, 화가 들라크루아에 특별히 열중했다. 파리로 돌아온 후 오픽과 충돌이 잦아졌다. 마침 성년이 되어 생부의 유산을 상속받고 막대한 금액을 손에 쥐고 독립했다.

1843년   피모당으로 거처를 옮긴 후부터 파리에서의 보들레르의 방랑 생활이 시작됐다. 그 후 파리에서 25년 동안 30회 이상 거처를 옮겼다. 거처를 마련하기가 여의치 않으면 피신처 겸 작업장 겸 카페, 술집, 도서관 등을 전전했다. 혼혈 여인 잔 뒤발(Jeanne Duval)을 만난 것이 이때쯤으로 추측된다. 그녀는 한순간 끝없는 즐거움을 시인에게 주었지만, 많은 경우 고통을 주며 평생 시인을 괴롭혔다. 그러나 그녀는 시인에게 많은 영감을 불어넣어, 『악의 꽃』에 22편의 잔 시편이 있고, 『파리의 우울』에도 몇 편의 시가 그녀로 인해 쓰였다. 이때 시집

(「시(Vers)」)이 바바쇠르, 프라롱, 아르곤(도종의 가명)의 이름으로 출판됐으며, 이곳에 보들레르는 프라롱이라는 이름으로 몇 편의 시를 실었다.

1844년 　무절제한 지출로 인해 유산의 절반이 날아갔다. 이에 불안해진 가족은 의부 오픽의 제안으로 법원에 청원서를 제출했고, 마침내 금치산 선고 판결이 내려졌다.

1845년 　금치산 선고와 함께 여러 가지 좌절감까지 겹쳐 6월에 자살을 기도하지만 미수로 끝났다. 유서에는 자살 동기가 빚 때문이 아니라 자신이 "남들에게 무익"하고, "자신에게도 위험하기 때문"이라고 썼다. 정신적인 불안정과 경제적인 어려움 속에서도 글 쓰는 일을 중단하지 않았다. 미술 비평 「1845년 미술전(Salon de 1845)」을 비롯하여, 발자크를 모델로 한 「재능이 있을 때 어떻게 빚을 갚는가?(Comment on paie ses dettes quand on a du génie?)」, 「젊은 문학인들에게 주는 충고(Conseils aux jeunes littérateurs)」 등 여러 에세이를 잡지에 발표했다.

1846년 　최초로 출판된 「1845년 미술전」에 이어 「1846년 미술전」이 나오고, 그 사이에 「본 누벨 바자의 고전 미술관」이 발표됐다.

1847년 　1월에 그의 유일한 중편 소설 『라 팡파를로(La Fanfarlo)』를 발표했다. 「가을의 노래(Chant d'Automne)」를 비롯해 『악의 꽃』을 차지할 많은 시들에 영감을 준 여인 마리 도브룅(Marie Daubrun)을 만났다. 「이상과 우울」편 중 「독약(Le Poison)」에서부터 「마돈나에게(A Une Madone)」에 이르는 9편의 시가 이 여인에 의해 쓰였다.

1848년   2월에 프랑스에서 2월 혁명이 발발했다. 이 프랑스 격동의 시기에 7월 포에 관한 최초의 번역 「최면술사의 계시(Révélation magnétique)」를, 11월에 「살인자의 술(Le Vin de l'assassin)」을 발표한 것 외에 글쓰기를 중단했다. 샹플뢰리(Champleury), 투뱅(Toubin)과 함께 《사회 복지(Salut Publique)》라는 신문을 냈다. 자금난 때문에 2호로 끝나지만, 스스로 가두판매에 나서기까지 하며 매우 행동적인 사회주의자 같은 모습을 보였다. 그 후 거꾸로 보수 경향의 신문 《국민 논단(La Tribune Nationale)》의 편집 책임자로 취임했다. 그가 취한 이 같은 일련의 행동들은 보들레르 연구가들을 당혹스럽게 했다. 보들레르는 후에 1848년 혁명의 회오리 속에 끼어들었던 자신의 행동과 혁명 자체에 대해 부정적인 결론을 내렸다.

1851년   정치에 대한 환멸, 불안정한 애정 생활, 빈곤, 병고, 절망, 그리고 포의 문학 세계와의 만남 등 어둠 속을 더듬어 길을 찾는 모색자의 시련을 거친 후 다시 문학으로 돌아왔다. 「오만의 징벌(Le châtiment de l'orgueil)」, 「정직한 자들의 술(Le Vin des honnêtes gens)」, 「술(Le Vin)」, 「해시시(Le Haschisch)」, 「우울(Le Spleen)」, 「악한 수도승(Le Mauvais moine)」, 「이상(L'Idéal)」, 「고양이들(Les chats)」, 「연인들의 죽음(La Mort des Amants)」, 「예술가의 죽음(La Mort des Artistes)」 등을 발표했다. 「술」과 「해시시」는 후에 『인공 낙원』에 실렸다.

10월부터 본격적으로 포 작품 번역에 열중했다. 포의 작품을 대하면서 보들레르는 '일종의 계시와 같은 독특한 충격'을 받았다고 주장하며 급기야 그의 작품을 완역할 결심을 하기에 이르렀다. 마침내 콩트의 번역들이 1853년 《아르티스트》지에 나타나기 시작하고, 콩트에 이어 「이상한 이야기(Histoires Extraordinaires)」(1856), 「신 이상한 이야기(Nouvelles Histoires Extraordinaires)」(1857), 「아서 고든 핌의 모험(Les aventures d'Arthur Gordon Pym)」(1858), 「유레카(Eureka)」(1863), 「기이하고 심각한 이야기(Les Histoires Grotesques et Sérieuses)」(1865) 등이 계속해서 출판됐다. 아폴로니 사바티에(Apollonie Sabatier)라는 이름을 가진 "하얀 피부의 마돈나"에게 열정을 바치기 시작했다.

1853년   빚이 점점 늘어났다. 그러나 포의 작품 번역은 계속되어, 『까마귀(Corbeau)』, 『가구의 철학(Philosophie de l'Ameublement)』, 『검은 고양이(Chat Noir)』, 『모렐라(Morella)』를 발표했다. 사바티에 부인에게는 계속 익명으로 시를 보냈다.

1855년   시인 네르발이 자살했다. 문학계의 모든 사람들이 비탄에 잠겼다. 6월에 《되 몽드(Deux Mondes)》지가 처음으로『악의 꽃』이라는 제목 아래 18편의 시를 실었다.

1856년   그가 번역한 포의『이상한 이야기』가 성공했다. 포는 자신의 나라 미국에서 알려지기 전에 보들레르에 의해 프랑스에서 먼저 명성을 얻었다.

1857년   『악의 꽃』이 출판됐다. 8월에 공중도덕, 미풍양속의 이름으로 이 책이 유해하다는 판정을 받고, 6편의 시 삭제와 벌금형을 선고받았다.

1858년   아편과 해시시에 관한 에세이, 문학, 미술 비평, 시의 새로운 시도 등 1857년『악의 꽃』발표 이후 여러 장르의 글들이 쏟아져 나왔다.「1859년 미술전」을 발표했다.

1860년   1월에 처음으로 가벼운 뇌충혈 발작을 일으켰다. 바그너의 음악 세계에 심취했다. 미술 에세이『현대 생활의 화가』를 발표했다. 5월『인공 낙원(Les Paradis Artificielss)』을 출간했다.

1861년   2월에『악의 꽃』2판이 출간됐다. 법원에서 삭제 명령을 받은 6편을 삭제하고,「파리 풍경(Table aux Parisiens)」과 함께 35편의 시들을 새로이 삽입했다. 그러나 2판에 대한 사회의 무관심에 좌절했다.

1862년   4월에 이복형 알퐁스가 사망했다. 아카데미 회원에 입후보했다가 사회적으로 야유와 빈축을 사고 결국 7개월 만에 사퇴했다.

1864년   벨기에 브뤼셀로 떠나 들라크루아, 고티에 등에 관한 강연을 했다. 11월《아르티스트》지에『소산문시집(Petits

Poémes en Prose)』이라는 총제로 산문시 3편을 발표했다. 그러나 12월에는 《누벨 르뷔 드 파리(La Nouvelle Revue de Paris)》지에 이름을 『파리의 우울(Le Spleen de Paris)』로 바꾸어 6편의 시를 발표했다.

1866년   마비 상태가 심해졌다. 2월에 『유실물(Les Epaves)』이 출간됐다. 4월에 실어증 증세를 보였다.

1867년   8월 31일 어머니가 지켜보는 가운데서 조용히 눈을 감았다.

1868년   12월에 보들레르 전집이 출간됐다. 『악의 꽃』 3판이 출간됐다. 『파리의 우울』, 미술 비평, 문학 비평, 『내면 일기』, 서간집 등과 그에 관한 연구 논문, 전기 등이 줄을 이어 간행됐다.

세계문학전집 **168**

파리의 우울

1판 1쇄 펴냄   2008년 1월 16일
1판 29쇄 펴냄   2023년 10월 17일

지은이   샤를 피에르 보들레르
옮긴이   윤영애
발행인   박근섭, 박상준
펴낸곳   (주)민음사

출판등록   1966. 5. 19. (제 16-490호)
서울특별시 강남구 도산대로1길 62(신사동) 강남출판문화센터 5층 (우편번호 06027)
대표전화 02-515-2000   팩시밀리 02-515-2007
www.minumsa.com

ISBN 978-89-374-6168-2 04800
ISBN 978-89-374-6000-5 (세트)

* 잘못 만들어진 책은 구입처에서 교환해 드립니다.

세계문학전집 목록

세계문학전집은 계속 간행됩니다.